かがみの孤城　上

辻村深月

ポプラ文庫

こじょう【孤城】

①ただ一つだけぽつんと立っている城。

②敵軍に囲まれ、援軍の来るあてもない城。

『大辞林』

たとえば、夢見る時がある。

転入生がやってくる。

その子はなんでもできる、素敵な子。

クラスで一番、明るくて、優しくて、運動神経がよくて、しかも、頭もよくて、みんなその子と友達になりたがる。

だけどその子は、たくさんいるクラスメートの中に私がいることに気づいて、その顔にお日様みたいな眩《まぶ》しく、優しい微笑《ほほえ》みをふわーっと浮かべる。私に近づき、「こころちゃん、ひさしぶり！」と挨拶《あいさつ》をする。

周りの子がみんな息を呑《の》む中、「前から知ってるの。ね？」と私に目配せをする。

みんなの知らないところで、私たちは、もう、友達。

私に特別なことが何にもなくても、私が運動神経が特別よくなくても、頭がよくなくても、私に、みんなが羨《うらや》ましがるような長所が、本当に、何にもなくても。

ただ、みんなより先にその子と知り合う機会があって、すでに仲良くなっていたという絆《きずな》だけで、私はその子の一番の仲良しに選んでもらえる。

トイレに行く時も、教室移動も、休み時間も。

だからもう、私は一人じゃない。


真田《さなだ》さんのグループが、その子とどれだけ仲良くしたがっても。その子は、「私はこころちゃんといる」と、私の方を選んでくれる。

そんな奇跡が起きたらいいと、ずっと、願っている。


そんな奇跡が起きないことは、知っている。

かがみの孤城　上

contents

第二部

気づきの二学期

かがみの孤城　下

CONTENTS

第三部

おわかれの三学期

イラストレーション
禅之助

目次・扉デザイン
岡本歌織（next door design）

かがみの孤城

上

第一部　様子見の一学期

五月

カーテンを閉めた窓の向こうから、移動スーパーの車が来た音が聞こえる。

せかいじゅう　どこだって
わらいあり　なみだあり
みんな　それぞれ　たすけあう
ちいさなせかい

ディズニーランドの、こころの好きなアトラクション、イッツ・ア・スモールワールドの曲。『小さな世界』が車についた大きなスピーカーから響《ひび》き渡る。こころが小さい時から同じ曲で、車はやってくる。

曲が途切れて、声が聞こえる。

『毎度、お騒がせしております。ミカワ青果の移動販売車です。生鮮食品、乳製品、パンにお米もございます』

国道沿いのスーパーまでは距離があって車がなければなかなか行けないせいか、こころの小さい頃《ころ》から、週に一度、うちの裏にある公園にミカワ青果の車がやってくる。近所に住むお年寄りや小さな子どもをつれたお母さんが、この曲を聞いて買い物にやってくる。

こころは一度も買い物に行ったことはないけれど、お母さんは行ったことがあるようで、「三河《みかわ》のおじさんももう年だから、あと何年来てくれるかわからないね」と言っていた。

昔、このあたりにまだ大きなスーパーがない頃には本当に便利で、もっとたくさんの人が買い物に来ていたけれど、今はもうそうでもない。大きな音楽を響かせるスピーカーがうるさいと苦情を言う人もいて、騒音《そうおん》問題になっている、とも。

騒音、とまでは思わないけど、こころもこの音を聞くと、否応《いやおう》なく、今が平日の昼間だということを意識する。意識させられてしまう。

子どもが笑う、声が聞こえた。

平日午前中の十一時というのがこういう時間なんだということを、こころは学校を休むようになって初めて知った。

ミカワ青果の車は、こころにとって、小学校の頃から、夏休みや冬休みに見かけるものだった。

こんなふうにカーテンを引いて、部屋で、身を硬くしている平日に見るものではなかった。去年、までは。

こころは息を殺して音を絞ったテレビを観《み》ながら、その明かりが外に漏《も》れていなければいいな、と思う。

ミカワ青果が来なくても、こころの部屋の向こうに見える公園には、いつも近所の若いお母さんたちが子どもを遊ばせに来ている。色とりどりのバッグをハンドルのところにかけたベビーカーがベンチのそばに並んでいるのを見ると、「ああ、午前中もあとちょっとだ」と思う。十時から十一時くらいにかけて集まり始めた親子たちは、十二時にはお昼ごはんのために、みんないったんそこからいなくなる。

そうしたら、少し、カーテンが開けられる。

カーテンの布地の淡いオレンジ色を通し、昼でもくすんだようになった部屋は、ずっと過ごしていると、罪悪感のようなものにじわじわやられる。自分がだらしないことを責められている気になる。

最初はそれで心地よかったものが、だんだんと、やっぱりいけないんだと思うように、なぜか、誰《だれ》に言われたわけでもないのに、なってくる。

世の中で決まっているルールには、全部、そうした方がいい理由がきちんとある。

朝はカーテンを開けなさい、だとか。

学校には、子どもはみんな行かなければならない、だとか。

おととい、お母さんと見学に行ったスクールに、今日から、本当に行ける気がしていた。

だけど、朝起きたらダメだった。

いつものようにおなかが痛い。

仮病《けびょう》じゃない。本当に痛い。

どうしてかわからなかった。朝、学校に行く時間になると、仮病じゃないのに、本当におなかや、時には頭も痛くなるのだ。

無理しなくていい、とお母さんには言われていた。

だから、そこまで構えずに、こころは朝、二階の自分の部屋から、ダイニングに下りていった。

「お母さん、おなか痛い」

ホットミルクとトーストを用意していたお母さんが、こころの声を聞いて、露骨《ろこつ》に表情をなくした。黙《だま》った。

こころを見ない。

まるでこころの声が聞こえなかったように俯《うつむ》いて、湯気を立てるマグカップを食卓に運ぶ。そのまま、うんざりしたような声が、「痛いってどういうふうに？」と聞いた。

仕事用のパンツスーツの上からかけた赤いエプロンを不機嫌《ふきげん》そうに脱ぎ捨てて、椅子にかける。

「いつもと同じ」

小声で答える。言い終えないうちに、お母さんが続けた。

「いつもと同じって、昨日までは平気だったんでしょ？　スクールは学校じゃないのよ。毎日じゃないし、来てる人数も学校より少ないし、先生もいい人そうだったでしょう。行くって、こころが言ったんでしょう。どうするの、行かないの？」

矢継《やつ》ぎ早《ばや》に責められるように言われると、ああ、お母さんは行ってほしいんだとわかる。だけど違う。

行きたくないんじゃない、仮病じゃない。本当におなかが痛い。

こころが答えないでいると、お母さんがいらいらしたように急に時計を気にし出す。「ああ、もうこんな時間」と舌打ちをする。

「どうするの？」

足が固まったようになって動けない。

「行けない」

行かないんじゃなくて、行けない。

精一杯気持ちを込めて呟《つぶや》くように言うと、お母さんが目の前で大きなため息をついた。自分まで体のどこかが痛いように顔をしかめた。

「……今日だけ行けないの？　それともずっと行かないの」

答えられない。

今日は行けないけど、次にスクールがある日にまたおなかが痛くなるかどうかなんてわからない。仮病じゃなくて、本当に、痛いからただ行けないだけなのに、こんな理不尽《りふじん》なことを聞かれるなんてと悲しくなってくる。

答えないままお母さんを見ていると、お母さんが「もういい」と立ち上がった。感情にまかせるように、朝ごはんの載った皿を持ち上げ、トーストを流しの隅《すみ》にある三角コーナーに放り込んだ。「牛乳も飲まないのね、せっかくあたためたのに」と言うなり、返事も聞かずに流しに捨てる。台所にミルクの湯気がふわっと大きく上がって、すぐに水音とともに消えた。

本当は後で食べようと思っていたけど、答える暇《ひま》もなかった。

ドアの前でパジャマ姿のまま動けないこころを無視するように「ちょっとどいて」と通り抜けたお母さんが、奥のリビングに消える。すぐに、どこかに電話する声が聞こえてきた。「ああー、すいません。安西《あんざい》ですけれども」と、それまでの不機嫌を根こそぎ拭《ぬぐ》ったような、よそ行きの声が聞こえてくる。

ええ、そうなんですよ。おなかが痛いと言い出して。申し訳《わけ》ありません。見学の時にはあの子の方が行きたいって乗り気だったんですけど、はい、はい、本当にご迷惑をおかけして――。

お母さんがこころをつれていってくれた「スクール」は、「心の教室」というところだった。

入り口にかかった看板の上に、「子ども育成支援」、という文字が見えた。学校のような、病院のような雰囲気のある古い建物の二階から、子どもの声がしていた。小学生くらいだろうか。

「ほら、こころ、行くよ。緊張するね」

そう言って笑ったお母さんは、こころより緊張しているように見えた。こころの背をぽん、と押す。

ここの名前が「心の教室」なのが、なんだか申し訳なかった。

こころと、同じ名前。

お母さんだって気づいているだろう。お母さんは、ここに自分をつれてくるために娘にこの名前をつけたわけじゃないのに。思ったら、胸がぎゅっと痛んだ。

不登校、と呼ばれる子どもが学校の他に通う場所があるということを、こころは、自分がこうなって初めて知った。小学校の頃、こころたちのクラスで、学校に来ない子は一人もいなかった。みんな多少のズル休みは一日か二日、していたかもしれないけど、とにかく、ここに来るような子は一人もいなかった。

スクールで迎えてくれた先生たちも、みんな自分たちの「心の教室」を「スクール」と呼んでいた。

こころは、慣れないスリッパを履《は》いたつま先がスースーして落ち着かず、通された部屋で椅子に座《すわ》ったたまま、足の指をぐっと丸めた。

「安西こころさんは、雪科《ゆきしな》第五中学校の生徒さんなのね」

確認のように、先生が優しそうに笑う。若い、子ども番組の歌のお姉さんのような雰囲気の人だった。胸についたひまわり形の名札に、誰か子どもが描いたらしい彼女の似顔絵と「喜多嶋《きたじま》」という名前が書いてある。

「はい」と答える声が、我《われ》ながら小さく不明瞭《ふめいりよう》だった。自分でも、どうしてこんな声しか出せないんだろうと思うけど、そうなってしまう。

喜多嶋先生がにっこり笑った。

「私もよ」

「はい」

喜多嶋先生はキレイな人で、短い髪が活発な印象だった。それに目がとても優しい。好感を持ったけど、この人が今はもう卒業して、あの学校の中学生でないことが場違いに羨ましかった。

こころは、雪科第五中に〝通ってる〟なんて、とても言えない。まだ、入学したばかり。それなのに、最初の四月しか、あそこに行っていないのだから。

「電話したから」

元通り不機嫌そうな声に戻ったお母さんが、ダイニングに戻ってくる。立ちっぱなしのこころを見て、また顔をしかめ、「おなかが痛いなら寝たら」と呼びかけた。「スクールで食べるように作ったお弁当は、じゃあ、家で食べるのね。そこ、置いておくから食べられそうなら食べて」

こころの目を見ず、自分の朝の支度《したく》を始める。

——お父さんがいてくれたら少しは庇《かば》ってくれたかもしれないのに、と苦しくなった。共働きの両親のうち、お父さんの会社の方が通勤するのに遠いから、その分朝が早い。こころが起きる頃にはもういないことがほとんどだ。

そのままでいると怒られるかもしれないから、黙ったまま階段を上る。背後から、追い打ちのように、ため息が聞こえた。

気がつくと、三時だった。

つけっぱなしのテレビが、昼下がりのワイドショーに変わっている。芸能人のスキャンダルやニュースを終えて通販のコーナーに移っていて、こころははっと、ベッドから起きる。

どうしてこんなに眠いのかわからないけど、学校にいる時よりも、家にいると眠気に襲《おそ》われることが多い。

目をこすり、よだれを拭って、テレビを消し、一階に下りる。洗面台の前に立って顔を洗うと、おなかが空《す》いていた。

ダイニングに入り、お母さんが残していったお弁当を開く。

チェックの布に包まれたお弁当のリボンをほどく時、お母さんはたぶん、これを包む時には、私がスクールでこれを食べると思っていたんだろうな、と思う。思うと、胸がきゅっとなって、お母さんに謝りたくなってくる。

お弁当の箱と別に、小さなタッパーが上に載っていて、開けると、こころの好きなキウイフルーツが入っていた。お弁当も、こころの好きな三色そぼろごはんだった。

それを一口、食べて、俯《うつむ》く。

見学の時、楽しそうだと思ったあの場所にどうして自分が行けなかったのかわからなかった。朝は、ただ今日だけおなかが痛くて行けないのだと思っていたスクールは、今日が台なしになったせいで、もう次に行ける気がまったくしなくなっていた。

スクールには、小学生も中学生も来ていた。

みんな、とても〝学校に行けない子〟には見えなくて、普通そうな子ばっかりだった。何かすごく変だったりするわけじゃない。周りに外《はず》されたりする子には見えなかった。

ただ、来ていた中学生はみんな、制服を着ていなかった。

自分より少し年上に見える女の子二人組が机をくっつけ合って、「ああー、やだぁ」「でもそれってさ」と話す様子は、こころの通っていた中学校となんら変わらなくて、それを見たら、またおなかの下の方がきゅっと痛みそうになったけど、でも、その彼女たちもまた学校は休んでいるのだということがとても不思議だった。

喜多嶋先生に案内される間、「先生、マサヤが叩《たた》いたー」とやってきた子もかわいくて、ここに通ったら、この子たちと一緒にゲームをしたりするのかな、と想像してみた。少し想像したら、本当にそうできる気もした。

お母さんは、こころが見学してくる間、最初に通された部屋でそのままここの責任者の先生と待っている、と言っていた。

お母さんは何も言わなかったけれど、こころを見学につれてくる前、何度か自分一人で見学に来ていたらしい。他の先生たちが、お母さんに「あ、どうも」と初めてじゃない挨拶《あいさつ》をしたことで、すぐわかった。

こころを見学に誘《さそ》うお母さんが、不器用に「こころちゃん、ちょっとお話があるんだけど」と慣れない様子で身構えていたことを思い出す。お母さんはお母さんなりに、精一杯、気を遣《つか》っていたんだと思う。

お母さんの待つ部屋に入る時、中から、責任者の先生のものらしい、声が聞こえた。

「小学校までのアットホームな環境から、中学校に入ったことで急に溶け込めなくなる子は、珍《めずら》しくないですよ。特に、第五中は学校再編の合併のあおりを受けて大きくなった中学校ですからね。このあたりの学校の中でも特に生徒数が多いですし」

深呼吸する。

――傷《きず》ついたりする話じゃないんだ、と自分に言い聞かせる。

確かに、中学校に入ったことで、それまで二クラスだった環境がいきなり七クラスに増えて、最初は戸惑った。教室に前からの知り合いがほとんどいなくなった。

でも、違う。

私は、だから〝溶け込めなかった〟わけじゃない。そんな、生ぬるい理由で、行けなくなったわけじゃない。

この人は、私が何をされたか知らないんだ。

こころの横の喜多嶋先生が、気まずそうな表情も何もせず、毅然《きぜん》と「失礼します」とドアを開ける。向き合って座っていた年配の先生とお母さんが、一斉《いっせい》に入ってきたこころたちを振り返る。

お母さんの手がハンカチを握《にぎ》っているのを見て、泣いていたんじゃないといいな、とこころは思った。


テレビがついていると、観てしまう。

観てしまうと、何をしたわけじゃないのに、一日何かして過ごしたような気になる。

でもその内容はたとえ筋のあるドラマでさえ、観た後で思い出せないようなことも多くて、結局何をしていたのか、と思ううちに、一日が終わる。

主婦の人が街角でインタビューされていて「子どもが学校に行ってる間に」と何気なく一言《ひとこと》告げるだけで、学校に行けていない自分はダメなやつだと非難されている気持ちになる。

こころのクラス担任の伊田《いだ》先生は、若い男の先生で、今も時折、家を訪ねてくる。こころは会う時もあれば、会わない時もある。先生が来ると、お母さんに「先生来たよ、会う?」と聞かれる。

きっと会わなければならないのだろうと思っていたのに、こころが「あんまり、会いたくない」と口にした日、お母さんは怒らなかった。「いいよ。じゃあ、今日はお母さんだけが会うね」と言って、先生をリビングに通した。

「すいません、今日はちょっと……」とお母さんが言うと、先生も「いいですよ。大丈夫です」と、こころと会うのを諦《あきら》めるし、こころを怒らない。

自分のそんなわがままが通ると思っていなかったこころは戸惑った。先生の言うことも、親の言うことも、大人の言うことは聞かないといけないとずっと思ってきたのに、あっさりと希望が通って、それにより、今が非常事態なんだとわかった。

私は、みんなに気を遣われている。

たまに、小学校の頃の同級生だった沙月《さつき》ちゃんや、仲良しだった墨田《すみだ》さんが来てくれることもある。今はクラスが違うけど、それも、先生に言われてそうしているのかもしれない。学校を休んでいることがかっこ悪くて、こころはそういう時も断ってしまう。

本当は会って、聞いてほしいことがたくさんある気もしたけれど、気を遣われているのが気まずくて、そうなってしまう。

お弁当を食べている間に、電話が鳴った。出ない方がいいかな、とそのままにしていると、留守電に切り替わった。

『もしもし？　こころちゃん？　お母さんです。いるなら、出てね』と聞こえてきた。

お母さんの声だ。優しく、落ち着いている。こころはあわてて受話器を取った。

「もしもし」

『あ、こころ？　ごめん、お母さんだけど』

朝とは違う、穏やかな声だった。電話の向こうでお母さんが笑う。どこにいるんだろう。仕事を抜けてきたのか、周りは静かだった。

『出ないから心配したよ。大丈夫？　お弁当食べてる？　おなかはもう痛くない？』

「大丈夫」

『本当？　まだもし痛いなら病院に行った方がいいかな、と思って』

「大丈夫」

『お母さん、今日、早く帰るようにするから。――大丈夫。こころちゃん、まだ始まったばかりだよ。これからだよ、がんばろう！』

お母さんの声が明るく呼びかけてくる。こころはその声を聞きながら、ただ「うん」と頷《うなず》いた。

今朝、あれだけ感情的になっていた後で、誰かに何か、言われたんだろうか。会社で誰かに相談したんだろうか。だけど、お母さんは自分ひとりで反省してかけてきたような気もする。

がんばろう、というお母さんの期待に応《こた》えられるかわからないのに、こころは頷いてしまう。

四時を過ぎたら、もう、一階にいてはいけない。

二階のカーテンも、朝と同じようにまた閉める。

その音を待つ間の緊張感は、毎回、ものすごい。何回聞いても慣れることがない。気にしないように、音を小さくしたテレビを観てやり過ごしたいけど、それでも、無意識に待ってしまう。

そろそろかな、と思っていると、家の前についたポストに、カタン、と手紙が差し込まれる音が聞こえた。

その音を聞くと、「あ、東条《とうじょう》さんが来た」とわかる。

同じクラスの東条萌《もえ》ちゃん。

転入生で、お父さんの仕事の関係で手続きする時期が遅れたとかで、四月の新学期が始まって少しした頃になって、クラスに加わった。

とてもかわいい子で、運動神経もよくて、席は、こころの隣。同性の自分でもドキドキするような、細い手足に長い睫《まつげ》の東条さんは、フランス人形のようで、ハーフじゃないらしいけど、まるでハーフのような、日本人離れした整った顔立ちをしていた。

先生が、彼女をこころの隣の席にしたのは理由があった。彼女が引っ越してきた家が、こころの家の二軒隣だったからだ。近所同士仲良くしなさいということらしかったし、こころもそうできたらいいと思った。実際、転校してきて最初の二週間は、東条さんも「こころちゃんって呼んでいい？」と聞いてくれて、学校の行き帰りも一緒だった。

家にも遊びに行かせてもらった。

東条さんの家は、こころの家とほぼ同じ間取りの家が東条さんの家仕様になっている、という印象だった。壁や柱の素材や、天井の高さまで一緒なのに、玄関の棚《たな》に置かれているものや、かけられている絵や、電灯の種類や絨毯《じゅうたん》の色まで全部、違う。同じ造りの家な分、その差がなおさら際立《きわだ》っていた。

東条さんの家はおしゃれで、玄関に入ってすぐに、お父さんの趣味だといういろんな童話の絵がかかっていた。

東条さんのお父さんは大学の先生で、児童文学を研究している人だということだった。そのお父さんがヨーロッパで買ってきたという、昔の絵本の古い原画がたくさん飾られていた。『赤ずきん』や、『眠れる森の美女』。『人魚姫』や『七ひきの子やぎ』、『ヘンゼルとグレーテル』といったこころも知っている絵本の一場面。

「変な場面ばっかでしょ」と、東条さんは――その頃、こころが萌ちゃんと呼んでいた、あの子は言った。

「うちのパパ、この画家のコレクターなんだ。昔のグリムとか、アンデルセンの絵本の挿絵《さしえ》とかをよく集めてる」

東条さんは「変な場面ばっかり」と言ったけれど、そんなことはなかった。『七ひきの子やぎ』は狼《おおかみ》が家に踏み込んできて子やぎみんなが逃げ惑う有名なシーンだし、『ヘンゼルとグレーテル』だって、ヘンゼルがパン屑《くず》を捨てながら歩くシーンだ。魔女はいないけれど、それだけであの話の絵だってちゃんとわかる。

同じ広さの家のはずなのに、東条さんのおしゃれな家は、こころの家よりなぜかずっと広く感じられた。

リビングに本棚があって、英語やドイツ語をはじめ、いろんな言語の本がたくさん並んでいた。

「これはデンマーク語」

東条さんが一冊を手に取って教えてくれて、こころは仰天《ぎょうてん》する。「かっこいい」と素直に口にする。英語なら少しはわかるけど、デンマーク語なんてまったく未知の言語だ。東条さんは照れたように少しはにかんで「アンデルセンがデンマークの作家なんだよね」と教えてくれた。

「私も読めないけど、雰囲気とか気に入ったなら貸してあげるよ」と言ってくれて、とても嬉しかった。デンマーク語で書かれた本は、タイトルが読めなくても、こころも知ってる『みにくいアヒルの子』なんだと表紙の絵でわかった。

「あと、ドイツ語の本も多いよ。これは、グリムがドイツの人だからだけど」

東条さんが言って、胸がさらにときめく。グリム童話には知っているものも多くて、外国語の絵本はどれもおしゃれでかっこよく見えた。

「今度うちにも遊びに来てね。何もないけど」

こころもそう言って、近いうちに本当にそうなると思っていた。思っていたはずだった。

それが、どうしてああなってしまったのか。

東条さんは、こころから、離れていった。

真田さんたちに何か言われたのだろうということは、容易にわかった。

こころが東条さんに「萌ちゃん」と話しかけた時、東条さんが困ったように、「何?」と上げた顔の表情。

そこに、はっきり、「迷惑だ」という色が滲《にじ》んでいた。みんなの前で――特に、真田さんたちの前で話しかけないでほしい、とはっきり、顔に出ていた。

どの部活に入るかの見学に、一緒に行こうという話をしていた。

だけど、約束していたはずの放課後に、東条さんは、真田さんたちと一緒に、さっさと教室を出て行った。真田さんが、「あーあ、ぼっちの人ってかっわいそー」と、廊下《ろうか》に出てから、こちらを見ずに放った声が、こころの方まで聞こえてきた。

ぼっち、は、ひとりぼっちのことなんだと、周りからのざわついた視線を受け止めながら、のろのろ、帰り支度をする途中で、気づいた。

へえ、ひとりぼっちのことって、ぼっちって言うんだ、と、そのことだけ何度も何度も頭の中で繰り返して、誰とも目を合わせずに、外に出た。どの部活に見学に行っても、彼女たちの姿があるんじゃないかと思ったら、それだけでもう見学に行ける気がしなかった。

――どうして、自分があの人たちに目をつけられてしまったのか。

無視される。

陰口を言われる。

他の子にも、こころと仲良くしない方がいいよ、と話をされる。

笑う。

笑う笑う笑う。

こころを、笑う。

おなかが痛くて、閉じこもったトイレの個室で、真田さんが外で笑う声が聞こえる。もうすぐ休み時間が終わってしまうけれど、あの子たちがいるから外に出られない――。泣きそうな気持ちで思い切って外に出ると、すぐ隣の個室から、「あ」という短い声とともに真田さんが出てきた。こころの顔を見て、ニヤニヤ笑う。

遅いから何してるか見てやろーよ、と、横の個室から、彼女が身を屈《かが》めて自分を覗《のぞ》こうとしていたんだということを、後から、偶然《ぐうぜん》様子を見ていた別のクラスメートに教えられて、恥ずかしさに顔が真っ赤になった。屈んでいるところも、下着を下ろしているところも見られたかもしれないと思ったら、心の中で何かが壊《こわ》れる音が聞こえた。

こころにそのことを教えてくれた子もまた、口では「ひどいね」と言いながらも、「私が言ったって、絶対に言わないで」とこころにしつこく口止めして去っていった。

呆然《ぼうぜん》として、悔《くや》しくて、立ち尽くした。

どこにも安らげる場所がない。

そんなことが繰り返され、そして。

――決定的な〝あれ〟が起きて。

こころは、学校を、休んだ。

家が近い東条さんは、こころが学校に行かなくなってからも、毎日のように学校からのプリントや手紙を届けに来る。

とても、事務的に。

仲良くなれたらいいと思ったし、仲良くなれそうだったのに、プリントをポストに入れるだけの東条さんが、そこから一歩進んでこころの家のチャイムを鳴らすことはない。ただ義務を果たすようにプリントだけ入れて去っていく東条さんの姿を、こころは何度かこっそり、自分の部屋の窓から見送った。

青緑色のセーラー服の襟《えり》。臙脂《えんじ》色のスカーフ。四月には自分も着ていた制服。それを、ぼんやりと眺《なが》める。

家が離れているからか、東条さんが、他の友達と一緒でなく、一人でいることに少しだけ、救われた気持ちになる。

東条さんが、本当は先生たちから、自分に会ってくるように、話を聞いてくるようにと言われているかもしれないことについては、――そう言われてるのにもかかわらず、彼女がそうしないでいる可能性については、考えないようにする。

カタン、と音がして、萌ちゃんが帰る。

⚜

こころの部屋には、大きな姿見《すがたみ》があった。

自分の部屋をもらってすぐにつけてもらった、ピンク色の石が枠《わく》を囲った、楕円《だえん》形の鏡。そこに映る自分の顔の、顔色が悪い気がして、こころは泣きたくなる。見ていられなくなる。

東条さんが帰ったのをそっと、カーテンを持ち上げて確認してから、こころはゆっくりベッドに倒れ込んだ。音のほとんど聞こえないテレビの放つ光が、今日はやけに眩しい。

学校を休むようになって少しして、それまで持っていたゲーム機を、お父さんに片づけられた。

「学校に行かないで、しかもゲームがあったら、この子はもう勉強なんかしなくなるぞ」と言われ、テレビも片づけられてしまいそうだったのを、お母さんが「もう少し様子を見たら」と止めた。

あの時は、お父さんのことをひどいと恨《うら》んだりもしたけど、今、こころには、自信がない。お父さんの言う通り、ゲームがあったら、一日中、ゲーム漬《づ》けの日々になっていただろうという気もする。今だって、勉強はしていない。

中学校、という新しい場所の勉強は難しいだろう。もうきっと、ついていけない。これから、どうしたらいいのか、わからない。

顔に当たる光が、本当に眩しい。

テレビを消してしまおうと、ふっと、何気《なにげ》なく顔を上げたその時、こころは「え？」と息を呑んだ。

テレビは、ついていなかった。

知らないうちに、電源を切っていたらしい。

その代わりに部屋で光っているもの、それは入り口近くにある鏡、だった。

「え」

呆気《あっけ》に取られ、つい、深く考えずに近づいてしまう。光り輝《かがや》く鏡は、内側から発光していたようで、目が開けていられないほどのまばゆさだった。中に、何も映っていないように見える。

手を伸《の》ばした。

伸ばした後で、ひょっとして熱かったら、と今更《いまさら》ながら気づいたが、表面は前と同じ、ひんやりとした感触だった。ただ、問題は温度ではなかった。ふっと、その手に少し力を入れた——次の瞬間。

「きゃっ！」

こころは、悲鳴を上げた。

手のひらが、そのまま、中に吸い込まれる。鏡の硬い感触が、そこにない。まるで水を押したような手応《てごた》えが返ってくる。

そのまま、体が倒れた。鏡の向こうに引きずり込まれる。

嫌《いや》だ、怖い、と思った次の瞬間、体が光に呑まれた。本格的な眩しさに目をつぶると、体がどこか冷たい場所を通り抜けるような感覚があった。

お母さん、と呼ぼうとして、だけど、声が出ない。

体が、どこか遠く、上なのか、まっすぐなのか、わからないけど、引っ張り上げられていくような感覚に、包まれる。

「ねえ、起きて」

倒れた床の、冷たい感触を、まず右頬《ほほ》に感じた。

頭の奥が沁《し》みるように、キンキン痛い。口の中と喉《のど》が渇《かわ》いている。顔を上げられないこころの横で、また、声がした。

「ねえ、起きてってば」

女の子の声、だった。まだ小学校低学年くらいのものに聞こえる。

こころには、身近にそんな小さい子はいない。首を振り、ゆっくり瞬《まばた》きして、体を起こす。声の方向を見て、そして、こころは声にならない声とともに息を呑んだ。

異様な子が、そこに立っていた。

「起きてくれた？　安西こころちゃん」

狼の、顔。

縁日で売られるような、狼の面をつけた女の子が立っている。

ただ、変なのはそれだけじゃない。そんなものをつけているにもかかわらず、彼女はまるで、ピアノの発表会か、誰かの結婚式ででも着るような——レースがたくさんついたピンク色のドレスを着ていた。まるで、リカちゃん人形の服みたいな。

それに、今、私の名前を——？

混乱とともに、え、え、と周りを見回す。

どこなんだろう、ここは。エメラルド色に輝いた床が、まるで絵本で見る『オズの魔法使い』か何かのような印象だ。

まるで、アニメか舞台の世界に入り込んだような。そう思い、はっと、頭の上に伸びる影に気づいて、顔を上げる。そして、また空気の塊《かたまり》を盛大に喉に吸い込んだ。口元を押さえる。

城が、建っている。

立派な門構えの、まるで、西洋の童話で見るような、城が。

「おっめでとうございまーす！」

目を見開くこころの前で、声が響き渡った。面のせいで、表情も、口の動きもわからないけれど、どうやらそれは、この、狼面の少女の口から出たものらしかった。

彼女が続ける。

「安西こころさん。あなたは、めでたくこの城のゲストに招かれました—！」

唖《あ》然《ぜん》とするこころの目の前で、城の鉄格子《てつごうし》の門が開く、ゆっくりとした音が聞こえた。

⚜

頭の中が、真っ白になって——。

次に思ったのは、逃げなくちゃ、ということだった。

怖かった。

狼面の少女が、表情がわからない顔で、こっちを見上げている。——夢か幻《まぼろし》だったら次に見た瞬間に消えていてくれるんじゃないかと願ったけど、消えない。いつまでも、こころを見上げたままでいる。

ゆっくり、後ろを振り返ると、鏡が光っていた。

こころの部屋にある姿見と、同じではないけれど、同じくらいの大きさ。縁《ふち》を色とりどりのドロップみたいな石が飾ったその鏡に向けて、こころは走り出した。多分、あの鏡とこころの部屋が繋《つな》がっている。あそこをくぐれば、元に戻れる。

城を背にして、無言で一目散に駆けだしたこころの腰《こし》に、ばっと、狼面の少女が後ろからしがみつく。タックルしてくる。

「逃げるな！」

つかまった弾《はず》みに、エメラルド色の床に、顔からびたん、と転ぶ。少女が言った。

「逃げるな！　こっちは朝からずっとやってんだ。六人ずっと面接してきて、お前が最後だ。もう四時だし、時間がないんだよ」

「知らないよ！」

声が出た。

夢中だったし、年下の女の子相手だったから、つい乱暴な言い方になった。頭がぐらぐら、混乱している。

腰にしがみついた彼女を躍起《やっき》になって振り払おうとしながら、後ろを見上げると、視界に迫《せま》るように、まだ城がある。ディズニーランドのシンデレラ城みたいだ。ファンタジーの世界から飛び出してきたみたい。

これは夢じゃないのかな、と思うのに、夢と明らかに違う。腰をぐっと摑《つか》んでくる女の子には重みがある。思ったら、改めてぞっとした。這《は》うようにして、光を放つ鏡に向かう。

狼少女が叫《さけ》ぶ。

「なんだよ、気になんないのか？　目の前に城だぞ、こんな達者《たっしゃ》にしゃべる子どもだぞ。今から冒険が始まるかも、とか、異世界ファンタジー？　とか、期待しないのか。子どもらしい想像力のひとつも働かせてみろ！」

「知らないよー！」

泣きそうな声で答える。

よくわからないけど、今ならまだ間に合うと思った。引き返せる。なかったことにできる。

混乱が増しながらも、頭が徐々に冷静になってしまうのが怖かった。これ、夢じゃない。この子、明らかに私の頭じゃ考えつかないことしゃべってる。

彼女がさらにぎゅっと、こころの腰を摑む。息ができなくなるほどおなかを締《し》め上げられて、こころはぎゃっと声を上げた。

「願いが叶《かな》うんだぞ！　平凡なお前の願いをなんでも一つ叶えてやるっつってんだ！　話、聞け！」

つってんだ、って言われても、今初めて聞いたよ、と思うけど、苦しくて答えられない。小さい子相手だから手を抜いてたけど、これ、本当にヤバイ。こころは思い切り体を振って、狼少女の頭を押す。お面の上に覗いた髪の毛が柔《やわ》らかく、ぎゅむっと摑んだ頭が小さくて、ああ、本当に子どもの感触だ、と驚きながら、意を決して、彼女を押し、腕から逃れた。

這うようにして、彼女を振り切り、立ち上がって光る鏡に触れる。手がまた、来た時と同じく、水の中に沈《しず》むように、すっと鏡の向こうに吸い込まれた。

「待てっ！」

という声が聞こえて、息を止める。目を閉じて、こころは再び、体ごと鏡の向こうを押し、光の中に飛び込んだ。

「このっ……。――明日は来いよ！」

その声を最後に、耳の奥が、ぼーんと大きく震《ふる》えて、いろんな音が、遠ざかる。

瞬きすると、目の前に見慣れた自分の部屋があった。

テレビにベッド、小さい頃から窓辺に並ぶヌイグルミ、本棚、机、椅子、ドレッサー。

ぱっと顔を向けると、姿見は、そこにあった。

光っていない。

呆然と目を見開く自分の顔が映っているだけだ。

心臓が、バクバク、激しく打っていた。

今のは一体なんだったんだろう、と思うと同時に、反射的に鏡に伸ばしかけた手を、あわてて引っ込める。

今はただ、自分と、見慣れた部屋を映すだけの鏡。

だけど、その向こうから、誰かが自分を見ているんじゃないか。――あの狼少女の腕が伸びて、今にも自分を捕《つか》まえに来るんじゃないかと思ったら怖かった。

けれど、鏡は静かだ。ただ、こちらを映すだけで、何も起きない。

テレビの上の時計に目をやって、はっとする。このところずっと楽しみに観ていたドラマの再放送がもう始まっている時間。いつの間に――と思う。時間が進んでいる。

時計が進んでいるだけかも、とテレビをつけると、ドラマはもう始まっていた。時計が狂っているわけじゃない。現実に時間が経《た》っている。

――今の、何？

黙ったまま、唇を噛《か》む。姿見から、だいぶ距離を取って、鏡を眺める。

今のは、本当にあったことだろうか。

パジャマの腰にはまだ誰かに力一杯しがみつかれた、あの感覚が残っている。

思い出して、おっかなびっくり、腕をぴんと伸ばして距離を取りながら、おそるおそる、姿見を壁の方に裏返す。そして、ぱっと離れた。

指が微《かす》かに震えていた。

「今の、何？」

今度は声に出した。そうして、改めて、自分がさっきたくさん、誰かに怒鳴《どな》ったことを思い出した。普段は、人と話していないから、たまに出すひとり言の声さえ掠《かす》れているのに、今は声が喉に絡《から》まない。掠れてない。家族以外の誰かに向けて声を出すことなんて、ひさしぶりだった。

あれは、夢だろうか。そういえば、昼間に見る夢という意味の、白昼夢《はくちゅうむ》という言葉をどこかで見たことがあるけど、そういうことって、普通にあるんだろうか。

私、おかしくなっちゃったんだろうか。

少し落ち着いて考える余裕が出てきたら、その可能性に気づいて、今度は別の不安に胸の底が痛くなる。どうしよう、どうしよう、どうしよう。もし、こんなふうに一日家にいるせいで、幻《まぼろし》を見るようになってしまったのだとしたら。

――願いが叶う、と言っていた。

混乱しているのに、なぜか、そのことを不意に思い出してしまう。

――平凡なお前の願いをなんでも一つ叶えてやるっつってんだ！

幻だとしたらあまりにも鮮明に、耳が声を再現する。目が、裏返した姿見を、気になってどうしても追いかけてしまう。

その時だった。

「ただいまー」

玄関で、お母さんの声がした。

テレビを観ていたことがバレたら怒られる。こころはあわててリモコンに手を伸ばし、テレビを消す。「お帰りなさい」と顔を上げた。さっき、電話で「早く帰るようにする」と言っていたけど、今日は本当に早い。

一階に下りる時、やっぱり気になって姿見をもう一度見たけど、裏返した鏡に光る様子はもう、なかった。

帰ってきたお母さんは、優しく、機嫌がよかった。

「こころ、今日、こころの好きな、皮から作る餃子《ギョウザ》にするから手伝ってくれる?」と話しながら、両手に持っていたスーパーの袋を玄関に下ろす。コーヒー牛乳に、ヨーグルトに、魚肉ソーセージ。こころが昼間家にいるせいで、お母さんが「前より冷蔵庫の中味が減るのが早くて大変」とこぼしていたものの多くだ。

「お母さん……」

「ん?」

スーツ姿のお母さんが、後ろできれいに髪を留《と》めていた銀色のバレッタを外しながら、靴を脱いで台所に向かう。

さっき見たもののことを話したかったけど、その後ろ姿を見たら、言えなくなる。機嫌がいいところを邪魔《じやま》したくない。それに第一、信じてもらえないだろう。実際に見たこころだって信じられないのだから。

「……なんでもない」

言いかけて、言葉を止めたこころを、お母さんが振り返る。スーパーの袋を手に、こころが中味を冷蔵庫にしまおうと台所に向かうと、お母さんが「大丈夫よ」と言った。こころの背中を、とん、と軽く押す。

「スクールのことなら、お母さん、怒ってないから」と言われて、あ、と思い出した。お母さんは、こころがそのことを気にして、謝ろうとしたと思ったのだろう。

「最初だもん。ただ、あそこはいいところだと思うから、こころが行きたくなったらいつでも言ってね。こころが見学で案内してもらった、喜多嶋先生、だっけ？ あの先生も、今日電話したら、『いつでも来てね』って言ってたよ。いい先生だね」

「……うん」

さっき見たものの衝撃《しょうげき》が強すぎて、スクールを休んだことを、すっかり忘れてた。

思い出して、今度はそのことで憂鬱《ゆう うつ》になる。お母さんの声から、言葉とは裏腹に、本当はあそこに行ってほしいと思っていることがぴりぴり伝わってきて、責められている気持ちになる。

「次にあるのは、金曜日だって」

と言われて、こころはまた小さな声で「うん」と頷いた。

お母さんから連絡があったのか、お父さんもいつもより早く、晩ごはんの時間に間に合う頃に家に帰ってきた。

スクールのことには一切触れず、「お、今日は餃子かー」と嬉しそうに食卓を囲む。

「お父さん、覚えてる？　こころ、小さい頃、皮だけしか食べなかったの」

「覚えてる、覚えてる。中味を出して捨ててるから、それ全部俺《おれ》が食べてたんだよな」

「そうそう。だから私も皮を手作りするようになったのよね。中を食べてもらえないなら、せめてこっちに手間をかけようって」

二人が話すのを聞きながら、こころが白いごはんをなかなか食べ進めずにつついていると、お父さんが「こころも覚えてるか？」と聞いてくる。――覚えてるわけない。その話は、餃子を食べるたびに何十回も聞かされてきたけど、親の話でしか知らない。

「覚えてない」

そっけなく答える。こんなに食べられないって言っているのに、お母さんはいつもこころのお茶碗《ちゃわん》にごはんを多く盛りすぎる。

この人たちは、私にいつまでも、餃子の皮しか食べない子どもでいてほしかったんだろうか。

――今みたいに学校に行けない子になる、前のままで。


夜寝る時、鏡がまた光ったらどうしよう、と心配だったけど、裏返した鏡から、光が零《こぼ》れる様子はなかった。

ほっとして、だけど、視界の片隅で、やっぱり気になってしまう。ベッドに入り、横になって目を閉じてからも、何度か顔を姿見に向けた。

自分が何かを期待しているみたいだ、と眠りに落ちる前の、ぼんやりした頭で考える。狼少女から「冒険が始まるかも、と期待しないのか」と聞かれたけど、正直言うと、少し――思った。特別なことが始まるかも、と確かに期待した。

『ナルニア国物語』を思い出した。

家のクローゼットが別の世界への入り口になる、有名なあのファンタジー。憧《あこが》れないわけがない。

逃げるべきじゃなかったろうか。自分はひょっとして、すごくもったいないことをしたのかも。でも、どうせ不思議な世界に案内されるなら、狼じゃなくて、『不思議の国のアリス』みたいなウサギがいいな……。

怖いと思ったり、逃げたり、だけど期待したり、自分が本当はどうなってほしいと思ってるのかわからない。だけど、鏡が光らないことで、急に残念な、惜《お》しいことをしたような気になってくる。

もしも――。

もしも、また鏡が光ることが、仮に、あったら。

その時はもう一度だけ、中にまた入ってもいいかもしれない。

そんなことを考えながら、とろんと、溶《と》けるように眠りに落ちた。

⚜

翌朝になっても、鏡は光らなかった。

朝起きて、そういえば、昨日何かすごいことがあったはずだ、とぼうっと考え、その後で、こころははっとして壁の方に向けた姿見を見る。

昨日よりは少し大胆になって、おそるおそる、元通りこちらに向けたけど、中には髪に寝癖《ねぐせ》がついたパジャマ姿のこころが映っているだけだった。

いつもの通り朝ごはんを食べて、お母さんが仕事に出かけるところを見送り、食器を洗って、部屋に戻る。気持ちはまだ鏡を気にして、そわそわしていた。学校を休むようになってから、普段は着替えたり着替えなかったりだったパジャマを今日は着替え、髪もきちんととかす。

鏡が再び光ったのは、そうやって身支度をすっかり終えた、九時頃だった。

昨日とまったく同じ様子に、鏡が、日差しを受ける水たまりみたいにキラキラ、光る。

こころはごくりと息を呑み込み、ゆっくりと、深呼吸する。嘘《うそ》みたいだけど、本当だ。手を伸ばして、すっと、鏡の中に手を入れる。押すと、押しただけ体が中に呑まれていく。

怖い、とは、相変わらず、まだ少し思っていた。

だけど、ドキドキもしていた。視界が黄色く、白く、呑まれていく。

昨日と同じ、エメラルドグリーンの床と、城の前の門を想像したけど、眩しさが薄れて、うっすらと戻ってきた視界は、階段と、大時計、だった。

目を、瞬く。

これまた、海外のドラマや映画で観るような、お屋敷の入り口、という感じだ。

玄関を入ってすぐにあるような大広間のホール。

大きな窓と、その窓から左右対称に延びた階段。アニメの『シンデレラ』で、彼女が駆け下りるような、かっこいい、絨毯の敷かれた階段。

階段の上には、部屋ではなく、ただ大時計が置かれた張り出し廊下がある。普通の二階建ての建物とは違って、この大階段は時計のところに行くためだけにあるようだ。

正面にある、大きな時計の中で、太陽と月が描かれた振り子が揺《ゆ》れている。

直感する。

ここは、昨日見た〝城〟の中だ。

階段のところに、自分以外に何人か、人の姿が見えた。瞬きして、それから、目を見開く。彼らもまた、やってきたこころを驚いたように見ていた。

自分と同じ、中学生くらいの子どもたち。
一、二、三、四、五、六――こころを入れて、全部で七人。
「来たな」

と、声がした。

目の前に、ぴょんぴょんと弾《はず》むように歩きながら、狼少女がやってくる。昨日と同じ、お面とドレス。表情が見えないまま、こころの前に立つ。

「昨日は逃げたくせに、来たな」

「あの……」

自分の他にも、同じくらいの他の子たちがいるせいで、今日は昨日ほど彼女のことも怖くなかった。男の子もいるし、女の子もいる。中には、俯いたままゲーム機っぽいものを手にしてる男の子もいる。眼鏡《めがね》の子もいるし、よく日焼けした子も――と、一人の顔を見て、こころの手に、ぎゅっと力が入った。

時計のすぐ下の壁に、もたれかかるように立った男の子が、ものすごく、整った顔立ちをしていた。着てるのはパジャマみたいなジャージなのに、芸能人みたいにかっこいい。

ただそれだけのことに、こころはあわてて、見てはいけないものを見たような気がして顔を伏《ふ》せた。

「こんにちは」と別の方向から声がして、そちらを見ると、一人の女の子が微笑んでいた。明るく、快活そうで、背が高い。髪を上の方でポニーテールにしていた。

戸惑うこころに、「私たちも、みんな、今来たばかりなの」と伝える。

「あなたが昨日、逃げ出したって聞いて、今日は逃げないように、ここで、みんなして待とうって、この子に言われて――」

「この子？」

視線の先に、狼少女がいる。「〝オオカミさま〟と呼べ」と彼女が胸を張って言う。

「はいはい」と微笑んだままのその子が、「〝オオカミさま〟に言われて」と言い直す。

「みんなで待ってたの。七人揃《そろ》わなきゃ、ダメなんだって」

「逃げたのはお前だけだ」

少女――〝オオカミさま〟が言う。

「一度に集合させたら混乱するかもと思って、もったいなくも、昨日の朝からずっと一人ずつ呼び出して、こっちが説明してやってるっていうのに、最後の最後で逃げやがって。手間をかけさせるな」

「あの、ここ……、何《なん》なんですか」

自分が注目を浴びていることにドギマギしながら、こころが〝オオカミさま〟に尋《たず》ねると、彼女が「ふん」と鼻を鳴らした。

「それを説明しようとしたら、お前が愚《おろ》かにも逃げたんだよ。反省しろ」

「私たちも昨日聞いたばかりでよくわかってないんだよ。状況はあなたと同じ」

ポニーテールの彼女が、優しく説明してくれる。同い年くらいに思ったけど、その口調に、「あ、この人たぶん年上だ」とわかる。ものすごく落ち着いていて、大人っぽい。

「願いが叶う城なんだって」

別の、高くて耳にキンと響く声がした。声優みたいな、日常聞くには微《かす》かに違和感のある声だ。

顔を向けると、眼鏡をかけた女の子が、右隅の階段の一段目に座っている。髪をおかっぱみたいにしていて、着ているベージュのパーカーとデニムに女の子らしさが薄かった。

「その通り!」

一際《ひときわ》大きな声で、〝オオカミさま〟が叫ぶ。驚いたことに、その途端《とたん》、耳鳴りのように「オーン」という遠吠《とおぼ》えのような声が、二重に聞こえた。

それを聞いた途端、足がすくんだ。

びくっと体を引くこころの横で、他のみんなも立ちすくんだように目を見開いて〝オオカミさま〟を見る。どうやら、こころ以外にも全員に聞こえたらしい。驚くこころたちを意に介さぬ様子で、彼女が続ける。

「この城の奥には、誰も入れない、〝願いの部屋〟がある。入れるのは一人だけ。願いが叶うのは一人だけだ、赤ずきんちゃん」

「あ、赤ずきんちゃん？」

なんだそれ、と思いながら尋ねる。さっき、あの狼然とした遠吠えを聞いた後で、赤ずきんちゃんと呼ばれると、小さな女の子相手なのに、妙に気持ちが怯《ひる》んでしまう。「お前らは迷える赤ずきんちゃんだろうが」と彼女が言った。

「お前たちには今日から三月まで、この城の中で〝願いの部屋〟に入る鍵《かぎ》探しをしてもらう。見つけたヤツ一人だけが、扉を開けて願いを叶える権利がある。つまりは、〝願いの鍵〟探しだ。――理解したか？」

こころは黙ってしまう。

他の子も、互《たが》いにそろそろ顔を見合わせて、しばらく口をきかなかった。

理解したわけではなく、圧倒されて。むしろ疑問だらけで何をどう聞けばいいかわからなくなって、そうなった。全員がそう思っているのが、空気で伝わってくる。

そんなこころたちに、〝オオカミさま〟が、また「互いの顔色を窺《うかが》うな！」と叫んだ。

「自分が聞かなくても、誰かが何か聞いてくれるんじゃないかって期待するのはよくないぞ。何か言いたいことがあったら直接言え！」

「じゃあ、聞くけど」

案《あん》の定《じょう》、口を開いたのは、さっきこころに話しかけてくれた、ポニーテールの活発そうなあの子だった。

「なんで、そんなことが起こるの？　願いが叶うって、どうして？　昨日も聞いたけど、なんで、そんなものに私や――、ここにいる子たちが呼ばれたの？　それに、ここはどこ？　っていうか、現実？　あなたは誰？」

「うわー」

言いたいことがあったら直接言え、と言ったのは自分なのに、彼女の矢継ぎ早な質問に〝オオカミさま〟が耳を塞《ふさ》いだ。――お面についてる狼の耳じゃなくて、人間の、自分の耳の方を。

「夢がないな。自分が物語の主人公格に選ばれたことを無邪気に喜んだりしないのか」

「いや、喜ぶ喜ばないじゃなくて」

ポニーテールの子に代わって、別の、男子が言う。こころがここに来てからずっと左の階段の真ん中あたりに座って、ゲーム機をいじってた子だ。声が大きく、分厚いレンズの向こうの目つきが悪い。

「単純に意味がわかんないっつってんの。昨日から急に家の鏡が光って、ここと繋がって。こっちだって混乱してる。きちんと一から説明してよ」

「ふふん。ようやく口をきき始めたな、男子」

〝オオカミさま〟が笑う。

「男子は女子に比べて打ち解《と》けるのに時間がかかるからな。女子が早々にお互いに話し出すっていうのに、だいぶ出遅れたな。精々《せいぜい》がんばれ」

〝オオカミさま〟がバカにするように言って、男の子が不機嫌そうに眉間《みけん》に皺《しわ》を寄せ、彼女を睨《にら》む。〝オオカミさま〟は動じない。「定期的に選んでおるのだよ」とお年寄りみたいな言い方でわざとらしい咳払《せきばら》いをした。

「お前たちだけじゃない。これまでも何回か、迷える赤ずきんちゃんをこうやって定期的にこの城に招待してきた。――願いが叶った赤ずきんちゃんが過去にも大勢いる。選ばれたお前らはラッキーだ」

「――帰っていい?」

階段の上段に座って、さっきから黙っていた別の男の子が立ち上がった。ひょろっと背の高い、静かそうな男の子だった。色の白い顔の、鼻の頭のあたりにそばかすが散るのを見て、『ハリー・ポッター』に出てくるロンみたいだなぁと思う。

「帰るな!」

〝オオカミさま〟が言うと同時に、また「アオーン」という遠吠えが聞こえて、空気がびりびり、激しく震える。立ち上がった男の子も、目の前に空気の塊を受けたように胸を反《そ》らして、そのまま、立ちすくんだ。

「最後まで説明させろ」と〝オオカミさま〟がみんなを――お面のせいで、表情がわからない顔で、睨む。

「今後ここに来るか来ないかは、説明を全部聞いてから考えろ。いいか、まず、城の中へは、お前らが来る時に使った鏡で出入り可能。この間は門の外にあったが、今度からはこの広間に出るようにした。――逃げ出すヤツがいるからな」

彼女がこころの方を見て、また逃げたくなる。みんながそれに合わせて自分を見るのがいたたまれなかった。

「城が開くのは、今日から三月三十日まで。それまでに鍵を見つけなければ、その日を以《もっ》て鍵は消滅し、お前らももうここへは入れない」

「み、見つかったら?」

初めて聞く声がして、〝オオカミさま〟が声の方向を見る。こころも顔を向けると、見られることに耐《た》えられないように、大袈裟《おおげさ》に「ひいっ」と悲鳴を上げた男の子が、階段の手すりの陰《かげ》に隠《かく》れた。——小太りの男の子の丸い手が、おそるおそると言った様子に階段の端から覗く。おどおど、先を続けた。

「見つかって、誰かが願いを叶えたら、もう鏡とここは繋がらなくなるの?」

「〝願いの部屋〟が開いた時点で、お前たちのこのゲームはおしまいだ。その場合は、三月三十日を待たずして、もうこの城は閉じる」

〝オオカミさま〟が頷く。

「ちなみに、毎日城が開くのは、日本時間の朝九時から夕方五時まで。だから、五時までには鏡を通って必ず家に帰ること。これは絶対守らなきゃならないルールで、その後まで城に残っていた場合、お前らには恐ろしいペナルティーがある」

「ペナルティー?」

「シンプルな罰《ばつ》だ。狼に食われる」

「え」

ほぼ全員が、同じように口を開ける。視線が〝オオカミさま〟に集まる。こころもそうなった。「嘘でしょう？」と聞きたくて、だけど、さっきから何度か聞いている遠吠えに足がすくんだことを思い出すと、それもできない。

食われるって、つまりそれは、あなたが食べるってこと？

誰も何も聞かない、ひんやりと冷たい沈黙が場を支配していく。――考える時間が少しできたことで、その時、こころは気づいた。初めて、ある可能性に思い当たる。

昨日、〝オオカミさま〟はこころに向けて「もう四時だし時間がない」と言った。戻った時には、テレビでいつも観ていたドラマがもう始まっていて、オープニングが観られなかった。部屋にかかった時計の時間が進んでいた。――つまり、ここで過ごす時間は、鏡の向こうでも、現実に進んでいるのだ。

城が開いているのは、九時から五時。そして、期間は三月三十日まで。

それってなんだか学校みたい、と思ったことで、気がついた。

黙ったまま、こころは、この場に揃う〝オオカミさま〟を除く全員の顔を、順に見る。

こころ。

ジャージ姿のイケメンの男の子。

ポニーテールのしっかり者の女の子。

眼鏡をかけた、声優声《ごえ》の女の子。

ゲーム機をいじる、生意気そうな男の子。

ロンみたいなそばかすの、物静かな男の子。

小太りで気弱そうな、階段の手すりの陰に隠れた男の子。

――全部で、七人。

タイプがまるで違うけど、現実にこの時間、時が、鏡の向こうで進んでいるなら――。

ポニーテールの子の、あの問いかけを思い出す。「どうして、自分たちが呼ばれたのか」。それはこころにもわからないけれど、少なくとも一つだけ、自分たちには共通点がある。

この子たち、みんな、こころと同じで学校に行っていないのだ。

⚜

「あの、その、ペナルティーの内容についてだけど」

次に声を上げたのは、今度もポニーテールのあの子だった。

狼に食われる。

衝撃的なペナルティーの内容を明かした〝オオカミさま〟を、彼女の声が合図になって全員で眺める。

ポニーテールの子は、戸惑うような表情は相変わらずだけど、こころよりはよほど落ち着いてきたように見える。

「食べられるっていうのは文字通りの意味で？」と彼女が続けた。

〝オオカミさま〟が頷いた。「そりゃもう、頭から丸のみ」。

「ただし、童話よろしくお母さんを呼んできて腹かっさばいて、かわりに石を詰《つ》めるとかやめろよ。充分に気をつけるように」

「あなたが食べるの？」

「ご想像におまかせするが、巨大な狼が出てくることになっている。——大きな力がお前たちに罰《ばつ》を与える。それがいちど始まってしまうと、誰にもどうにもできない。私にも」

〝オオカミさま〟が全員の顔を見回す。

「それと、誰か一人がペナルティーを受ける場合は、他の人間も連帯責任だからな。一人が帰らずにいた場合は、その日、城に来てた他の奴《やつ》らも全員、戻れなくなるから気をつけるように」

「他のメンバーも全員、食べられるってこと？」

「まあ、そういうことだ」

〝オオカミさま〟が澄《す》ました様子で答える。

「ともあれ、時間は必ず守れ。城が開いている時間以外にこそこそ一人で、〝願いの鍵〟を探すような真似《まね》は誰にもできない。理解するように」

〝オオカミさま〟が言うと、だんだんと、お面の狼の口が動いてしゃべっているような気がしてくる。

「会ったばかりなのに、連帯責任なの？」

高い声が聞いた。眼鏡でおかっぱの、あの女の子のものだ。

「まだお互いのこともよくわからないのに、そこは信頼し合わなきゃダメってこと？」

「そうだ。だからせいぜい仲良くしろ。よろしくな」

よろしくな、と言われても――、とまた沈黙が落ちる。

「〝オオカミさま〟も、城が開いてる間は私たちといるの？」

勇気を出して、こころは初めて自分から質問をする。〝オオカミさま〟がくるっと向きを変えてこっちを見て、まだ、反射的にひっと身がすくむ。

「いたりいなかったりだ。常にいるわけでもないが、呼ばれたら出てきてやってもいい。お世話係兼お目付《めつけ》役のようなもんだと思え」

それはまたずいぶん横柄《おうへい》な態度のお世話係だ。

別の質問が出た。

「三月三十日ってのは、間違いじゃない？　三月は三十一日までのはずだけど」

その声は、それまで一人、何も言葉を発さないでいた、ジャージ姿の男の子のものだった。こころが内心で「イケメン」と思ったあの子だ。涼しい目元がこころの好きな少女漫画に出てくる男の子と似てる。

〝オオカミさま〟が首を振った。

「訂正はしない。城が開いている期間は三月三十日までだ」

「それは、なんでそうなんだよ？」

彼が尋ねた。

「何か意味でもあるの」

「特にない。三月三十一日は、強《し》いて言うなら、この世界のメンテナンス期間なんじゃないか？　よくあるだろ。改装のためにお休みします、とかなんとか」

〝オオカミさま〟は、自分のいる城のことを語っているというのにどこか他人事《ひとごと》のような口調だ。イケメンの男の子は、まだ納得《なっとく》できないように何か言いかける雰囲気があったが、結局何も言わずに、ふいっと顔を背《そむ》けて「わかった」と答えた。

「願いが叶うってのはマジで？」

今度はゲーム機をいじっていた男子が気怠《けだる》げに首を回し、〝オオカミさま〟に尋ねる。あまり見慣れないゲーム機のように見えてつい目がいくが、こころのところからではしっかりと確認できなかった。彼の言い方は、どこか挑発《ちょうはつ》的で、意地悪く指摘するように聞こえる。

「鍵さえ見つければ、どんなことでも叶うわけ？　この、鏡が光ってここと繋がるような複雑怪奇な超常現象的力で叶えてもらえるってことでいい？　魔法使いたいとか、ゲームの世界に入りたいとかそんなんもアリ？」

「アリだが、大変だぞ。それ系を願って、幸せになれた例をほとんど知らない。ゲームの世界に入ってすぐ敵に襲われて死んだとか、そんなんばっかだが、それでもよければ」

「夢がないね。でもまあ、いいや。サイアク、ポケモン選べば、闘《たたか》うのはオレじゃなくて手持ちのモンスターだし」

ゲーム機持参の男の子は、どこまで本気なのか、淡々《たんたん》と言い、一人で頷いた。

「あと、城内での注意点として」

〝オオカミさま〟が全員の顔を見回す。

「ここに入れるのは、お前たち七人だけだ。他に誰かつれてこようと思っても、中には入れない。なので、助《すけ》っ人《と》を用意して〝鍵〟を探そうだとか、そんなことは考えるな」

「――誰かに、ここのことを話すのは？」

これもまた、イケメンの男の子からの発言だった。〝オオカミさま〟が彼に向き直る。それまで淀《よど》みなく様々な質問に答えてきた彼女が、この時だけ、少し黙った。

「話せるものなら、話してみろ」

ややあってから、彼女が答えた。

「もっとも、話して信じてもらえると思うなら、だが。頭がおかしくなったと思われるのがオチだぞ。何しろ、当人以外はここに入れないわけだから、存在の証明は難しい」

「でもさぁ、目の前で鏡の中に入ることはできるわけだろ？　光る鏡に息子《むすこ》が消えたらさすがに心配して、信じると思うけど」

ゲーム機の男の子が言って、〝オオカミさま〟が「ほお」と息を漏《も》らした。

「息子、と言ったな。つまりは、両親に助けを求めるわけか？　友達じゃなくて、大人か」

「え」

彼の顔色がさっと変わった。〝オオカミさま〟が間髪《かんはつ》いれずに「その場合は、大人は、お前たちが戻ってきた後で、鏡を叩き壊すだろうな」と答えた。

「叩き壊さないまでも、遠ざけるだろう。もうそんな不可思議な場所へ行くな、と出入りを禁じて終わりだ。お前らはここに来られなくなって、鍵の捜索《そうさく》は終わり。それでもよければ、ご自由にどうぞ。しかし、その場合は、こちらとしても考えがある。第三者がいる場所で入り口を開くような真似は、こちらとしても防犯上、好ましくない」

「誰かがいる場合には、鏡の入り口を開かないってことか？」

「ご名答」

イケメンの声に、〝オオカミさま〟が大きく首を動かして頷く。大きな耳が一緒に揺れた。

「以上のルールを守る限り、ここでの過ごし方は自由だ」

〝オオカミさま〟が説明を続ける。

「城が開いている間は、鍵を探す以外にも、この中で何をしてもいい。遊んでもいいし、勉強してもいいし、本やゲーム、弁当にお菓子くらいなら持ち込むのも許してやる」

「こ、ここに何か食べ物はないの？」

階段に隠れた小太りの男の子が聞くのを見て、こころは、少なからず驚いた。見た目が〝食いしん坊〟っていう感じだけど、そんな見た目を裏切らないことを自分から聞けるなんてすごい。恥ずかしくないのかな、と感動すら覚えそうになる。うちのクラスでそんな発言をしようものなら、格好《かっこう》の〝ネタ〟になってしまう。

「ないよ」

〝オオカミさま〟が淡々と答える。

「むしろ、お前らが狼の餌《えさ》だ。自覚しろ。肥え、太れ。よく食べろ」

それからおもむろに、〝オオカミさま〟がみんなに向けて、顎《あご》をしゃくって言った。

「自己紹介しろ」と。

「これから一年近く、毎日じゃないかもしれないが、顔を合わせることになるかもしれないメンバーだ。自己紹介しろ」

そう言われても……、とまた互いに顔を見合わせてしまう。〝オオカミさま〟にまた「互いの顔色を窺うな！」と言われるかも――と、あの遠吠えみたいな咆哮を警戒して首をすくめかけたその時、「あ、じゃあ、ちょっとの間、〝オオカミさま〟、どこか行っててくれない？」と、ポニーテールの女の子が言った。

「仲良くは、するよ。そりゃ、こんなわけわかんないところに来たんだから、当然、私たちだってこのメンバーで仲良くしたい。だけど、ちょっと状況を整理させて。私たちだけにして」

「――ふうむ。まあよい」

〝オオカミさま〟は特に不愉快になったという様子もなく、お面の顔を傾《かたむ》けた。

「じゃ、ごゆっくり。しばらくしたら戻ってくる」

そう言って、そして――消えた。

何もない空中に、ふわりと浮くように手を上げたかと思うと、その手を体の前で空気を撫《な》でるように動かし、そのまま、瞬きくらいの間に姿が完全に見えなくなった。

残された七人全員で絶句して、それから、互いに顔を見つめ合う。「今、見た？」「見た。消えた……」「え？　え？」「すげっ……！」

様々な声が上がる。

図《はか》らずも、彼女の消失を通じて、こころも自然と彼らに話しかけることができた。

「まず――、私、アキ」

左右に延びた階段の前に広がるホールに車座《くるまざ》になって座り、大時計を背に、ポニーテールの女の子がそう自己紹介した。

言い方に微かに違和感があって、こころは顔を上げる。

名前だけ。苗字《みようじ》がない。

けれど、彼女は誰も何も言わないうちに、はきはきとした口調で続ける。

「中三。よろしくね」

「あ、よろしく……」

「よろしく、お願いします」

年上だから、こころは敬語になる。

子どもだけでこんな畏《かしこ》まった自己紹介をするという経験が、こころにはない。いつだってこういう時は担任の先生とか、誰か大人がいた。——今年の四月、入学したばかりの教室で自己紹介した時も、出席番号の早い男子が、名前だけ言ってそそくさと挨拶を終わらせるのを、伊田先生が「おおーい。そりゃちょっとさみしいんじゃないか」と止めた。「名前と、出身小学校。あとはせめて、趣味か、何か好きなものについて一言」と注意した。それを受けて、みんな、「野球」とか「バスケ」とか、好きなことを話した。こころはその時、趣味を「カラオケ」と答えた。読書とかそういうのを答えると暗い子だと思われそうだったし、こころの前の順番で挨拶した女子の何人かが「カラオケ」と答えていて、それについては誰も何も言わなかった。同じことを言えば変に思われないだろうと思ったのだ。

仕切《しき》る〝オオカミさま〟を失った今、自己紹介に追加を求める声は誰からも出ない。強いて言うなら、今挨拶したばかりのアキがそういうことが得意そうだったけど、彼女が短く名前しか言わなかったことで、なんとなく、パターンができた。みんながそれに倣《なら》えばいい、と思ったことが伝わる。

「私、こころ」

思い切って、こころが続く。すぐに全員の名前を覚えるのは無理かもしれないな、と思いながら。こんな少人数の中で挨拶するだけなのに、おなかの底が少し気持ち悪くなる。ひゅるんと、冷たい風に押される気がした。

「中一。よろしくお願いします」

「オレ、リオン」

次に、あのイケメンの子が言う。

「外国人みたいな名前ってよく言われるけど、日本人。理科の理に、音で理音。趣味と特技はサッカー。中一。よろしく」

中一。こころと同じだ。

彼に答える、「よろしく」という声がバラバラに上がる。全員、少し気まずそうに息を詰めたのがわかった。自分の名前の漢字とか趣味とかも、ここからは言わなきゃならないのか。

だけど、アキは付け足しで発言する気配がなかったし、こころも動けなかった。ここでは、趣味を「カラオケ」と気軽に流して言うようなことは、逆にしてはいけないような気もする。

「私、フウカ。中二」

眼鏡の女の子が言った。高い声優声は、慣れるとそれはそれで一音一音がつやつやとした、いい声に聞こえた。考えるような沈黙が二秒くらい。だけどそれを断《た》ち切るように整然と、彼女が言った。

「よろしくお願いします」

また情報を追加しない方向に、それで戻った。

「——マサムネ。中二」

ゲーム機の男子が言う。誰とも目を合わせないで、早口に続ける。

「あ。武将の名前とか、刀の名前とか、日本酒の名前であるってことは、聞き飽《あ》きてるから。耳にタコで、聞きたくないから。本名だから」

彼だけは、「よろしく」と言わなかった。皆、答えるタイミングを失っているところに、彼の隣に座っていた背の高い男子が、小さく息を吸った。さっき、「帰っていい？」と立ち上がって怒られた、『ハリー・ポッター』のロン似の男の子。

「名前はスバルだよ。よろしく。中学三年生」

さらりと、それだけ言う。

不思議な子だなぁ、という印象だった。どこか、浮《う》き世《よ》離《ばな》れしているというか。「だよ」なんていう言い方、こころの知ってる男子たちは誰もしない。それをして許されるような、今まで見たことのない雰囲気がある男の子だ。

「ウレシノ」

続いて、小さな声がした。

小太りで、食べるものがここにあるかと気にしていたあの男の子だ。「え?」と皆が聞き返すと、彼が同じ言葉を繰り返した。「ウレシノ」。

「名前じゃなくて、苗字だけど。珍しい苗字だけど、ウレシノ。よろしく」

おどおどとした彼の様子に、こころは、自分と似たものを見て好感を持った。つい「どういう字?」と聞こうとして、だけど、聞いていいかどうか、迷った。ここでそういうことをするのは和を乱すことのような気がする。

けれど――、「へぇ、どういう字?」という軽々《かるがる》とした声が聞こえて、こころは内心、ひゃっと息を呑む。リオンだった。

しかし、話しかけられたことで緊張を解いたように、ウレシノがほっと息継ぎするような表情になる。嫌がる様子はなかった。

「嬉しいっていう漢字に、野原の野」

「ぎぇー、めっちゃ画数多そう。それにオレ、その字、書けないわ。嬉しいなんて字、何年で習うの？　テストの時とか大変じゃないか？　名前書くの」

「うん。ちょっと時間かかる。問題解く時間をそれで損してるなって思う」

ウレシノが嬉しそうに、にっこり笑った。それを合図に空気が軽くなる。「中二」と彼が情報を補足した。

「よろしく」

「全員、中学生なんだ」

アキが言った。全員のまとめ役よろしく、みんなを見渡して頷く。

「ねえ、今、〝オオカミさま〟が聞いてるかもだけど、――みんな、何か、心当たりある？　ここに呼ばれたことについて」

それを尋ねる彼女の声に、微かに波打つような緊張を感じたのは、こころの気のせいではないだろう。

「ねえよ」

間髪いれずに、マサムネが答える。

「ねえよ。心当たりなんて何もない」

「……だよね」

どこかほっとしたように、アキが頷く。それを見て、こころも一緒に胸をなで下ろしていた。

どうして、自分たちがここに呼ばれたのか。

自己紹介が終わって、さっきからまた、みんな、互いに目を合わせなくなっている。黙ってしまう。

言葉遣いがつっけんどんだったり、たどたどしかったり、いろいろだけど、それでも全員がこころと同じことに気づいていそうだとわかったからだ。

みんな、学校に行ってない。

だけど、誰もそのことを突っ込まない。聞かない。話さない。

その気持ちが、誰も言葉にしないのに見えない気遣《きづか》いみたいに共有されていることが伝わる。誰もみんな、ここでそんなことを確認したくないのだ。

息苦しいような沈黙が続いた、その時だった。

「終わったか？」

いつの間にか、階段の上に、〝オオカミさま〟がいた。気配《けはい》なく急に現れた彼女に「うわあ！」と、皆、びっくりして頭上を振り仰《あお》ぐ。

「そんな、化けものを見るような顔して驚くな」

彼女が言った。

いや、充分化けものだと思ってるけど、と思ったけど、口に出す子は誰もいなかった。

「では、覚悟はできたか」

彼女が聞いた。今度は、誰も顔を見合わせなかった。

覚悟。

それはつまり、〝鍵〟を探し、願いを叶える、ということだろうか。自己紹介が終わって、それぞれの名前と個性が少しわかったところで、改めて、この城と鍵のことを、考える。

鍵は、一つ。

願いが叶うのは、一人だけ。

全員が同じことを考えているのがわかる。その気持ちを見透《みす》かしたように、〝オオカミさま〟が言った。

「では、今日は解散。――このままここに残って鍵を探すなり、城を散策するなり、家に帰って考えを整理するなり、好きにしろ」

あ、それから。

彼女が最後に付け足すように、告げる。そして、その言葉が、こころの胸を甘く、柔らかく、揺らした。

「城の中には、各自に部屋を用意したから、使っていいぞ。部屋の前にプレートがかかってるから、後で確認しておけ」

六月

五月が終わってやってきた六月。

その日は、しとしとと雨の降る朝だった。

ぽつぽつと窓を打つ雨の音で目覚めるこの天気が、こころは嫌《きら》いではない。

中学は自転車通学で、雨が降る日は指定のレインコートを着て登校することになっている。朝ずぶ濡《ぬ》れになったレインコートを晴れた夕方に広げる時、コートの表面に残る匂いが好きだった。嫌いな人もいるかもしれないあの匂いは、水と埃《ほこり》が混ざり合ってできるものなのだとどこかで読んだけど、こころは好きで——。

四月に、まだ学校に通っていた頃、自転車置き場でその匂いをぐんと嗅《か》いだこころは、その頃一緒に帰っていた子たちに向けて、深く考えずに「雨の匂いがする」と呟いた。

その後、真田さんたちが、自転車置き場で、レインコートを引き寄せる真似をしながら、「あめのにおいがするぅ」とにやにや笑いながら言い合っているのを見て、動けなくなった。どこかでこころのことを見ていたのだろう。

雨を好きでも、いいのかもしれない。

だけど、学校というところは、そんな正直なことを言ってはいけない場所だったのだと、こころは、絶望的に、気づいた。

二階のベッドから体を起こし、一階に、下りる。

今日、再びスクールに「行きたくない」と言ったこころに、お母さんは怒らなかった。少なくとも、表向き、声を荒《あら》らげたりはしなかった。

「また、おなかが痛いのね？」

と冷たい声で聞かれて、こころは、本当に痛いのにどうしてそんな仮病を使っているような言われ方をするのだろうと途方に暮れる。「うん」とか細く答えると、お母さんは「じゃあ、寝てなさい」と言った。

こころの顔をそれ以上、見ていたくないように。

先月から、スクールには結局一度も行けていないままだった。

お母さんと話したいことがもっとあるような気がして、仮病じゃなかったし、スクールのことがすごく嫌だと思っているわけじゃなかったし、そういう細かい感情を全部ちゃんと説明しなきゃいけない気がしたけど、これ以上一階に留《とど》まって、お母さんに本格的に怒られてしまうのが怖かった。悲しかったし、腹痛を信じてもらえないことが悔しかったけど、お母さんがスクールにお休みの連絡電話をかけるのをまた聞くのも嫌で、階段を上る。

ベッドの中に入っている間に、お母さんが玄関のドアを開けて、外に出ていく気配がした。

いつもしっかり「行ってきます」とこころに言って出ていくはずなのに、そんなまさか。

ちょっと外に行っただけかもしれないと、祈るような気持ちでそっと玄関に見にいくと、お母さんの鞄《かばん》も靴《くつ》もなくなっていた。暗くなった玄関で、スクールに行けなかったのは自分なのに、寂《さび》しくて、切ない気持ちに襲われて、息ができなくなる。お母さんは、挨拶すら、今朝はしていってくれなかった。

台所を覗くと、ダイニングテーブルの上には、今日もまた、お弁当と水筒が残っていた。

雨の音と匂いに包まれた部屋に戻ると、姿見が、光っていた。

五月の終わりのあの日から、朝は毎日、こうだ。

鏡が光っている。

あの城への入り口が開いて、こころを呼んでいる。

こころは、あの五月最後の日のことを、ぼんやりと思い出す。

あの日、全員が、何となく、みんながそうするのに合わせるように各自、自分の部屋を確認しに行った。

こころも自分用にあてがわれた部屋に行き、そして、息を呑んだ。

実際のこころの部屋よりずっと広い部屋は、ふかふかの絨毯《じゅうたん》に、花の装飾《そうしょく》が木彫《きぼ》りで入ったスライディングデスクと、大きなベッドがあった。「うわー」と思わず声に出して、おそるおそる腰かけると、ふわんとどこまでも沈んで行きそうなほどマットレスがやわらかかった。

赤いベルベットのカーテンに、白い格子がはまった出窓。何もいない鳥かごが、西洋の童話でしか見たことないような窓辺にある。

そして、大きな――とても大きな、本棚があった。

こころは思わず息を吸い込む。古い紙の匂い。大きな書店で、人が少ない専門書のところに行くとするような、少しだけ埃っぽい、あの匂い。こころの好きな匂い。

壁一面を覆《おお》った、天井すれすれまでの高さの本棚を前に、圧倒される。

本棚があるのはこころの部屋だけだろうか。

その時、どこか遠くで、ポロン、とピアノの音が聞こえた。

耳を澄ます。

途切れ途切れに、誰かが鍵盤《けんばん》を叩く。こころには名前のわからない、だけど、CMか何かでよく聞いて覚えがあるクラシックの旋律《せんりつ》が、一音一音、ぽつぽつと聞こえる。誰かが試し弾《び》きしているような感じで、「あ、誰かの部屋にピアノがあるんだ」と思う。

思った次の瞬間、バーン！　と大きく音が響いた。乱暴に鍵盤に手が叩きつけられたような音で、こころは一瞬びくっとなる。それだけで、演奏は終わった。

見回しても、こころの部屋には、ピアノはない。大きなベッドの枕元《まくらもと》に、テディベアが立てかけられ、あとは、壁一面に本棚がある。読めるかな、と思って数冊引き抜いて、あ、と思う。すべてが外国語の本だ。英語くらいはなんとなくわかるけど、中には英語じゃない、ドイツ語とか、フランス語みたいな本もある。そのほとんどが童話。表紙の絵を見ると、『シンデレラ』や『眠れる森の美女』や『雪の女王』、『七ひきの子やぎ』。おばあさんとおじいさんが先頭にいてカブを引っ張っている表紙のこれは『大きなカブ』だろうか。〝オオカミさま〟がこころたちをその名で呼ぶ『赤ずきん』のドイツ語らしき本もあって、ちょっとぞっとする。

一冊、ここから借りていって、家で読んでみようか。英語のものなら、辞書を引きながら読めるかもしれない。

本棚を眺める。

おしゃれな表紙のいくつかに見覚えがある気がした。同じものじゃないかもしれないけれど、東条さんの家でお父さんが持っていた原画と雰囲気が似てるんだ――、そう気づくと、ちくりと胸が痛んだ。貸してあげる、と言ってくれた、あの約束が果たされることはもう二度とないだろう。

自分の部屋にピアノがないことも少し残念だった。けれど、自分の部屋にあったところでこころは満足に弾けないだろう。ピアノはきっと、誰か選ばれた、ピアノが弾ける子の部屋にあるのかもしれない。だとしたら、女子——、ポニーテールのアキか、眼鏡のフウカの部屋だろうか。

しばらく部屋のベッドの上で、今度は大胆に体ごと倒れ込んで、天井を見上げる。天井にもまた、美しい花柄の模様が広がっていた。

——ここを使っていいとしたら魅力的だと、深く息を吸い込んで、うっとりと目を閉じた。

せっかくだから他の場所も見てみようと部屋を出て、少しだけ城の中を歩いてみた。

見たこともないくらい大きな風景画や、炎を灯《とも》すための燭台《しょくだい》がかかった長い廊下。しばらく歩くと、暖炉《だんろ》のある応接間のような場所に出た。城はまだまだその先にも部屋がありそうだったけれど、周囲に誰の姿もないのを見て、また階段まで戻ることにする。すると、そこに〝オオカミさま〟が一人きりでいた。

「あれ——、みんなは？」

「帰った」

〝オオカミさま〟がにべもなく返事をする。こころは面食らう。まだそんなに時間が経《た》っていないのに、誰も、こころに何も言わずに帰ったのか。

「みんな、一緒に？」

「てんで、バラバラに。各自、勝手に帰った。今日のうちにまた来るヤツもいるだろうけど」

城は、朝九時から夕方五時の間であれば、何度でも出入り自由なのだ。

答えを聞いて、仲間はずれにされていたわけじゃないとわかって、ほっとする。だけど、みんなでまた集合したっていいのに各自バラバラになるなんて、ずいぶん自由な人たちだ。

そのみんなの自由さを真似しなきゃいけない気がして、こころも、元通り、自分の家に戻ることにする。本当は、どうせ家に帰ったってすることはないし、すぐに鍵を探してもいいと思ったけど、〝願いの鍵〟に、がっついているように見えるのは嫌だった。だって、みんな、どの程度本気かわからないのに。

輝く鏡の向こうに手を入れて、光の膜《まく》をまたくぐる時、振り返ると、そこには階段と広間があるだけで、〝オオカミさま〟はもういなかった。

あの日から、こころはまだ一度も、鏡の向こうに行っていない。

光る鏡を前にして、躊躇《ちゅうちょ》してしまう。

行こうか、と何度も思って、だけど、足がすくむ。臆病《おくびょう》なのかもしれないけど、城への入り口が閉まる五時を過ぎて鏡の光がなくなると、途端に胸がほっとする。それでいて、〝オオカミさま〟でも、他の誰かでもいいから、無理矢理誘いに来てくれないだろうか、と期待してしまう自分は卑怯《ひきょう》者だろうか。

あの時来ていた子たちは、あれからもあそこに集まったりしているのだろうか。だとしたら、そこでもう輪ができていたらこころは今更入れない。挨拶したあの子たちの何人かとは友達になれそうな気もしていたけど、一日行かなかったら行かなかった分だけ、あそこに行ける気がどんどん失《う》せていって、さらに気持ちが挫《くじ》ける。これでは、学校に行けないのと一緒だ。――お母さんの薦《すす》めるスクールに行けない気持ちとも、似ている。

でも、あの心地いい、海外の童話の中みたいな部屋で過ごせるのは、魅力的だった。

あの子たちが誰も、自分たちが学校に行っていない子なんだと言い出さないのも心地がよかった。誰もあそこで自分のことを深く話さないのは、参加したことはないけど、ネットのオフ会みたいだな、と思う。下の名前で呼び合うだけで、どこに住んでる誰だってことは明かさない。

そのことが楽で、だけど、ゆるやかに苦しく、胸を締めつけるような思いがするのもまた事実だ。

——立場が同じあの子たちとこそ、本当は、されたことも、今の気持ちも、何でも話せるような気がするのに、そうする機会を自分から閉ざしているようで、少し息苦しい。

会ったばかりで不思議だけど、こころはあの子たちに対して妙な親近感を覚えていた。

お母さんが作ってくれたお弁当と水筒をトートバッグにしまい、肩から提《さ》げる。

光る鏡の前に、着替えて、顔を洗って、立つ。

城に行くのをやめていたのは自分なのに、今更、もし、誰かが鍵をもう見つけてしまっていたらどうしよう——、と心配になる。どうかまだ、誰も見つけていませんように。

こころには、叶えたい願いがあった。

——真田美織《みおり》が、この世から消えますように。

雨の匂いを笑ったあの人が、こころの前に、最初から存在しなかったことになったら、どれだけいいだろう。

その願いに背中を押されるようにして、こころは両手を鏡の表面につけ、城への入り口をぐん、と押し開く。

体が光の水から引き上げられるようだ。

息を止め、再び、吸い込む。

勇気を出して目を開けると、この間と同じ、大時計のかかった壁の左右から延びる階段が見えた。正面に、ステンドグラスのはまった明るい窓。

トートバッグを持った手をぎゅっと握り、咄嗟《とっさ》に人の姿を探す。この間は七人で集まっていたけれど、今は誰の姿もない。あれからしばらく来ていなかったし、会ったらなんて挨拶しよう、と身構えていたこころは、とりあえずほっとする。

みんな、来ていないのだろうか。

振り返ると、自分が抜けて来た鏡がまだ表面をキラキラ、水溜《みずたま》りに流れたオイルに太陽の光が反射するような具合に、今日は虹色に輝いていた。見れば、七枚並んだ鏡のうち、こころが出てきたものの他に、同じ色に輝く鏡が二枚。一番右端と、左から二番目のものが光っている。残りの四枚は、光ってない。普通の鏡と同じように、ただ、階段が映っているだけ。中に自分の姿が映って、ちょっとびくっとする。

ひょっとして、ここに来た子のものだけが、城にいる間は光るのだろうか。

〝オオカミさま〟が説明に現れる気がして、後ろを見るけど、彼女は姿を現さない。

なんとなく拍子《ひょうし》抜けした気持ちになりながら、こころは、あ、気をつけなきゃ、と思う。自分が出てきた鏡は、七枚並んだ鏡の真ん中。上にはプレートも何もないし、間違えないように覚えなきゃ、と思ったのだ。前来た時には、そこまで気が回らなかった。

どこからか、音が聞こえている。

やっぱり誰か来ている。

そろそろと歩き出す。どうやら、音は一階の奥からだ。この城にあまり似つかわしくない音。この間聞いたピアノの音や話し声ではない、ちょっと異質な音に聞こえる。

聞き間違いでなければ、それは、ゲームの、電子音に聞こえた。

暖炉があって、ソファとテーブルがあって、普通の家で言ったら「リビング」のような。

その部屋は、城で言うところの、大広間とか、応接間なのだろうか。呼び方がよくわからないけど、ともかく、お客さんをもてなす時に通すような、人の集まる部屋なんだ、という気がした。

ドアが開いていたせいで、ノックの必要もなく、中が見えてしまう。

中に、男子が二人いた。

この間紹介された、眼鏡のマサムネと、あの、不思議な空気感のスバル。持ち込んだらしい大きなテレビ——古いもののようで、やたらに大きくて重そうな、そのテレビの画面に、こころも知っているテレビゲームが映っている。三国志をモチーフにしたアクションゲーム。敵をざくざく斬っていけるのが爽快《そうかい》な、あのゲーム。

わ、と小さく息が洩《も》れた。

この間、お父さんに「ゲームがあったら、この子はもう勉強なんかしなくなる」

と言われて、片づけられたものだった。あの後で、何しろ一日中家にいるから、お父さんの書斎とか、寝室とか、いろんな場所を探したけど、よほどうまく隠されたのか、こころには見つけられなかった。

自分の部屋に荷物を置いてくれればよかった、と思いながら、トートバッグを右手に握ったままドアの前に立って中を見ていると、中の二人は、こころに一瞬気づいた素振《そぶ》りを見せた。顔をこっちに向けた気がしたのに、けれど、マサムネの方があっさりまたテレビ画面に向き直る。「あ、やべ、ゲージ削《けず》られた。死ぬ」とひとり言のように口にするのを聞いて、こころは、あ、見て見ぬふりされた、と思う。どう声をかければいいのかもわからなくなって、声が出なくなる。

そんなこころを助けてくれたのは、スバルだった。

相変わらず現実感薄い佇《たたず》まいで、マサムネが「死ぬ」と言ったのを機に、手にしていたゲーム機のコントローラーを足元に下ろす。こころの方を向いて、「あ、来たの？」と聞いてくれた。

「いらっしゃい。って言っても、ここは僕の家じゃないし、使う権利は君にも誰にも平等だけど」

「こ、こんにちは」

上ずった声が出る。そんなこころたちの会話にお構いなしに、マサムネが「おいー、スバル、スバル！」とあくまでこころを無視した声を出した。

スバル、と呼び捨てにした名前に、微かに緊張する。この子たち、やっぱり、名前呼び捨てにし合うくらい、もう仲がいいんだ。

マサムネが、こころを見ないままスバルに呼びかける。

「途中でやめんなよ。お前のせいで死んだらどーすんだよ」

「ごめんごめん」

ぶつぶつ言いながら、ゲームを再開しようとするマサムネを横目に、スバルが「座る？」と聞いてくれる。

「一緒にやる？」

「ゲーム、持ってきたの？」

「うん。マサムネが」

自分の名前が出ても、なおもマサムネの顔は画面に向いたままだ。黙ってまたコントローラーを動かし、「超、重かった」と彼が言った。

「親父《おやじ》が物置に置きっぱなしにしてた古いテレビ。存在も忘れてるだろうから、なくても気づかないだろって運んできたけど、これマジ、死んでほしいくらい重い。

すげえ苦労して持ってきた。ゲーム機もうちでもう使ってないやつ」

誰に向けて説明してるかもわからないくらい、一本調子な声だ。こころは戸惑いながら「あ、うん」と言う。スバルを見た。

「今日は、二人だけしか、いないの？」

「うん。後から来るかもしれないけど、とりあえずは。僕らは今のところ皆勤賞《かいきん》だけど、他のみんなは来たり来なかったりだし」

スバルがにっこりと、優美としか言いようのない微笑みを浮かべる。

「こころちゃんは、ずっと来てなかったよね。ここに興味、ないかと思ってた」

「私は……」

何から言えばいいかわからなくて、遠まわしにずっと来てなかったのに急に来たことを非難されているような気さえして、口を開きかける。すると、スバルが先に「あ、ごめん」と謝った。

「こころちゃん、とか急に呼んで馴《な》れ馴《な》れしいよね。ごめん」

「ううん。別にいいよ」

名前しか伝えていないのだから仕方ない。だけど、「おい」とか「ねえ」とかで誤魔化《ごまか》さないところが、やっぱりこの人は不思議だ。マサムネみたいにこっちを見ないで済《す》ます方が、気持ちのいい反応ではないけれど、男子にはありがちなやり方だという気がした。

改めて、初めて入った立派な部屋を見回す。

壁には、湖と森の描かれた大きな絵と——、見てびくっとなるような騎士の甲冑《かっちゅう》。壁の上にかかった、大きな角を持つ鹿の首の剝製《はくせい》らしきものは、〝オオカミさま〟の仮面を一瞬彷彿《ほうふつ》とさせてぎょっとしてしまう。

アニメや童話の中ではよく見るけれど、実際に見るのは初めてのものばかりだ。刺繡《ししゅう》が入ったふかふかの絨毯の上にどっかりと二人が座り込んでゲームをしている。

なぜ、ゲームなんかしてるのだろう。

疑問に思ったことが伝わったのか、スバルが「どうかした?」と話しかけてくる。マサムネはゲームを再びスタートさせて、テレビに顔を向けてしまった。相変わらず、一人で「っしゃー!」、とか「マジかよ」と、画面相手に話している。

「鍵、探してないの?」

尋ねると、今度もスバルが「え? ああ——」と返事をする。

このままじゃ、無視されるばかりで、どれだけ待ってもマサムネの方から話しかけてくることはないだろう。こころは思い切って、名前を出す。

「マサムネくんは、〝願いの部屋〟の鍵を探すっぽいこと言ってたから。みんな、私が来てない間も探して、もう見つけちゃってるかと思ってた」

「見つけてたら、ここ、もう来られなくなってるはずだから。城、三月を前に閉じてるはずだから」

あれだけこころを無視していたのに、マサムネがあっさり口をきいた。だけど、目はまだこっちを見ない。

「だから誰も見つけてないってことじゃないの？　オレも結構探したけど、まだない」

「そうなんだ」

つっけんどんな言い方だったけど、きちんと答えてくれた。鍵がまだ見つかっていない、ということの方にもほっとする。

「結構真剣に探してたんだよ、マサムネは」

スバルがくすくす笑う。マサムネは「うるせぇよ」と呟いて下を向いた。

「僕も手伝ってるけど、今日まで芳《かんば》しい成果はなしだね。だからゲームでもしようかって話になって、最初はマサムネの部屋でやってたんだけど、部屋にこもってやるより、みんなでやれる場所でやったらって、アキちゃんが」

「そうなんだ」

「今日はまだ来てないけど、アキちゃんも、他の子たちもあれからちらほら来てるよ」

「――スバルくんは興味ないの？〝願いの部屋〟」

「僕？」

マサムネを〝手伝ってる〟、という言い方が気になって尋ねると、スバルが「うん。あんまり」とすんなり頷いた。こころはいよいよ驚いてしまう。

「願いが叶うっていうことには、正直さほど興味ないね。鍵探し自体はまるで謎《なぞ》解きゲームみたいで楽しそうだけど、僕が興味あるのは、むしろ、マサムネの持ってきたゲームとかの方」

スバルがテレビ画面と格闘するマサムネを指さす。

「うちはゲームないから。やったことほとんどなくて、やらせてもらって驚いた。おもしろいんだなって。それに、この城、よくない？　自分たちだけで自由に使えて、ゲームだってやってていい」

「だからー、鍵を探して確保するだけ確保して、後は、三月ギリギリまで〝願いの部屋〟を開きさえしなきゃいいんだって」

マサムネがようやくこっちを――スバルの方を、見た。

「そしたら、城は閉じないし、ギリギリまでここも使えるだろ。ただ、オレはそれでもいいけど、すぐに願いを叶えたいって奴もいるだろうから、そういう奴が先に鍵を手に入れたらそれでおしまいだ。だったらオレが見つけた方がいいだろって、スバルはオレに協力することになった。そしたら三月までここでゲームもできるし」

「マサムネくん以外のみんなも、鍵は、じゃあ、探してるの？」

こころは当惑しながら尋ねる。鍵を探しても、ギリギリまで城は開いたままにしておくなんて考えてもみなかった。マサムネが不機嫌そうに、ちらりとこころを見る。答えたのはスバルだった。「みたいだよ」と。

「みんな、はっきりとは言わないけど、鍵、一応は探してるっぽい。ただ、見つかってないね。僕らも共用スペースは引き出しとか、絨毯の下とか、あちこち探したけど、それらしいものはなかったし。あとは、僕らがそれぞれもらった個々の部屋くらいだけど……」

「〝オオカミさま〟に確認しただろ。そんな誰か一人に有利な真似はしてないって。それぞれの部屋は、完全なプライベート空間。ヒントくらいは仕掛《しか》けてあるかもしれないけど、そこは話し合えって言われた」

「ヒント？」

「意味深《いみしん》だよな。この城の中に手がかりは仕掛けてあるから、せいぜい探せって言われた」

マサムネが〝オオカミさま〟の口調そのままで言って、どうやら〝オオカミさま〟もあれからみんなと話をしているらしいと、それでわかった。

「こころちゃんも探したいの？　願いが叶う鍵」

「私は……」

〝あまり興味がない〟と大人な態度で言うスバルを前にすると、答えに困ってしまう。マサムネに対しても同様だ。鍵探しのライバルだと思われるのは抵抗がある。

だからつい、曖昧《あいまい》に答えてしまう。

「ちょっと気になっただけ」

しかし、その時、マサムネが驚くべきことを言った。

「っていうかさぁ、あれから今日までここ来てなかったってことは、この人は学校行ってる組なのかと思ってたけど、今日、どうしたの？　風邪《かぜ》？　学校休み？」

「え」

目を見開く。今度こそ、こころに向けられた言葉のようだった。〝この人〟というのは、おそらくこころのことだ。

マサムネが、初めてこころを見た。テレビゲームは一時中断されて、スタートを待つタイトル表示画面になっている。

「学校」

と、マサムネが繰り返した。淡々とした口調だった。

「行ってんのかと思ってた。行ってないの？」

くるぶしから頭まで、かーっと、熱の塊みたいなものが湧《わ》き起こってきて、口がきけなくなる。どう言っていいかわからなくて、恥ずかしくなる。

なぜ、という気持ちがまず強くあった。裏切られた気持ちだ。えーっ、それは言わない約束なんじゃないの？　と。

みんな、そのことをお互いに指摘しないのが、ここのルールなのだと思ってた。その気遣いが繊細《せんさい》で、居心地《いごこち》がよさそうだと感じたのに。

見栄《みえ》を張ることが、まず、頭を掠《かす》めた。

うん、私は学校に行っている。ただ、体が弱くて、行ける日と行けない日があるの、病院に行ったり、検査をしたり――。想像すると、それはとても甘美《かんび》な考えだった。本当にそうだったらどれだけいいだろう。体が弱いのだったら、みんな仕方ないと思ってくれる。心が弱いわけじゃない。こころのお父さんとお母さんだって、そっちの方がいいと思うに決まっている。

「私、は……」

たどたどしく口にする。あと十秒そのままだったら、こころは嘘をついてしまっただろう。

しかし、その時、再びマサムネが軽い声で続けた内容に、こころはまたもや度肝《どぎも》を抜かれた。

「いや、もし学校行ってるんだったら、そんな奴と話合わないかもなって思って聞いただけだから。そんな、深く考えないでいいよ」

「え！」

思わず、大きく声を上げてマサムネの顔を見る。マサムネは相変わらずこっちと目を合わせないまま、「だって、フツーじゃん」と言った。

「義務教育とかっつって、言われた通りに学校行って、教師に威張《いば》り散らされるのを何の疑問もなく受けいれてるなんてさ。イケてないの通り越してホラーだよ」

「マサムネ、言いすぎ」

スバルが苦笑している。気遣うようにこころを見た。

「こころちゃん、驚いてるよ」

「だってそうじゃん」

マサムネが不服そうに唇《くちびる》を尖《とが》らせた。

「うち、親が一年の時に担任と盛大に揉《も》めちゃってるからさ。あんなレベルが低い学校、行くことないって早々《そうそう》に見切りつけたもん」

「お父さんやお母さんが、行かなくてもいいって言ってるってこと……？」

信じられない気持ちで、こころは尋ねる。「あ？」とこっちを一瞥《いちべつ》したマサムネの答えには躊躇《ためら》いが微塵《みじん》も感じられない。彼が頷いた。

「むしろ、オレが行くっつっても、親が止めるよ。バカにしてるから、あそこのこと」

こころは目を見開いた。「だって、そうだろ？」とマサムネが続ける。

「先生たちだって、教師だっつって偉《えら》そうな顔してるけど所詮《しょせん》は人間だしさ。教員の免許は持ってるんだろうけど、もとの頭がオレたちより劣《おと》ってる場合だって多々あるわけ。それなのに、子ども相手に教室みたいな自分の王国持ってるせいでいい気になってるっつーか、偉そうにして許されると思ってるのムカつくよな」

「マサムネの家は、そういう主義みたいなんだよ」

微かにまだ顔に苦笑を浮かべながら、フォローするようにスバルが言う。

「学校で学べることなんてどうせたいしたことじゃないから、自宅勉強でいいっていう主義。馴染《なじ》めなくても、それはマサムネのせいじゃないっていう考え方。誰にでも合う合わないはあるだろうからって」

「別に馴染めてないわけじゃないんですけど」

マサムネが不満そうに、じろりとスバルを睨む。

「オレ、実際、成績悪くないしさ」と、マサムネがため息をついた。

「小学校の頃は学校行ってたけど、それだって、勉強は塾と家でやる通信教育だけで授業なんてろくに聞いてなかったし、だけど、それでも全国模試みたいなのやったら点数も順位もよかったよ」

「今も、塾や通信教育だけなの？」

「塾だけ。それも、その辺のレベル低い講師のじゃなくて、評判がいいとこ親が探してきて、そこ行ってる」

塾があるのは夜なので、昼間のこの時間はフリーなのだと言う。

「だいたいさ、学校なんて、そういう体制主義っつーか、みんなが行くからっていう流れに何の疑問も持たずに従える奴が行く場所だよ。オレ、このゲーム機開発した知り合いがいるけど、その人だって高校までは学校、ろくに行ってなかったし、楽しくなかったって言ってた。教師も周りもバカでだせぇ奴ばっかだったたって」

「え！　ゲーム機開発したって……」

こころはまじまじ、彼らの元に置かれたゲーム機を眺める。ものすごくメジャーな人気機種。世界的にヒットしているものだ。

「本当に？　うちにもこれあるよ。マサムネくんの知り合いが作ったの？」

「まあね」

「すごい！」

言ってから、そして思い出した。最初に会った日、この子が持っていた携帯用のゲーム機が、見慣れないもののように見えたこと。

「あと、もしかしてだけど……。この間、まだ発売前かなんかのゲーム機、持ってなかった？」

「え？　ああ――」

マサムネがちらりと、こころを見る。

「たぶん。あれかな、モニターしてほしいってその人から頼《たの》まれたやつ」

「ええーっ！　モニターってどういうこと？」

「テスト運転っていうの？　大人もやるけど、子どもがやってどう思うかの意見もほしいから、やってみて何か問題あったら教えてほしいって、まだ開発途中だけど渡された」

「うわあ、いいなぁ！」

こころの口から思わず声が洩《も》れた。自分と同じ中学生なのに、そんなふうに大人と知り合いだなんて、マサムネが途端に大人びて思えてくる。

「すごいよね」

スバルも言った。

「僕も、マサムネから聞いて驚いたんだ」

「学校なんて行くのは、だから、オレにとってはもうあんま意味ないんだよな。そういう普通のルートじゃなくても、いずれ、そっち関係の仕事に就くだろうし。今だって、オレに意見聞くの参考になるって、向こうの会社に将来的にどうかって誘われてるくらいだし」

「誘われてるって……」

それに将来的にって、と、こころはいよいよ啞然とする。マサムネが呟くように補足する。

「あ、今日持ってきたの2だけど、家にもちろん3もあるから。本当は開発中の4のモニター頼まれてるんだけど、この古いテレビじゃできなかった。端子《たんし》が違うから」

「3！」

専門的なことはわからなかったけれど、こころの口からそれでも大きな感嘆《かんたん》の声が出た。反応の大きさに満足したように、マサムネが「そこは4に驚けよ」と笑う。それからふうんと頷いた。

「女なのに、ゲームすんの？」

「うん。多いと思うよ。ゲームやる女の子」

こころの小学校の友達にも何人か、すぐ顔が思い浮かぶ子がいる。

「へえ」と鼻から息を抜くようにして頷くマサムネを前に、だけど――と、こころは改めてため息が出る思いがした。

驚きすぎて、言葉が継げなかった。親が学校に行く必要がないと言うなんて。むしろ行かなくていい、馴染めないとしてもそれは学校や先生の方が悪いと言うなんて、うちには絶対にない考え方だ。

マサムネの言葉が、時間を置いて、こころの心を揺さぶる。

――もし学校行ってるんだったら、そんな奴と話合わないかもなって思って聞いただけだから。

学校に行っていないことを〝いい〟と言われた。遠まわしで、失礼な言い方だけど、そんなふうに肯定《こうてい》してもらったのは初めてだった。

「スバルくんの家も、そんな感じなの？　マサムネくんの家みたいに」

思わず聞いてしまう。スバルは「まあ、そんなようなもの」と頷いた。深くは話さなかったけど、困ったように笑う顔は、それ以上こころに聞いてほしくなさそうにも見えた。

マサムネとスバルの話を、もっと聞いてみたかった。ここに今日はまだ来ていないという他の子たちの話や、それぞれの抱《かか》える事情についても。

どうやら自分が思っていたのとは違うんだ、ということに、こころは気づいた。

みんなが学校に行っていないことを気にして、ここで互いに話題にしないようにしているのだとばかり思っていたけど、どうやらそうじゃない。少なくとも、マサムネやスバルは、それをたいしたことだと思っていなくて、だから口にしなかっただけのようだ。

「一緒にやる？」

スバルがゲームのコントローラーを手にして、こころの方に向けている。座ったままのマサムネもまた、こっちを見ていた。

「――やる」

短く答えて、スバルの手からコントローラーを受け取る。


結局その日は、こころたち三人の他に城への訪問者はなかった。

正直、ちょっとほっとする。他に女子がいないのに、男子二人に囲まれて一緒に遊ぶことなんてこころには初めての経験で、それを、アキやフウカ――女の子たちが後から来てどう見るかを考えたら、内心ひやひやした。

「明日も来なよ」と言ってくれたのは、スバルだった。

時間が経つのはあっという間で、城の閉じる五時ギリギリまで、こころたちは途中、家にごはんやおやつを取りに帰ったり、トイレに帰ったり――どうやら、この城の中には、お風呂まではきちんとあるのに、トイレがないらしかった――する以外は、ぶっ続けでゲームをして遊んでいた。お父さんに隠されるまでは毎日やっていたゲームの腕前がそこそこあったせいか、憎《にく》まれ口のような口のきき方をするマサムネも、一応は、こころを仲間として認めてくれたようだった。

「オレら、たぶん、明日も来るよ。暇だったら来れば」と言ってくれた。

「ありがとう」と、こころは答える。

本当は、どう言っていいかわからないくらい嬉しかった。両親以外の人とひさびさにこんなに話した。

ここに来るのは、怖くない。

その時、「アオーン」と高い、〝オオカミさま〟のものと思《おぼ》しき、遠吠えが聞こえた。こころはびくっとなって、あわてて、周囲を見回す。だけど、〝オオカミさま〟の姿はない。

「あ、五時の十五分前になると、毎回聞こえるんだ。〝オオカミさま〟の遠吠え」

スバルが説明してくれる。

「もう帰れってことだと思う」

「〝オオカミさま〟も、毎日ここにいるわけじゃないの？」

「うーん。いたりいなかったりだね。最初に彼女が話したように、呼べば出てくるし、あと、呼んでもないのにひょこっと出てきて驚くこともあるけど。呼ぶ？」

「あ。ううん、いい。大丈夫」

急いで首をぶんぶん振る。最初に逃げ出そうとして、タックルされて捕まった時のことを思い出すと、あの子のことはまだ少し怖い。

そして、スバルをしみじみ、大人な男の子だなぁ、と思う。あの小さな女の子の外見をした〝オオカミさま〟を、一人前の女の人を呼ぶように〝彼女〟なんて呼んだ。

帰るために、鏡の並ぶ広間に戻る時、ふと思い立って「そういえば」とこころは尋ねた。

「〝願いの部屋〟自体は、どこにあるの？　もう見た？」

なんでも一つだけ願いが叶うという部屋は、この城のどこかにあるらしい。当然、もう場所は確認しているのだろう。

尋ねると、マサムネとスバルが顔を見合わせた。マサムネの方が眼鏡の奥の目を歪《ゆが》めて教えてくれる。

「まだ。見つけてない」

「え、それじゃ……」

「鍵だけじゃなくて、部屋の場所自体も見つけなきゃならないみたいなんだ」

スバルも言う。こころは小さく息を吸い込む。

「そうなんだ」

「ったく、それならそうと先にそのことも説明しとけってんだよな。〝オオカミさま〟のやつ」

マサムネが言うのがおかしくて、つい、ふっと笑ってしまった。「何か？」とマサムネがこころを睨む。「なんでもない」とこころは答える。

だけど、おかしかった。

乱暴な口をきくマサムネが、それでも〝オオカミさま〟に律儀《りちぎ》に〝さま〟付けなのが、なんだか、かわいかった。本人に言ったら怒られるだろうから絶対に言えないけど、悪くない。

なあんだ、と思う。

スバルの〝彼女〟呼びには遠く及ばないけど、マサムネも、この子たちは充分に紳士だ。

「じゃあな」

ゲーム機をリュックに詰めて背負ったマサムネが、一番右端で光る鏡の前で短く手を振る。

「うん」と頷いたスバルもまた、左から二番目の鏡の前に手を置いた。鏡の表面は、彼が手を置いた場所だけが、ガラスが溶けてその手を呑み込んだようになっている。まるで、流れ落ちる滝の中に手を入れて、水の流れを止めてるみたいだ。ここはまだちょっとぎょっとしてしまうけど、二人はすっかり慣れた様子だった。

自分以外の誰かが鏡の向こうに入るところを、初めて見る。

ふと、不思議な気持ちになる。

今、光っているこの鏡たち。他の、光っていないものも含《ふく》めて、今、手を伸ばせば、それがこころの部屋に繋がっているように、その子たちの部屋にも繋がっているのだ。――他の子の部屋にも、行くことができてしまうのだろうか。たとえば、みんなが知らないうちに。

特に行きたいわけではない。

そんなの、人の日記帳を見るような、そして、それよりももっとしちゃいけないことだ。こころだって、自分の部屋には絶対入ってほしくない。

ちょっとだけ心配になったけれど、それは気にしなくて大丈夫だろうという気がした。今、片手を鏡に入れてこっちを見ているマサムネもスバルも信頼できる。他の子だってそれはそうだろう。

「じゃあな」

「じゃあ」

「うん、またね」

二人と声をかけ合って、こころはまた、光のベールをぐるようにして鏡の向こうにぐん、と手を伸ばした。

⚜

その翌日も、こころはまた城に行った。

一度行ってしまえば、何を気負っていたのだろうと思うほど、他の子たちに会うのにも抵抗がなくなっていった。

マサムネとスバルとまたゲームをしていると、十時を過ぎた頃、すっかり〝ゲーム の間《ま》〟と化した応接間に、「こんにちはー」とアキが現れた。

会うのはひさしぶりだったけど、アキはその空白を感じさせない様子で「あ、こころちゃん。ひさしぶり」とこころを見た。

中学三年生、と聞いていたけれど、アキを前にすると、こころは、確かにこの人は先輩だ、と思う。こころちゃん、と親しみを込めて呼んでくれるのは嬉しいけど、こっちからはなんと呼べばいいかわからなくて、「あ、アキ先輩」と咄嗟に呼んでしまう。

するとマサムネが爆笑した。

「やっべぇ。こんなとこで、部活でもないのに先輩とか超ウケる」

「え、え、じゃ、どう呼べばいいの？」

笑われるようなことではないと思っていたこころが焦《あせ》っておろおろすると、当のアキが「いいよー。嬉しいよー、先輩呼び」と言ってくれた。

「ホントは、呼び捨てでも、ちゃんづけでもなんでもいいけど、礼儀《れいぎ》正しくって、こころはかわいいなぁ」

おどけるように、一足飛びに今度は自分の名前が呼び捨てにされるのを聞いて、こころはちょっとびっくりする。跳ねるように呼び方を変えて、もうすでにマサムネたちとも打ち解けているらしいアキの、そのコミュニケーション能力の高さに驚嘆する。

こんな人がどうして学校に行けていないのだろうか。学校の中でも中心人物って感じなのに。

「優しそうだし、かわいいから、さぞや先輩たちからもかわいがられてるでしょー、こころ」

「あ……。ううん、私、入学してすぐからずっと行ってないから、だから、知り合った先輩とか、いないいないんです。部活も入ってないし」

マサムネたちから、それは恥ずかしいことではないと力説されても、学校に行っていないことを、ただ「行ってない」と「学校」の部分をぼかして話してしまう。どの部活にも一度も、見学にすら行けなかったことを思い出すと、情けない気持ちがした。

しかし、こころをからかっていたアキの表情が、その一言で微かにすっと、温度を下げた。横のマサムネとスバルが「あ」という口の形になって、こころがそれに気づいた頃には、アキが、「ふうん」と興味をなくしたように、応接間に背を向けていた。

「そっか。部活に入ってないの。じゃ、私と一緒だ」

「え？」

「私、今日、部屋にいるね。フウカも来てるみたいだから、誘ってあげたら」

そう言うなり、廊下の、各自の部屋に続く方向に歩き出してしまう。左右の壁に燭台が並んだ赤絨毯の廊下を、背の高いアキの後ろ姿が遠ざかっていく。

その背中が見えなくなったのを見越したタイミングで、スバルがそっとこころに近づき、囁《ささや》くように言った。

「あのさ」

「うん」

何か、アキを怒らせるようなことを言ってしまったろうか、と戸惑うこころに、スバルが「微妙みたいなんだよね」と教えてくれる。

「アキちゃんは、あんまり、学校関係の話はしたくなさそうなんだ」

「あ……」

その気持ちはよくわかった。むしろ、こころもそっち派だったはずだ。ただ、マサムネやスバルがあまりにサバサバと話すから、それに合わせてしまっていただけで。

マサムネが呆《あき》れたように「オレ、別に気にすることじゃないと思うけどねー」と言うけど、その目線はゲーム画面に向けられたままで、アキに親身《しんみ》になる様子はない。

改めて気づく。自己紹介の時、自分たちが名前と学年しか口にしなかったのは、アキが最初にそうしたからだ。

アキが消えていった廊下の方向を眺めて、そして、ちょっと反省した。

互いにそのことに触れないのが心地よかったり、そうかと思うと、それを「たいしたことない」と考える人や家庭があることを聞いてすっとした気持ちになったり、いろいろだけど、それはきっと、自分だけではなくて、みんなもそうなんだ。

スバルの言う通り、これは、「微妙」な問題だ。

「――フウカちゃんも、来てるのか」

中学二年生だから、あの子もこころのひとつ先輩だ。

顔を思い出してぽつりと呟くと、マサムネが意地悪く、「あっちには、先輩ってつけねえの？」と突っ込んできた。からかわれるのにあまり慣れていないこころは、あわてて、「だって」と首を振った。

「なんていうか、アキちゃんは見るからに先輩って感じだったからつけただけで……」

「あのー、だとすると、ボクもスバルも一応、キミより先輩なんですけど」

ふざけ調子にマサムネがさらにからかう。どう答えたものか口を開きかけたこころの言葉を奪《うば》うように、マサムネが「フウカ、よく来てるよ。——もっともほとんど、オレたちとは会わないけど」と話をいきなり戻した。

「一人で部屋にいるってこと？」

「そう。一度、ゲームやるかって聞いたことあるけど、やんないんだって。あのオタク的外見なのに、やんないってウソだろって感じ」

「マサムネ」

スバルが強い口調で名前を呼んで咎《とが》めると、マサムネが「なんだよ」と不服そうに口を尖らした。けれどスバルが自分を見る目が冷たいままなことに気づき、大袈《おおげ》裟《さ》にふーっと息をついて、「自分の部屋によくこもってるっぽい」と話題を変えた。

「中で何してるか知らないけど、基本は個人行動」

「昨日は来なかったけど、一時過ぎた頃になると、よくウレシノがやってくるよ」

「ああ——」

午後になってから、というのを聞いて、なんとなく納得する。多分、家でお昼ごはんを済ませてくるんだろうなぁと思うと、あの子の場合はしっくりくる。

ウレシノはこころと同じ中学一年生で、まだ入学したばかりだろうと思ったことで、もう一人の中学一年生のことを思い出した。

「あの男の子は？」と聞くと、マサムネが大儀《たいぎ》そうに目線だけこっちに向けて「誰」とつっけんどんな口調で聞く。

「リオンくん」

「ああ、あのイケメン」

言い方に棘《とげ》を感じた。

別にイケメンだから気になるわけじゃない、と言い訳したいけど、どう伝えればいいかわからないこころの前で、スバルが「何それ。悪口？」と呟く。マサムネが答えないのを見て、スバルがこころに向けて大袈裟に肩をすくめるジェスチャーをする。

「いつも夕方」と、マサムネの代わりにスバルが答えた。

「リオンは、夕方に来ることが多いね。いつもジャージ姿だけど、ひょっとしたら、昼間は塾か習い事か何かに行ってるんじゃないかな。城が閉まる前みたいな時間にもよく会うよ」

「オレらとゲームもする」

マサムネも答えた。

城の大時計が十二時を指し、正午を知らせる。

こころは一度、家に戻ってお母さんが用意したカレーを食べてから、歯みがきをして再び、城に向かう。みんなも、お昼ごはんは家に戻ったり、お弁当を食べたりで過ごし方はまちまちだ。

お昼ごはんをすませてからまた城に戻るのは、なんだか、学校のお昼休みに一時解散になってから、また午後席に戻る時と似ている。そう考えたら、鏡を通る時、少しだけ嬉しくなった。中学に入ってすぐの昼休みはまだぎこちなく、こんな感覚は乏《とぼ》しかったけど、気楽な小学校の頃を思い出す。

みんなと食べられたらいいな、とお母さんが「自分でむいて食べなさい」と言っていた林檎《りんご》と、危なくないように刃先を銀紙でぐるぐる巻いた小さな果物ナイフをトートバッグに入れる。

鏡を通って城に出ると、二つ隣の鏡が光っていて、フウカと会った。彼女はこころと反対に、家に戻るところだったらしい。

「あ」

声を出してしまうと、今まさに鏡に手のひらを沈めていたフウカがこっちを振り向いた。無表情にこっちを見て、にこりともしない。考えてみれば、まだこの子と二人で何か話したりしたことはないのだ。

「あ。こんに、ちは」

「……どうも」

そっけない言い方だったけど、こんな短い声でも、相変わらず声がつやつや光って聞こえる。こころの横から、すっと鏡の向こうに滑《すべ》り入るように、消えた。

応接間に戻ると、スバルの言葉通り、ウレシノが来ていた。

午前中までこころが座っていた場所にどんと陣取《じんど》って、ゲームをしている。それを見ると、あんなに大きく感じたテレビが少し小さくなった気がする。ウレシノの体が大きいからだろう。

昨日来た時には、マサムネに無視されるような格好になったけど、ウレシノはこころが入ってきたことに気づくと、ぱっとこっちを向いて、すぐに反応してくれた。

「あー……、と、確か、こころ……」

「うん、こころちゃん」

ちゃんとも、さんともつけずにウレシノが語尾を濁《にご》すのを、スバルが助ける。ウレシノが「こころ、ちゃん」と控《ひか》えめに言い直して、こっちを見た。

「来ないかと思ってた」

「昨日から来た。ゲーム、結構うまい」

マサムネが言う。こころも「ウレシノくん、よろしく」と彼に言った。

少人数な分、普段学校でクラス替えがあったりした直後よりは、よほどすんなりと口がきける気がした。けれど、

「ふうん。……よろしく。ライバル、増えちゃったな」

ウレシノがぼそっと言った声に、体が固まる。遠回しに「邪魔者が来た」と言われたようで、やっぱり、最初来てない期間があったのはよくなかったのかも、とまた考え方がマイナスの方向に行きそうになる。

——初日から食べ物のことを気にしてるところとか、少しかわいく思えて、穏《おだ》やかそうな人だって思ったのに。

近づいていって、こころもテレビの前に座ると、ウレシノがコントローラーを持ったまま、まだ入り口の方をそわそわ気にする様子があった。それを見て、スバルが横から「アキちゃんならたぶん来ないよ」と告げる。

その途端、ウレシノが過剰《かじょう》なほどびくんっと背筋を正した。スバルが続ける。

「午前中に来てたけど、今は自分の部屋にいるみたい」

「そうなんだ」

ウレシノががっかりしたように肩を落とし、それにマサムネが「くだんねー」と呟いた。珍しくコントローラーを手放して、こころを見る。それからにやにや笑って聞いた。

「知ってる？　ウレシノの願い」

「知らない」

願い、というのは、〝願いの部屋〟で叶えたい内容、ということだろう。来たばかりで知るわけない、と思うのに、マサムネが意地悪くウレシノを見た。

「アキとつきあいたいんだって」

「え」

こころが短く出した声が、ウレシノの「ちょっとー、なんでバラすんだよー！」という叫びにかき消された。顔を真っ赤にしたウレシノが、「やめてよ」と言うが、その声は本気で嫌がっているわけでもなさそうだ。スバルは、仕方ないなぁというように横で黙ったままだけど、彼もまた積極的には止めない。

「ウレシノくん、アキちゃんのことが好きって、こと？」

ウレシノは答えない。あんまり聞いたら悪いかな、と思っていると、少しして、

「そうだよ、悪い?」という小さな声が返ってきた。

「悪くないけど……」

まだこの間会ったばかりなのに? という疑問が口を衝《つ》いて出そうなのを止める。

「ひとめぼれ」と、ウレシノが言った。

こころは面食らってしまう。「ひとめぼれ」なんていう言葉、漫画や小説の中では聞くけど、現実に使っている人――しかも、男子を見るなんて初めてだ。

「で、アキに告白して断られたわけ。まだここに来るようになって、一週間くらいの時だよな。はやっ」

「アキちゃんの方でも戸惑っててね」

スバルが苦笑を浮かべて、こころに説明する。小声になった。

「ウレシノが自分を見ると気まずそうにしたりするのが、アキちゃんとしてもちょっとやりにくいみたいで」

「ああ……」

それはなんとなく想像できる気がした。さっき、そわそわこころの後ろを窺ってたウレシノは、アキと会うのが気まずいというよりは、どこか楽しみな様子だった。好きだから当然なのかもしれないが、会ったらきっとオーバーな反応をするんだろうなぁと思う。

こころの周りでも、似たような恋愛をしてる子はいたけど、そういう子はだいたい女子だ。男子で、というのは珍しい。というか、初めて見る。

「なんで事情をよく知らないこころちゃんにまでそういうことバラすんだよ、マサムネ」

怒るウレシノは、言葉ではそう言いつつも、やはりちょっと嬉しそうだ。こころは何か言わなければいけない気になって、「でも、素敵だもんね。アキちゃん」と言った。

ウレシノの顔が、一瞬、驚いたような表情を浮かべる。それから急に顔つきを嬉しそうに改めて、こっちを見た。

「かわいいし、堂々としてるところとか、私、憧れる気持ちわかるよ」

「だよね」

ウレシノが頷いた。

とはいえ、自分が来ていなかった二週間で、もうこの中で恋愛みたいなことが起こっているとは思わなかった。アキは戸惑っているという話だったけど、では、もし〝願いの部屋〟の鍵をウレシノが見つけたら、アキは彼とつきあうのだろうか。その場合って、アキの気持ちは一体どうなるんだろう――と、ぐるぐる考え始める。

もし、不思議な力が働いて、アキが願いの通りウレシノを好きになったとしても、その時のアキは、ウレシノが好きになったアキなのだろうか。誰かによって気持ちや考え方をねじ曲げられたその人は、本当にその人のままだと言えるのだろうか。

持ってきた林檎を取り出して、テーブルの上に置く。

コントローラーの散らばるプレイヤー席には行かずにソファに座って、「林檎、持ってきたけど食べる?」と尋ねると、ウレシノがすぐに「いいの!?」と顔を輝かせた。

聞いたこころの方でも戸惑うような素直で大きな反応に、こころは、そうそう、この人も悪い人じゃないんだよな、と苦笑する。

控えめにこっちを見るマサムネとスバルが、ちょっと驚いたような顔をした。「むけんの?」と聞かれて、きょとんとして、それが林檎の皮のことを聞かれたのだと思い当たるまで少し時間がかかった。

「うん」

マサムネは「ふうん」と言っただけでそれ以上、何も言わなかった。特に珍しいことでもないだろうと思っていたこころは、林檎の皮をそのままむいていく。まな板もお皿も忘れたことに気がついたが、まぁいっか、と林檎を入れてきたポリ袋の上で切り、そのまま袋をお皿代わりにした。

ウレシノが「すごいなぁ。こころちゃん、林檎むくのうまいね。うちのママみたいだ」と言って、こころの手元をずっと見ている。

マサムネは何も言わなかったけど、切り分けたこころの林檎をゲームしながらも食べてくれて、ちょっとほっとする。


夕方になって、こころはもう少し、城の中を見て回ることにした。

さっき林檎のお皿がなかったことをきっかけに、城の中に台所みたいな場所があるなら、そこも見てみたいと思った。〝オオカミさま〟はここに食べ物はない、と言っていたけど、食器くらいならあるかもしれない。

城は、確かに大きくて広いけど、ゲームなどで見るダンジョンみたいに無闇《むやみ》に大きいというわけでもなさそうだった。

こころたちが出てきた鏡が置かれている大階段の広間は城の一番端に位置していて、そこから各自の部屋が並ぶ長い廊下が続く。そこを抜けた先が今ゲームをしている広間などの共用スペースだ。

食堂もあった。

中に入ってまず、わ、と声が出たのは、食堂に面した窓の外に、景色が見えたからだ。

城にある他の窓はすべて磨《す》りガラスのようになっていて、外が見えない。しかし、この食堂にある窓の向こうには緑が見えた。近づいてみると中庭のようで、反対側に鏡が置かれた大階段のある棟が見え、庭をコの字形に囲んでいることがわかる。

外に出てみたい、と思ったが、窓には開くための取っ手がどこにもなかった。どうやら、あの庭は見る専門だ。背の高い木の下に、マリーゴールドやサルビアが咲《さ》き誇《ほこ》っている。

食堂には、アニメなどで、「ザ・お金持ちの家」として描写されそうな、長いテーブルがあった。よく、こういうのの端と端で家族が食事しているような場面をドラマとかで見る。食堂にもまた暖炉があって、その上には、花がたくさん飾られた花瓶《かびん》の絵がかかっていた。

誰もいない部屋はしん、と静まりかえって冷たい印象で、もうずっと誰も使っていないなそうなのに、白いテーブルクロスがピンと伸びて、そこには埃一つかかっていなそうだった。

食堂から続くドアを開けると、こころが探していた台所――というよりもずっと大きい厨房《ちゆうぼう》があった。

レバーを上げるタイプの水道を見つけて、上げたり下げたりしてみたけど、水は出ない。銀色の大きな冷蔵庫もあったけど、中味は空だった。手を入れてみてもそもそも機能していないようで、冷たくない。壁に沿って並んだ食器棚には、白い陶器の皿やスープボウル、お茶のセットみたいなものがたくさん入っていたけど、どれも使われている様子はなさそうだった。

ここは、何のための城なんだろう、と不思議な気持ちになる。

小物もみんな完璧《かんぺき》に揃っているけど、ガスも水道も来てない。お風呂は、おしゃれなバスタブつきのものがあるけど、トイレはなくて、こころたちもいちいち鏡を抜けて家まで戻らないといけない。そういえば、マサムネたちはゲームの電気をどうしてるんだろう。

あんまり散策して誰かに鉢《はち》合わせしたら気まずいな、と思う。マサムネたちと何人かで話す空気にはだいぶ慣れてきたけど、二人だけとなると話は別だ。さっきだって、鏡のところでフウカに会って気まずかった。

そんなことを考えながら、食堂の煉瓦《れんが》造りの暖炉をふと見た。

――〝願いの鍵〟のことを、そこでふっと思い出した。

暖炉の中は、誰かがもう見ただろうか。この先は煙突《えんとつ》に繋がったりしているのだろうか。それとも、お風呂や台所に水が来ていないのと同じで、暖炉も使われることはないのだろうか。

そんなことを考えながら暖炉の内側を覗き込む。そこでこころは、あっと声を上げた。

鍵があった、わけではない。

ただ、そこには手のひらくらいのサイズで、薄く、「×」のマークが描かれていた。どのくらい前からあったものなのか、うっすらと埃をかぶっている。たまたま偶然ついた傷のようなものなのかもしれない、とも思うけれど、はっきり「×」マークに見える。

その時背後で「わっ!」と大きな声がした。肩をとん、と押される感触。思わず

「ひゃっ」と悲鳴を上げて振り返り、そして、ぎょっとする。

狼面の顔。

ひさびさに会う、〝オオカミさま〟だ。

「〝オオカミさま〟……」

「一人で鍵探しか？　感心、感心」

「脅《おど》かさないでよ」

本当にびっくりして、心臓がまだドキドキしている。〝オオカミさま〟は、最初会った時とは違う、裾《すそ》に刺繍を施した緑色のワンピースを着ている。

「見つかったか」という声に、「ううん」と答えながら、二人で、なんとなくみんなが揃う〝ゲームの間〟（と、こころはもう呼ぶことにした）に足を向ける。

途中の廊下で、反対側から歩いてくる姿があって、こころはドキッとして静かに息を吸い込む。

マサムネに「イケメン」と評されたリオンが、こころと〝オオカミさま〟の姿を見つけて「お」と声を上げる。

今日は、ジャージの上下じゃなくて、下はジャージで、上はTシャツ姿だ。ただ、ジャージだけど、おしゃれなジャージ。学校指定のものなんかじゃない、黒のアディダス。着ているTシャツには、スター・ウォーズの悪役のキャラクターが描かれていた。こころは映画は観たことないけど、存在は知っている。

ずっと来ていなかったことをどう言おうと、こころがドギマギする間に、リオンがそっけなく、「ひさしぶり」と向こうから言ってくれた。こころも「あ、私、こころ」と自己紹介する。

すると、リオンが笑った。「何それ。知ってるって」と言う。それを聞いて、あ、名前覚えてもらってるんだ、と嬉しくなる。リオンは、初めて会った時にはつけていなかったはずの腕時計をしていた。ナイキのマークが入った、スポーツをしている男子がつけていそうなデザインだ。

「何？」

リオンに言われて、はっとなる。腕時計を見ていたことに気づかれたのだと、こころは咄嗟に「いや、今何時かなって思って」と続ける。リオンが無言で、ああ、と頷くような顔をした。そして、廊下の先を指さす。

「あっちに時計あるよ」

通路の先、鏡の並んだ階段の大広間中央に大時計がある。リオンが目を細めながらそっちを見たのを見て、こころは「あ、うん」と曖昧に返事をした。細めた目の上に少しかかるリオンの前髪は、色素が薄くて少し茶色っぽかった。

スバルが言っていた通り、リオンが夕方に来ることが多いというのは本当なのだろう。日中は塾か習い事に行っているのではないか、と言っていたことも。アキといい、リオンといい、こんなに屈託《くったく》なく話せて、塾や習い事にも行けるような感じなのに、学校に行っていないというのがやっぱり不思議だ。二人ともモテそうというか、同性からも異性からも人気が高そうなのに。

〝ゲームの間〟に戻ると、人が増えていた。

こころがむいた林檎の袋が置きっぱなしになったテーブルの前のソファに、フウカが座って本を読んでいる。

「今日はみんな揃ってるな」

〝オオカミさま〟が入り口に立って言うと、本に目線を落としていたフウカも、ゲームをしていた男子たちも一斉に顔を上げた。男子は、リオンと目が合うと「お」とか「ウス」とか、短くて小さな声で挨拶する。フウカは何も言わずに、〝オオカミさま〟とこころたちをちらりと見ただけで、またすぐに本に目線を戻した。

「ねぇ、こころちゃん」と呼んできたのは、ウレシノだった。

「何？」

「こころちゃんって、今、彼氏とか好きな人とかいる?」

「え」

突然聞かれて、目を見開いた。思い詰めたように聞くウレシノは、アキのことで恋愛相談をする相手に飢《う》えているのだろうか――と、目線を周りに向けたところで、なんだか周りの空気がおかしいことに気づいた。

マサムネがゲームをやめてにやにやしている。スバルが困ったように微笑んでいる。ウレシノに答えられないでいるこころの前で、マサムネが冷やかすように言った。

「ご愁傷《しゅうしょう》さま」と。

それがどういうことか、鈍《にぶ》いこころにだって、だいたいわかった。どうしてそういうことになるかわからないけど、察しがついた。

「ねえ、こころちゃんって明日も来る? 何時頃?」

答えないこころに、ウレシノがさらに聞いてくる。こころは「わかんないけど」と答えるのが精一杯だった。

〝オオカミさま〟がこっちを見上げる気配がする。そのまま、ずけずけとマサムネに聞いた。勘弁《かんべん》してほしいくらい、明け透《す》けに。

「おい、なんだ。ウレシノはアキからこころに乗り換《か》えるのか」

その声に、ウレシノが「わー、わー、わー」と大声を上げて、〝オオカミさま〟を振り返る。その後で、大袈裟に固まった顔をこちらに向け、「今の、聞こえた？」と泣きそうな声で尋ねる。

どう答えていいか、わからない。

こころは途切れがちな声で「何も……」とどうにか答える。いっそ、本当に何も気づけないいくらい鈍感《どんかん》になりたかった。そんなこころたちを、リオンが興味があるのかないのか――いや、本当に興味ないのだと思うけど――、一瞥して、すぐにマサムネに「今日、ソフト、何ある？」と尋ねるのが聞こえて、肩が熱くなる。

そんなこころの全身を、さらに凍《こお》らせる声が聞こえたのは次の瞬間だった。

「ばっかみたい」

フウカの声だった。

よく響く声が、とても、冷たかった。

その声を聞いて、同じく冷たい――、二度と思い出したくない声が、耳の奥で響いて重なった。

ばっかじゃないの、マジ死ね。

唇を噛む。

無邪気に「本当に聞こえてないよね」と目の前で繰り返すウレシノ相手に、曖昧に、顔だけは笑ってしまう自分のことが嫌だった。怒れたらいい。面と向かって抗議したいのにできない――それなのに、おなかの中ではこんなことを考えてしまう自分が、嫌だった。

アキもリオンもみんな、こんなに普通そうなのに何故《なぜ》学校に行っていないのかと思ったけど、ウレシノの場合は、――わかる。

恋愛至上主義の、こんな男子。みんなから嫌われて、学校にも行けてなくて、当然だ。

七月

七月になって、城でのこころの居心地は、ますます悪くなった。

ウレシノのせいだ。

「こころちゃん、クッキー持ってきたけど食べる？」

「こころちゃんってさ、初恋いつだった？　僕はね、幼稚園の時に……」

楽しかったはずの〝ゲームの間〟に行くと、午後からやってくるウレシノに質問責めにされる。それをマサムネがにやにや見ているのも嫌で、こころは自然と自分の部屋にこもることが多くなった。

城に行くこと自体をやめたらよかったかもしれないけど、行かなくなればなるほど、次に行くのが気後《きおく》れしてしまうことは、学校でも、お母さんにつれていかれたスクールでもすでに経験済みで、繰り返したくなかった。

自分の部屋にこもっていてさえ、そこがノックされて、「こころちゃん、いる？」とウレシノが呼ぶのを聞くと、ああ、どこにも逃げ場がない、と感じる。城に来る目的である〝願いの鍵〟を探そうとする時でさえ、ウレシノが後ろにくっついてくる。

「こころちゃん、一緒に行ってもいい？」

互いをライバルだと言ったのは自分のはずなのに、いいわけないじゃないかと思うけど、無邪気にそう聞いてくる。

ウレシノが、他の子たちの前では「こころ」と自分を馴れ馴れしく呼び捨てにし、「本当は好きなタイプとは少し違うんだけどさ、こころは家庭的なタイプだし……」というような話ばっかりしている、ということも、雰囲気でなんとなくわかった。

歪《ゆが》んでる、と思う。

そんなの、こころのことが好きなわけじゃなくて、恋愛してる自分が楽しいっていうアピールだ。

だけどそれでも、こころはウレシノに嫌だ、とはっきり言えない。そんなところが自分の悪いところなのかもしれないけど、今は好意を持っているらしいウレシノが、こころが冷たくした途端に、みんなに自分の悪口を言い出すかもしれないと考えると、それもできない。

「こころちゃんはどんな願いを叶えたいの？」

明るい口調で聞かれて、こころは「まだ決めてない」と咄嗟に答えてしまう。真田美織を消したい、という本当のことを言ったらドン引きされるに決まっている。

「ふうん、そっか」

廊下を歩きながら、ウレシノがまだ何か言いたそうにちらちら、自分の顔を覗きこもうとしてくる。

つい最近まで、「アキとつきあいたい」という願いを持っていたウレシノは、今、ひょっとしたら、その相手をこころに変えているかもしれない。そう考えたらぞっとする。ウレシノが嫌だという気持ちよりも、自分の気持ちがここでの「願い」の力を使われるせいでねじ曲げられてしまうことを考えると、怖かった。

廊下の少し先の天井を、うんざりと見上げる。

よく漫画や小説の中で、不思議な道具を使って相手に言うことを聞かせたり操《あやつ》ったりする展開を見るけど、それってきっとこんなふうに理不尽なことなんだ、と思い知る。

ウレシノが「好き」という相手が、自分からこころに移ったことを、アキは「あちゃー」と顔をしかめながら、「大変だね」とこころに同情してくれた。だけど、自分の部屋から外に出てくるようになったし、あからさまに笑顔でほっとしている。

からかってくるマサムネと違って、リオンとスバルは面と向かってこころに恋愛系の話題を振ってこない。そのことが救いに感じた。

ウレシノがリオンに、「リオンは彼女とかいる？　この中で作ろうとか考えてないよね」と、牽制《けんせい》じみた様子で聞いている場を見てしまったけど、リオンはそれにも「別に」と興味なさそうに答えていた。同じ質問は、当然、ほかの男子もされていそうだ。

アキや、リオンたちは、いい。

マサムネからのからかいも、耐えられないというほどじゃない。

だけど、つらいのは、フウカの反応だった。

三人しかいない女子だし、最初に紹介された時、フウカともすぐに仲良くなれると思っていた。しかし、満足に話したり、打ち解けたりする暇もないままに、彼女が吐《は》き捨てるように口にした言葉が、ずっとこころの胸に刺さっている。

——ばっかみたい。

ウレシノが恋愛相手をコロコロ変えることについて言っただけで、フウカは別に、こころに言ったわけじゃない。

城につながる鏡をくぐる時、夜眠る時、こころはくり返し、自分に言い聞かせるようにそう思ったけど、気持ちは晴れなかった。フウカは城に来ていても、ほとんど自分の部屋にいるか、みんなのところに来ても、この間と同じように本を読んでいるだけで、面と向かって話せる機会は、今のところなかった。

一度、ウレシノがいなくて、マサムネたちも一緒だった時、〝ゲームの間〟で、彼らからまたニヤニヤ「災難だね」と話しかけられた。フウカもいた。

こころはどう答えていいかわからないまま、「うん……」とフウカの方を気にして、曖昧に頷いた。その時、彼女が本から目線を上げないまま、また、同じ言葉を言った。「ばっかみたい」と。

心臓が、ドキリとする。フウカはこころの方を見ないまま続ける。

「ああいう、モテなそうな男子に限ってクラスで一番かわいい子のこととか身の程知らずに好きになるんだよね。そういうの、見てると、イライラする」

「おー、こわ。きびしー」

マサムネが意地悪く、身をすくめるふりをした。こころには、何も言えなかった。フウカがこっちを見てくれないのがつらくて、唇をぎゅっと噛む。

かわいい子、というのが自分に向けられた言葉なのかどうかはわからない。否定したいけど、そうすることに何の意味もないような気がした。

気をつけていたはずだったのに。

スバルとマサムネと一緒にいる間も、男子二人と一緒にいるところを極力、他の女子に嫌な感じに見られないようにと、気を遣ってきた。

それなのに、どうしてこんなことになってしまったんだろう。

フウカとの溝《みぞ》が埋《う》まらないまま、気落ちして、城を、一日休んだ。

休んだ、というのもおかしな言い方だけど、こころの気持ちの上では、七月に入ってからの城はそんなふうにスクールや学校のような、「行かなければならない憂鬱な場所」のように思えていた。

そして、欠席の翌日。

いつものようにひとまず〝ゲームの間〟に歩いていったこころは、その中に見えてきた光景に息を――呑んだ。

「でも、アキちゃんはそう言うけど、私はあの映画2の方がよかったけどな」

「えー、あの映画って2あった？」

「えー！　ありえない。2がすごいのに」

フウカとアキが、ソファに並んで座っていた。

二人は、入り口に立つこころに気づいていない。何の話をしているかまではわからないけど、二人の前には、ティッシュの上に花の形のクッキーが広げられていた。

マリーゴールドみたいな花の形の、真ん中にチョコレートクリームが入っている、こころも大好きなお菓子だ。見た瞬間、甘い記憶が刺激されて、自分も一つ、欲しくなる。

だけど、言えない。

二人に気づかれないうちに、あわててくるっと背を向けて、こころは自分の部屋に急ぐ。――その後ろ姿が、どうか二人に見えていませんように、と祈りながら。

二人の女子は、いつの間にあんなに仲良くなったんだろう。こころにわからない話をしていた。話して、盛り上がっていた。胸がすり減るように痛くなる。

ぐんぐん、足をただ前に出すことに集中して歩く途中、階段前のホールを横切ると、鏡が光っていた。城の中の自分の部屋じゃなくて、現実の、お父さんとお母さんと住む家の、自分の部屋に続く虹色の光に、逃げ場を求めるように手を触れる。家に、戻る。

こんなふうに、城から家に逃げ帰るのは初めてだ。

願いがあるからって頑張《がんば》ってきたけど、もう限界かもしれない。私はここでも、うまくやれないのかもしれない。

⚜

こころの願い。

真田美織を、消すこと。

こころとあの子――真田美織とは、一度も、それまで口をきいたことがなかった。

活発そうで、気が強そうな子だ、と思ったけど、最初のホームルームで学級委員長に立候補して、「あ、やっぱりそういうタイプの子なんだ」と思った。

真田さんはバレー部に入るってもう決めているみたいで、友達ともそんなふうに話しているのが聞こえた。体育会系の部活を迷わず選ぶなんて、運動神経もいいんだなぁと思う。小学校の頃から、学級委員長をやる子というのは、勉強がよくできる子というよりは、運動神経がよくて、友達に慕《した》われているタイプの子の方が多い。

同じクラスになって、一通りの自己紹介が終わって、それぞれの名前と顔がまだほとんど一致しなくて、みんなの個性がここから徐々《じょじょ》にわかっていくのだろうと、四月のこころは、そんなふうに考えていた。

雪科第五中学校は、学区で決まっているだけでも、六校の小学校から生徒が集まる。大きな中学だ。その上、隣の学区からも希望すれば何人か特別に入れるせいで、新学期のクラスに知っている顔は少なかった。いろんな場所から来た子たちが、まだら模様に編成されているようだった。

こころと同じ小学校から来たのは、男子が三人と女子二人。

そんな中で、比較的大きな小学校から来た真田さんは最初から友達も多いようだった。塾にも通っていたみたいで、そこで知り合ったという他の小学校の子たちとも仲がよさそうだった。

物怖《ものお》じせず、新しい教室の中でも、誰に気を遣うこともなく大きな声で話す真田さんと違って、こころや、同じ小学校から来た子たちは、どこか遠慮がちだった。まるで、学校が彼女たちのもので、自分たちは、そこを間借《まが》りしてるだけ、みたいな。どうしてそんなふうになってしまうかわからないけど、新学期の最初から、それはそうだった。

同じ年の人間なのに、彼女たちが、学校やクラスの、全部の権利を持っている気がした。

どの部活に入りたいと最初に言える自由、後から同じ部活を希望した子を「らしくないよね、やめたら」と陰で言える権利、どの子がイケてると決めて、自分たちの仲良しに選ぶ権利、担任の先生にアダ名をつける権利、――好きな男の子を真っ先に決めて、恋愛する自由。

真田美織が「好きな人」に選んで、告白して、つきあうことにした池田《いけだ》仲太《ちゅうた》は、こころの、小学校時代のクラスメートだった。六年生の頃、同じクラスだった。

友達だった。

ただの友達だったし、卒業前に謝恩会の準備をする時に、「だりー、めんどくせー」と口にしながらも、やらなきゃいけないことはちゃんとやるところなんかは、こころはいいと思っていた。男の子として好きとか、かっこいいと思ったというわけじゃなくて、単純に、普段は不真面目そうなのに、と見直したのだ。

「男子って、もっときちんとやらないかと思ったよ」

何気なく言ったこころの声に、「え。だって、最後の最後で問題起こしたくないじゃん。どんな男子だってバカじゃないんだからさすがにやると思うよ」という、ちょっとズレた反応をしてきて、それ以上は、話が続かなかった。

だから、あんなことを言われる筋合《すじあ》いは、ないはずだった。

「あのさぁ」

四月半ばの、自転車置き場。声をかけられたこころが振り返ると、池田くんが立っていた。

「俺、お前みたいなブス、大嫌いだから」

え、という声が、声にもならずに喉の途中で掠《かす》れた。

思わず見開いた目の、池田くんを中心とした視界が大きく震えたように思えた。目はただ前を見ているだけなのに、ぐらん、と視界が回る。

池田くんの顔には、表情がなかった。

彼の後ろ——別のクラスの自転車置き場の方に、誰かがしゃがんでいる気配を感じた。息を殺してこっちを見ている、数人の息遣いを感じる。

「じゃ、そういうことだから」

じゃ、と言われても、こころはその場を動けなかった。だるそうにポケットに手を突っ込んだ池田くんの背中が、どんどんどんどん遠ざかる。気配を感じた自転車置き場の方に彼が行くと、そこから、ぷーっ、はははは、と笑い声がした。まじさいこー、ねえねえ、一瞬、あの子、仲太から告白されると思ってるっぽくなかった？　カンチガイだから、それ。

女の子の声、だった。

立ち上がった影は、真田美織だった。

「今のでいい？」と池田くんがぶっきらぼうな声で、彼女に聞く。

真田さんがこっちを見る気配がして、こころは急いで目を伏せる。真田さんが、大きく声を張り上げた。そんなに大きな声で話すなら、最初から隠れなければいいのに、こう、言った。

「仲太、お前のことなんか好きじゃねえんだよ！」

はっきりと、自分に向けられた声だとわかるまでに時間がかかった。その隙《すき》をつくように、矢継ぎ早に声が飛んでくる。

「無視してんじゃねえ、ブース！」

——これまで、友達の誰かとケンカになった時も、こんなふうに乱暴な言葉を相手から聞いたことはなかった。

まして、真田美織は友達じゃない。知り合いとだってまだ呼んでいいかわからない。彼女のことを何も知らないし、彼女だってこころのことを何も知らないはずなのに、あの子の言葉にはおよそ躊躇《ためら》いというものがなかった。

「ばっかじゃないの、マジ死ね」

——池田仲太は、小学校の頃、こころのことが好きだったらしい。

小学校時代の友達が、後に、このことを知って、教えてきてくれた。告白どころか、本人からそんなそぶりすら感じなかったこころは、とても驚いた。だけど、男子の間では、それは有名なことだったらしい。

真田さんとつきあい始めた池田仲太は、その「過去」を、真田美織に話したのだ。

♔

三日間、城を休んだ。

そのまま土日になってしまったので、ちょうど五日間、城を休んでしまったことになる。

これまでも、学校やスクールに行けなかったけど、一度居心地よく感じたはずの城に行けなくなったことには、今度はまた別の重みがあった。これまで楽しみにしていた平日の再放送のドラマも、情報番組も楽しくない。

つまらない。

部屋の中で、後ろを向けたままの姿見が光るのが、目に痛かった。

こころを誘うように、呼ぶように、光っている。

だけど、あの子たちが、こころのことを呼んでいるかどうかはわからない。みんなは私が行かなくても何も気にしてないんだろうな、とつい考えてしまう。みんな、どうしているだろう。あそこで会う子たちには、鏡のこちら側にいると連絡を取る手段は一切ないのだ。

もしたとえ、あの子たちがこころにまた来てほしいと思っていたとしても、それを自分が知る術《すべ》は何もない。

土曜日、「買い物にでも行こうか」と誘ってくれる両親に「私はいいや。二人で行ってきて」と告《つ》げると、お父さんもお母さんも、言葉に詰まっていた。

悲しみとも怒りともつかない――あるいは、その両方を含んだような顔つきで、二人で顔を見合わせて、それから、その日はお父さんの方に、「どうするんだ」と聞かれた。

「休みでも家から出ないなんて、そんなことでこれからどうするんだ」

わからなかった。

こころも知りたかった。

ただ、家の外に出て、クラスメートに会ってしまったらどうしようと考えると気持ちが悪くなった。想像するだけで、足がすくんだようになる。

これからどうなるのか、お父さんもお母さんも不安に思っていることがわかる。その気持ちが膨《ふく》らんで、言葉とともに押しつけられると、こころは窒息《ちっそく》してしまいそうになる。

怖かった。

自分が何をしたいのかもわからない。

学校に行っていない他の子たちが、どう考えているのか、知りたかった。

――ウレシノに、嫌だってことを、きちんと伝えよう。

まだ、きちんと面と向かって告白されたわけでもないのに、自惚《うぬぼ》れてるって思われたら嫌だけど、それでも、きちんと伝えよう。

それから、フウカと話そう。

「ばっかみたい」の言葉に怯んで、何も話せなかったけど、こういうのが本当に苦手なんだって話そう。

告白するとかつきあうとか、そういうことに巻き込まれた、あの嫌な話も。これまで誰にも――お母さんたちにも、話したことはなかったけどアキたちになら話せる気がした。マサムネはまたからかったりしてくるかもしれないけど、あの、大人びた目線で物事を知ったような口で語る彼が、真田美織や池田仲太のことをどう言うか、聞いてみたかった。

誰かに、悪くないよ、と言ってほしかった。


月曜日。鏡をくぐって、六日ぶりに城に出る。

と、そこで、自分の出てきた鏡の上に封筒がくっついているのが見えた。水色のレターセット。こころが出てきたのと同時にはがれて、絨毯《じゅうたん》の上にはらりと落ちる。

封筒には、宛名も差出人の名前もなかった。なんだろう？　と首を傾《かし》げつつ、床から拾い上げる。封はされていなかった。封筒と同じ色の便箋《びんせん》が一枚入っているだけだ。

「こころちゃんへ
もし来たら、ぼくらとゲームしてるあの部屋においでよ。おもしろいものが見られるかも。
スバル」

胸がドキドキする。

まず思ったのは、気にしていてくれたのか、という喜びだった。

鏡の向こうのこころに連絡する方法はないから、せめて、こころが来た時に逃げ戻ってしまわないようにと、こうやって手紙を張りつけてくれたのかもしれない。自分がこの間、アキとフウカが仲良く話す様子を見て、逃げるようにここを後にしたことを思い出して、胸が熱くなる。

急いで〝ゲームの間〟に行くと、そこに、今日はリオン以外の全員が揃っていた。――ウレシノの姿もあって、ちょっと躊躇う。

「こころ」

呼んでくれたのはアキだった。その声に、全員がこっちを振り返る。――ウレシノも、フウカも、こっちを見た。

「あ」

ウレシノが、小さな声を上げた。そのまま、いつもの人懐《ひとなつ》っこい様子で「こころちゃん」と声が続くことを予想したが、そうはならなかった。なぜか、その顔をそのまま伏せてしまう。

五日間来なかったことをどう説明していいかわからなくて、そもそも説明しなきゃと思っていることが変なのかもしれないと思いながら、こころもまた何も言えずに、助けを求めてスバルを見た。けれど、スバルはただにこにこと笑っているだけだ。何気ない口調で「こころちゃん、ひさしぶり」と飄々《ひょうひょう》と口にする。

マサムネは、ゲームのコントローラーを握ったまま、相変わらずニヤニヤと様子を見ている。

なんだか雰囲気がおかしい、と気づいたその時、ウレシノが「ねえ」と口を開いた。こころは身構えて、おそるおそる、彼の方を見る。そして、え、という口の形のまま、静かに息を呑んだ。

ウレシノが見ていたのは、こころではない。彼の目は——、フウカを見ていた。

「フウカちゃんって、仲がいい友達からはなんて呼ばれてるの？　フウちゃん、とか呼ばれてたりする？」

フウカは今日も本を読んでいた。開いたページに目線を落としたまま、答える。

「呼ばれてない。——母親からだって、普通にフウカ」

うんざりしたように口にして、本から顔を上げる。ウレシノを、ぎろりと鋭《するど》い目で睨んだ。

「っていうか、それが何？　何か意味ある質問なの、それ」

「ううん。ただ、他になんて呼ばれてるんだろうって気になったから」

フウカが再び本を開こうとして――、こころと目が合う。何か言いかけたように見えたけど、結局そのまま唇をきゅっと結び、目を伏せた。

フウちゃん？

目をぱちぱちさせる。ウレシノは冷たい物言いをされても、それでもなお、フウカの方をちらちら見て、こころのことはちらっと一度見たきり、「ああ、来たの」って感じだった。声をかけてもこない。

一体どういうことなんだろう。呆気に取られるこころの前で、フウカがウレシノから注がれる視線に辟易《へきえき》したように「っていうかさ」と苛立《いらだ》った声を上げた。

「ほっといてよ。あんたは、かわいい女の子だけ相手にしてればいいでしょ。なんなの、急に話しかけてきて」

「ええっ。僕、フウカちゃんだってかわいい女の子の一人だと思うけど、違うの？」

ウレシノが放った一言に、フウカが目を見開く。固まったようになった彼女に向け、ウレシノがさらに「どうしてそんなこと言うの？」と不思議そうに尋ねる。

フウカが小さく、息をつく。それからふいに頬を引き締め、「……勝手にすれば」と呟くように言った。いつもの吐き捨てるような言い方よりは、少し柔らかかった。

こころは反射的にスバルの方を見る。――おもしろいものが見られるかも、とい
う手紙をくれた、彼の方を。スバルは相変わらずにこにこと笑って、二人の方を見
ているだけだった。

――呆れた、と思う。

だけど、どうやら、そういうことだ。何がきっかけになったかわからないけど、
ウレシノは、フウカを好きになった。

三人しかいない女子を全員、順番に好きになったのだ。

⚜

「ね、女子だけでお茶しない？」と、その日、アキが誘ってくれた。

ウレシノの反応に呆れたこころが、ちょうど部屋にいた時のことだった。控えめ
なノックの音に、前にウレシノが訪ねてきたことを思い出して、こころは一瞬び
くっとする。

けれど、ドアを開くと、立っていたのはアキだった。——後ろに、フウカの姿もある。

「え、と……」

まだ、こころはフウカとそんなに親しく口をきいたことがない。思ったのは、フウカはこころと一緒で嫌じゃないのかな、ということだった。二人がこころのいない時に盛り上がっていたことを思い出すと、まだちょっと胸が苦しい。

だけど、フウカは何も言わず、こころと目を合わすわけでもない代わりに、特別不機嫌というふうでもない。

誘ってくれたのは、率直に言って、こころもとても嬉しかった。「ちょっと待ってて」と持ってきたお菓子を手に取り、廊下に出る。

アキがこころたちをつれていってくれたのは、この間こころが一人で中に入った食堂だった。

「紅茶、いれてきたよー」

アキが言う。

厨房でお湯が沸《わ》かせる感じはなかったのにどうやって——と見上げると、彼女が、持っていたデニム地のバッグから水筒を取り出した。アキのバッグには、星やラメの入ったハート形のおしゃれなバッジがたくさんついていた。

水筒を開けると、中からうっすらと湯気が立ち上った。

アキが厨房にあったティーカップのセットを三組持ってきて、それぞれの前に置き、中味を注いでいく。

「ありがとう。あ、あと、これもよかったら」

こころも持ってきたクッキーの箱を机の上に置く。アキが「ありがと」と微笑んだ。

「ここ、台所はあるけど使えないんだよね。水も出ないし、ガスも来てない。城の中、明るいし、暑くも涼しくもないけど、どうなってんだろ」

アキが言って、こころは間抜けなことに初めて「そういえば」と気がついた。思わず天井を見上げると、上にはガラスがドロップ形にたくさん垂れ下がった大きなシャンデリアがあったが、中のガラスに電気が通っている様子はなかった。灯るはずの黄色やオレンジの光が感じられない。

暑いとか寒いとか、考えたことがなかったけど、今だってクーラーが動いているような気配はない。ついていれば、小さな作動音が必ずしているものなのに。

「でも、電気は来てるよね。男子たち、ゲームしてるし」

「あ、そういえばそうか。それもどうしてだろ」

フウカの指摘にこころが首を傾げる。するとフウカが続けた。

「電源、気になってどうしてるのって聞いたら、普通にコンセントから取ってるって」

「へえ！　〝ゲームの間〟はコンセントあるんだ」

こころは感心してしまう。水もガスもないのに、電気だけは通ってる。

思わず声を上げたこころに、その時、くすっとアキが笑う声が聞こえた。何もおかしなことを言った覚えがなかったこころがきょとんとすると、アキが言った。

「いいね、その呼び方。〝ゲームの間〟って」

「あ……」

「あいつら、本当にゲームばっかりやってるもんねぇ。私も、じゃあそう呼ぼうっと」

心の中でこっそり呼んでいた呼び方が思わず口に出てしまった。ちょっと恥ずかしかったけど、アキが明るく笑ってくれてほっとする。

「電気が来てるの、〝ゲームの間〟だけじゃないみたいだよ。このシャンデリアも、なくても充分明るいけど、つけようと思ったらちゃんとつくみたい。ほら」

アキが早速〝ゲームの間〟という呼び方をしながら、壁のスイッチを押す。すると、オレンジがかった明かりが光の膜みたいにさっと部屋を照らした。試しただけで、アキがすぐにまたスイッチを切る。

電気だけ来てるのはどうしてだろう。

後で〝オオカミさま〟に会えたらこのあたりのことも聞いてみようか。そんなことを思っていると、フウカがカップの前で手を合わせて「いただきます」と、ちょこんと頭を下げた。

どうやらとてもお行儀《ぎょうぎ》がいい子なんだ、とこころは思う。こころだったら、大人のいない子どもだけの場所で、こんなふうに自分から手を合わせたりしない。

「どうぞどうぞ」とお茶を勧《すす》めてくれるアキの前で、こころもまた「いただきます」と頭を下げる。カップを持ち上げて匂いを嗅《か》ぐと、温かい紅茶からフルーツのような香りがした。

「これ、すごくいい匂いがする」と、冷《さ》めるのを待って尋ねると、アキが「林檎。アップルティー」と教えてくれた。

「あとここ、電気や水のことも不思議だけど、使った食器がいつの間にかきれいになってるのも不思議だよね」

「え？」

こころが言うと、アキが湯気の香る自分のティーカップを見下ろす。

「この間、ここでこんなふうに食器を借りたんだけど、ここって水が出ないからカップとか洗えないでしょ？　ひとまずそのままにして帰ったら、次に来た時には元通り、きれいな状態で棚に戻ってたの。誰かが洗ってくれたみたいに」

「そうなんだ！」

「うん。みんなに聞いても誰も洗ってないっていうし、案外、私たちが帰った後で〝オオカミさま〟がひとりで洗ってくれてたりして」

「それは、考えるとなんかかわいいね」

「でしょう？」

〝オオカミさま〟があのお面とドレス姿で食器洗いをしているところを想像するとおもしろかった。こころが笑い、カップを口に当て、一口、飲んだ時だった。アキがいきなり、「ウレシノにも困ったもんだよね」と、ここしばらくこころを悩ませてきた問題の核心をズバリとついた。

こころはあわてて、ごくん、と口に含んだ紅茶を飲み込む。アキを見た。甘酸《あまず》っぱい香りの紅茶が、胃の底をじん、とあたためる。おいしかった。

フウカとこころ、両方を順番に見たアキが、困ったように笑う。「いるよね、あいう男子」と。

「あんまり女の子の免疫《めんえき》ないのか、ちょっと優しくされたり、仲良くなるとすぐに告白したり、つきあいたいってなっちゃうタイプ。友達としてなら仲良くなれるのに、よっぽどドラマとか漫画とかに出てくる『恋人同士』ってものに憧れてるのかなぁ」

「メイワクなんだけど」

言ったのはフウカだった。

さっき、男子たちと一緒にいた時と同じ、むすっとした表情になる。

「女子なら誰でもいいっていう、ああいうの。バカにしてんの？　って思う」

「あの……」

こころが呼びかける。フウカが初めてこっちを向いた。

怒っているわけじゃなさそうだけど、眼鏡の奥の目がきつく見えて、少し戸惑う。ばっかみたい、とかよく強い言葉を口にするからかもしれない。おそるおそる、こころは尋ねた。

「フウカちゃんはどうして、ウレシノくんに好かれるようになったの？　――あ、別に、私がウレシノくんを取られたとか、そんなふうに思ってるわけじゃなくて、ただ急にどうしたんだろうって、気になって」

「うわー、こころ。焦んないでいいよ。誰もそんなふうに思わないって」

自分でも言いながら混乱しそうになっていたところに、アキが笑いかけてくれる。フウカは黙っていたが、やがて、こころが辛抱《しんぼう》強く言葉を待つと、「相談」とぶっきらぼうな口調で答えた。

「こころちゃん、城に先週、来なくなったでしょ。それ、ひょっとして何かあったのかな、お見舞《みま》いに行った方がいいかな、とか、あいつが相談してきたんだよ。広間の鏡を通り抜けたら、こころちゃんの家に行けるんじゃないか、とか言い出すから、それはデリカシーないし、ルール違反だって、怒ったの。そしたら、なんかよくわからないうちに、いつの間にか」

「フウカ、すごく怒ってたんだよ」

「だって、私が同じことをされたら、絶対に嫌だから」

フウカがついっと顔を背けて言う。

その言葉を聞きながら、こころは――感激していた。鏡を通って、自分の家までウレシノが来ようとしていたという話の方にはぞっとするけど、まさかフウカが庇ってくれたなんて。

「ありがとう」

できるだけ気持ちを込めて言うと、フウカが困ったように「いいよ」と答えた。

「それに、どのみち、自分のものじゃない鏡の向こうには行くことができないみたい。私、止めたんだけど、ウレシノが試しに手をかざして――」

「えっ!」

「だけど、入れなかった。普通の鏡みたいに硬いガラスの感触だったって。自分以外の誰かの鏡の向こうには行けないって、そういうことになってるみたいね」

「そうなんだ……」

間違えて他の人の鏡に入ってしまったら大変だと思っていたけれど、ならその心配はないのだ。心底ほっとしてこころが息を吐くと、アキが笑った。

「ウレシノには、その時にフウカが言い過ぎちゃったんだよね。恋愛がすべてだって思ってるなんてどうかしてるって。そんなものなくても生きていけるんだし、甘ったれるなって怒ったら、あの子の変なアンテナにその言葉が直撃で引っ掛かったらしくて」

「アンテナ？」

「『恋愛なくても生きていけるなんて思うってことは、フウカちゃんって、ひょっとして初恋まだなの？　かわいー』！」

「やめてよ」

アキが、びっくりするほど似ている言い方でウレシノを真似て、それにフウカが嫌そうに顔をしかめる。こころはびっくりを通り越して呆れる思いでそのやり取りを聞いた。ウレシノには、何が好かれるポイントになるのか、まったくわからない。

「アキちゃんもこころちゃんも無理そうだから、私なら落とせそうって思われたんだよ。ウレシノ、あの人、人のこと、バカにしてる」

フウカがひとり言みたいに言って、深くため息を落とす。

それを聞き、こころは密《ひそ》かに嬉しかった。フウカが「こころちゃん」と呼んでくれている。嫌われてるわけじゃなかったんだ、という安堵《あんど》に、足がつま先から崩《くず》れていきそうになる。

「あの……、改めてだけど、本当にありがとう」

「え？」

おずおずとこころが言うと、二人が揃ってこっちを向いた。こころにとっては大事な話だから、どう受け止められるか心配だったし、どう話せばいいか迷ったけど、聞いてほしかった。今日、話そうと覚悟を決めてきた。

「私、実は、本当に、恋愛系の話がダメで。すごく、嫌な思いをしたことがあって」

誰にもこれまで話したことがなかった。だけど、自分が本当は話したかったんだということに、言葉にしていく途中から気がつく。

真田美織の、他人の恋愛に巻き込まれて、嫌な思いをしたこと。

池田仲太との自転車置き場の出来事。

そこから始まった、クラス内での嫌がらせ。

話しながら、こころの脇に汗が滲んでいた。耳が熱くなってくる。

「それから、しばらく、して」

ここからは、誰にも――学校で仲良くしていた友達にも知られたくないことだった。昔からの仲良しにも、仲良しだからこそ知られたくない。

それなのに、どこに住んでいるかもわからない、よく知らないこの子たちにならば話してみたいと思っていることに、こころは自分で驚いていた。

「その子たちが、うちに来たの。学校から帰って、家で、お母さんを待って、宿題をしてたら」


ピンポン、とチャイムが鳴った。

こんな時間に誰だろう？　宅配便か何かだろうか。そんな気持ちでふっと、「はぁい」と返事をして腰を浮かす。立ち上がり、玄関に向かおうとしたその時だった。

「安西こころ！」と、怒号《どごう》のような声がした。

真田さんの声では、なかった。

それは、こころの知らない女子の声だった。顔だけは知っている、別のクラスの委員長。真田さんの、友達。

なぜ、家の中にいてそれがわかったのだろうと今では不思議に思うけど、くるぶしからこみ上げたぞっとする感覚が、こころの耳を、目を、研《と》ぎ澄ませた。玄関の、お母さんに言われて一人の時は鍵をかけておいたドアの向こうに、一人や二人ではない、たくさんの人の気配を感じた。

ドン！　ドン！　ドン！　と矢継ぎ早にドアが叩かれる。

「出てこいよ、いるんだろ」

「裏に回ろうよ。窓から姿、見えるかも」

鳥肌《とりはだ》が立った。

しめようよ、という声が聞こえた。

しめる、というのがどういうことなのか、こころにはわからない。だけど、中学に入学する前に、同じ学校の友達と、心配してよく話していた。中学に行って、先輩たちにしめられないようにするにはどうしたらいいかな、と。

締《し》めるなのか、絞《し》めるなのか、頭の中に流れる文字はどれも苦しそうで、理不尽で、こころを震撼《しんかん》させた。まして、相手は先輩ですらない、同じ年の女の子だ。

こころと何も違わない、ただ、同じ年の、女の子だ。

どうして、と思う。こめかみにまで長く立った鳥肌がまったく収《おさ》まる気配がない。

こころは全速力でリビングに取って返す。急いでリビングの、台所の、一階の、あらゆる部屋のカーテンを閉めに行く。間に合ったかはわからなかった。薄暗い、まだ微かに明るい外の世界に、数人のシルエットが見える。乗ってきたらしい、自転車の影が見える。

東条さんだ――、とこころは絶望的に考えていた。

いくらでも、悪い想像ができる。おそらくはそういうことだったんだろうという光景が見てきたように思い浮かんで止まらなくなる。

あいつ、ムカつくし、生意気だからしめようよ。

萌ちゃん、家近いんでしょ、どこがあいつの家なのか教えてよ。

いいよ、案内してあげる……。

外に東条さんがいるのかどうか、こころには確認できなかった。ものすごく知りたい気もするし、絶対に知りたくないという気もする。お人形みたいにかわいくて、仲良くしたいと憧れたあの女の子が、今、外でどんな顔をしているのか、考えるだけで息が詰まった。

「出てこい！　卑怯だよー！」

声は、今度こそ、真田美織のものだった。

閉じたカーテンの向こうに自分の姿が映り込まないように、こころは息まで止めて、リビングのソファの脇で、床に体をくっつけるようにする。

リビングの向こうには芝生《しばふ》の庭があって、庭は低い柵《さく》に囲まれている。こころは震えながら息を殺して、彼女たちが行ってしまうのを待っていた。どうしていいかわからなかった。胸の中ではただ強く、お母さん、お母さん、と呼びかけていた。

家は、こころのほっとできる場所のすべてで。

学校で、嫌な目にあっても、戻ってきたら自分があんなふうに扱われる存在じゃ、本当はないんだ、と思えて。

お母さんとお父さんと一緒に過ごせる、お父さんやお母さんの、家族の場所であるはずだったのに、なぜ今、二人のまったく知らない、私の友達でもないクラスメートがこんなところまで来てしまったのか。こころにはわからなかった。

ドンドンドンドン、ドンドンドンドンドン、ドアを叩く音が止まない。

外の女子たちはみんな興奮していて、口々に「ほらー、出てこい」とか「卑怯」という単語が繰り返された。

言葉数は多くて、全部で十人はいたと思うけれど、使われる言葉は決して多くなくて、誰かがそれを言ったら、みんなもそれをただ繰り返していた。

「庭、入っちゃえ」という声がして、庭に誰かが入ってくる気配を感じた時は、大袈裟でなく、息が止まった。カーテンを閉めた窓の方を見て、鍵がかかっているか確認したくなる。

もしここで鍵がかかっていなかったら、興奮した真田さんたちは平気でうちの中まで入ってくるだろうという気がした。中にいるこころを見つけたら、こころをここから引きずり出して、そして——殺してしまうだろう、という気が、大袈裟でなく、した。

あまりに怖くて、声も出なかった。

薄暗い部屋の中で、カーテン越しの彼女たちの影が濃くなる。窓に、その影が手を伸ばす。

目を閉じる。口を押さえて、耳まで閉じたような気持ちになる。カチ、と窓を揺らす音がした。——次に目を開けた時、幸いにして、窓はそのままだった。

鍵がちゃんと、かかっていた。

開かないよ、という声が、外でしていた。声だけなら、教室の中で普通に会話しているのと変わらないようなないということもない声音で、クラスメートの一人が言った。

こころは気配を殺して、息を殺して、なんでこんなことをしているんだろうと、唇を噛みながら、身を屈めて、台所とか、お座敷とか、窓の鍵を確認しに行く。

どうしてこんなに怖いのに、涙が出ないんだろう、と思っていると、薄く凍るような息遣いを洩らす唇に、涙の塩辛さが当たった。知らないうちに、涙はずっと目から出ていたみたいだった。

どうしてこんなに怖いのに、体が動くんだろう、と思っていると、最後の場所の鍵を確認した途端に、もう動けなくなった。そのまま、まるで雪でできた雪ウサギが、足がなくて地面にぺったりくっついているのと同じような格好になった。体を丸めて、顔も中に入れて、そうなると今度は亀みたいになって、部屋の隅でじっと、震えるだけになった。

少しは明るかった夕方の光が、暗い部屋からだんだんと、消えていく。

そうしながら、こころはただただ無心に、ごめんなさい、と思っていた。真田さんに、ではない。外にいる女子たちに、こころは謝らなきゃならないことは何もない。

こころはただ、お母さんとお父さんに、ごめんなさい、と胸の中で謝り続けていた。

お父さんとお母さんの家でもあるここに、あんな知らない子たちを入れてしまった。お母さんが大事にしてる庭に、入れてしまった。

ごめんなさい、ごめんなさい、ごめんなさい。

「どうして出てこないの、ひどい」と、外でする真田美織の声が弱くなった。他の子に向け、その声がだんだん、泣き声になる。

「卑怯だよ、こんなの」

か細く泣く声に、別の子が「わー、美織。泣かないで」と話しかけている。

あの子たちの世界は、どこまでも自分たちに都合よくしか、回っていなかった。

「仲太がかわいそう」

また、真田美織が言った。

「あの子、他人の彼氏に色目使って、触られても楽しんでたんでしょ？」

別の子が言う。

触られてなんてない、と思うけど、舌が喉の奥に張りついてしまったみたいで、ひとり言の声さえ出せない。ただただ、まだ、怖かった。

明るさの失せた部屋の中で、床の冷たさが、まだ制服のままだったこころの足を冷たくしていく。体温が、奪われていく。

許せない、と誰かが言った。

真田さんの声なのかどうか、こころにはもう、聞き取れなくなっていた。

許さなくていい、とこころは思った。

私も、あなたたちを絶対に、許さないから。

どれぐらい時間が経ったか、わからなかった。すごく長い時間だった。それは、こころの中から昨日まで少しは持っていた明るさとかあたたかさと呼べるような、前向きなものを根こそぎ奪い取るのに、充分な時間だった。

真田さんたちが遊びに飽きたように、こころの家の前で、「ばいばーい」と互いに挨拶をする声がしていた。「また明日ねー」という声が響いた。

罠《わな》かもしれないから、こころは動けなかった。

動いて、こころが電気を点けて、存在を知らせた途端、真田さんが来るんじゃないか、殺されるんじゃないか、という気持ちは抜けなかった。

帰ってきたお母さんが、鍵を開ける音が、静かで、暗い部屋に響き渡って——。

怪訝《けげん》そうに、心配そうに「こころ——？」と家の中に呼びかけるのが聞こえた瞬間、歯と歯の間がすっと痛んで、涙が出た。

お母さん、お母さん、お母さん。

泣いて、胸に飛び込んで、そのまま号泣《ごうきゅう》してしまいたかったのに、きゅっ、と引き絞るような涙が目の縁に浮かんだきり、こころはまだ動けなかった。お母さんがリビングに入ってきて、明かりを点ける。

そうなって初めて、こころは顔を上げた。

――今まで寝ていた、というような格好で。眠そうに、瞼《まぶた》をこする。

「こころ」

お母さんが立っていた。仕事用のグレーのスーツを着たまま、ほっとしたように息を吐き出す。その顔を見たら、本当に目の前で、今日あったことを洗いざらい、全部話してしまいたい衝動に駆《か》られたけど、すんでのところで、こころは抑えた。

「お母さん」と呼ぶ声が、掠れた。

「どうしたの。電気も点けないで。びっくりするじゃない。お母さん、こころがまだ帰ってないのかと思った。心配した」

「うん」

心配した、という声が胸の底に響いた。

どうしてか、わからない。

こころは、言ってしまう。

「知らないうちに、寝ちゃってた」と。

この日、自分は家にいなかったんだ、と思い込むことにした。

最初から、こころは家にいなかった。真田さんたちは、誰もいない家を相手に、勝手にドアを叩いたり、庭に入ったり、家の周りをぐるぐる囲んでただけ。

何も、起こっていない。

こころの家では何も起こっていない。

殺されそうにも、なってない。


ただ、翌日、こころは言った。

「おなかが痛い」

本当に痛かった。嘘じゃなかった。お母さんも言っていた。

「顔色がすごく悪い。大丈夫？」と。

それから、こころは学校を休み始めた。


もし――、と。

淡い期待を自分がしていたことを、ずいぶん経ってから、こころは自覚した。

庭の芝生が荒れていることに、お母さんたちが、気づくんじゃないか。

こころが言わなくても、もしかしたら、誰か、近所の人とかが見ていて、安西さんの家があの子たちに囲まれていた、と、お母さんかお父さんに言ってくれるんじゃないか、警察に、話が行っているんじゃないか。

でも、そんなことは起こらなかった。

芝生を荒らすほどの激しささえ、あの日、彼女たちが持っていなかったことが信じられなかった。恨めしかった。

やられた直後だったらまだ力があったかもしれない、こころの中学校生活を変えてしまったこの事件を、今更話したところでお母さんたちはおそらく相手にはもうしてくれないだろう。

された直後、泣きながら、どうしてお母さんの胸に飛び込まなかったのかということを、今、こころは後悔している。

真田美織たちが家に来た。

されたのは、言葉にすれば、たったそれだけのことなのだと、今では、こころは絶望的に悟《さと》る。ケンカをしに来た、とか、家までわざわざ来たけど、でもそれだけじゃないかと、そういうことを大人は言うんだろう。そして、きっと、たったそれだけの言葉で処理してしまう。

あの子たちは何も壊さなかったし、こころの体にも傷をつけなかった。

だけど、こころが体験した時間は、そんな言葉だけじゃなくて、もっとずっと決定的で、徹底的なことだった。鍵とカーテンが守ってくれたけれど、それがもし、なくなったら。無防備《むぼうび》に、学校に、行ってしまったら。

こころは果たして、自分を守れるだろうか。


だから、こころは学校に、行かない。

殺されて、しまうかもしれないから。

自分の家すら安全じゃないと知った、その気持ちのまま、部屋に閉じこもるようになった。自分の部屋から自由に行き来できるのは、唯一《ゆいいつ》、城だけ。

そして、今は、城ならば、と思い始めている。

あの、鏡のむこうの城だけが、こころを完全にあの子たちから守ってくれるような、そんな気が、今はしていた。

話が終わるまでの間、アキもフウカも、じっと、こころから目を離さなかった。話すのはあまり得意じゃない。言葉を慎重に選び、ゆっくり、ゆっくり話すこころの方が、途中から二人の顔をまともに見られなくなる。

新しく涙が湧くようなことはなかったが、目の表面が乾《かわ》いて、瞬きするのを忘れたように思う瞬間が、何回かあった。声が途切れる時も、詰まる時もあった。だけど、アキもフウカもせかさず、最後まで、こころの話を聞いてくれた。

城は、いつまでも明るくて、食堂から見える中庭も、夕方になったり、光の色を変えることはない。たとえ雨の日に来ても、ここはずっと晴れた明るい空のままだ。

「それは、今も続いている、進行形の問題なの？」

それまで黙って話を聞いていた、アキが言った。

話の中で、こころは、だから学校に行けなくなった、ということまでは言わなかった。アキがそのことに触れてほしくなさそうだ、ということは重々承知《じゅうじゅうしょうち》しているつもりだ。

アキがこころの話をどう聞いたか、わからなかった。こんなことはひょっとしたらたいしたことじゃないと、アキは思ったかもしれない。

怖かったけど、こころはこくり、と頷いた。

「続いてる」と答えた途端、アキが食堂の椅子から立ち上がり、こころの頭をぐしゃぐしゃに、右手でかき混ぜるように、撫でた。

「え？　え？」

戸惑いながら、髪が乱れたまま、顔を上げる。

「偉い」と声がした。

目が合うと、アキの目がまっすぐ、こころを見ていた。優しく、いたわるように。

「偉い。よく、耐えた」

その言葉を聞いた、瞬間だった。

鼻の奥が、つん、と痛くなる。あれ、と思ううちに思考が止まる。奥歯をあわてて嚙みしめたけど、間に合わなかった。

「あ、うん……」

頷くと同時に、俯いたこころの両目から、涙がこぼれた。

黙っていたフウカが、横からハンカチを差し出してくれる。その目の中にもまた、アキの目にあるのと同じ、優しい、光があった。

それを目にしたら、止まらなかった。涙が溢《あふ》れて、こころは「ごめん」と謝る。ごまかすように無理して笑おうとした顔がどんどん崩れ、頬を涙が伝わっていく。フウカのハンカチを受け取り、息を殺して、静かに、深呼吸する。

八月

世の中が夏休みに入ったらしいということを、家の中にいても、こころは感じていた。

中学一年生の夏休みが、まさかこんなふうになるなんて予想もしていなかったけれど、八月は、平等に来る。

日中、外に出ないこころの部屋に、小学生や自分と同じくらいの中学生が、友達と話しながら自転車で通ったりする声が響く。こころが通っていた小学校の子たちらしき影が、下を横切る。

夏休みに入った八月の初めに、夕ごはんを食べていて、お父さんに「よかったな」と言われた。

一瞬、自分にかけられた言葉じゃないと思った。学校に行かなくなってから、お父さんから「よかった」なんて言われることは、何ひとつ起きていないと思っていた。

けれど、お父さんが平然と「これでお前、世の中から浮かないぞ」と言ってきて、こころはおかずをつついていた手を止めて、お父さんの顔を見た。

お父さんは、軽い気持ちで口にした様子だった。

「夏休みに入ったから、これで日中どこかをふらふら歩いてても補導《ほどう》される心配もないし、図書館にでも行ってきたらどうだ？　家の中ばっかじゃ息が詰まるだろ」

「ちょっと、お父さん」

お母さんが横から口を挟《はさ》む。こころの方を意識しながら「こころは、それが余計に嫌なんでしょ」と言った。

「昼間外に出て、自分の学校の友達と会うのが気まずいんじゃない？　そうでしょ？」

「ん……」

どう頷いていいかわからずにいると、お母さんの眉《まゆ》の間に皺が寄った。「こころ」と改まった声で言う。

「――前も話したけど、もし、学校に行きたくない理由が何かあるんだったら、いつでも話してね」

「うん」

こころは下を向いて、口に当てた箸《はし》を軽く嚙んだ。

いつの頃からか、お母さんはこころに、スクールに行け、と言わなくなっていた。けれど、あそこの先生たちと連絡を取り合っている雰囲気は微かに感じる。また行けと言われるのも嫌だから、こころもあえて、お母さんとそのことについては話さなかった。

だけど、うっすら、お母さんの雰囲気が変わった。前は、怠《なま》け病のように思われていそうだったのに、「何かあったんじゃないか」とこころに遠回しに聞くようなことが増えていた。

――夏休みに入る前、お母さんとお父さんからは、塾の夏期講習を勧められた。

ここではない、遠くの、おばあちゃんの家かどこかから通う、誰もこころを知っている人のいない塾で、一学期の勉強の遅れを取り戻したらどうか。そう言われた日の夜は、おなかの奥がずんと重くて、なかなか、寝つけなかった。

机の引き出しにしまいっぱなしの中学校の教科書は、開いた折り目さえほとんどない。みんながあの内容を一学期ずっとやっていたのに、こころはやっていない。

もう遅いんじゃないか、徹底的に、もう自分がついていけなくなってるんじゃないか。

学校になんて二度と行きたくないのに、こころはもう追いつけないことをそれでも心配してしまう。

夏期講習に自分が通うところを想像したけど、それもスクールと同じでこころにはしっくり来なかった。「考えたい」と両親に返事をしてから、もう夏休みに入ってしまったというのに、お母さんは、せかしたりしてこなかった。

「こころは、無理しなくていいよ」

お母さんが言った。

一学期の最初の頃、あれだけ家を訪ねてきていた担任の伊田先生は、今はもう、前ほどには来ない。諦められてしまったのかもしれない、と思う。

東条さんの代わりにたまにプリントを届けに来てくれていた、小学校からの仲良しの、沙月ちゃんたちも来ない。来てくれているうちに会えばよかったと後悔しそうになる時もあるけれど、安堵の気持ちがそれを上回るほど強い。

構わないでもらえることが、一番楽で、嬉しい。

だけど、この先もずっとこうなのかを考えると、体がものすごく重たくなる。

♔

「勉強、わからないの、焦る気持ちわかるよ」

翌日、城に行って食堂で一緒になったフウカが、静かな声でそう言った。

こころが自分の話をここでして以来、なんとなく、男子は〝ゲームの間〟、女子は食堂で集まるのが暗黙のルールのようになっている。こころも城に着いて、自分の部屋に荷物を置いてすぐ、食堂に向かう。

城に来てアキやフウカに会うことは、今、こころにとっては何よりの楽しみだ。あれだけしつこくつきまとっていたウレシノも、食堂で三人が固まっていると話しかけにくいのか、前ほどは女子を追いかけ回したりしない。

フウカとは、食堂でアキがいない時、少しずつ、少しずつ、こういう――学校に行かないことについても、話すようになった。

「フウカちゃんでも勉強、わからないなんてこと、あるの？」

眼鏡をかけたおかっぱ頭のフウカは見るからに優等生っぽくて、頭がよさそうに見える。こころが尋ねると、フウカが自分から「意外でしょ」と微笑んだ。

「勉強ができそうって思われるような外見してることは、自分でもわかる。だけど、成績、私、悪いんだ。勉強、わかんないとこもたくさんある。どこからやったらいいか、もうわかんないよ」

「じゃあ、塾とか――」

こころが尋ねようとしたその時、声がした。

「おっはよー、フウカ。こころ」

明るい呼びかけとともにアキが中に入ってきて、そこでこの話はおしまいになった。

フウカとはだいぶこういう話ができるようになったけど、アキには相変わらず学校のことは話題に出してはいけない雰囲気があった。

アキが「あー、ここ涼しくて生き返るなぁ」と呟きながら水筒を取りだし、お茶の支度をしてくれる。

こころとフウカ、それぞれが持ってきたクッキーを出すと、今日はアキが柄《がら》の入った紙ナプキンを広げる。薔薇《ばら》のつると鳥の絵柄が縁取りのように入ったナプキンを前に、珍しくフウカが「かわいい」と口にした。一枚手に取り、「どこで売ってるの？」と聞く。

アキが「いいでしょ」と笑った。

「週末に近くの文房具屋さんに行ったら売ってた。他にもたくさんかわいい柄のがあって、選ぶの苦労したよー。フウカ、こういうの好き？　よかったらあげるよ」

「好きっていうか……、うん、まぁ」

「かわいいね！」

こころも言うと、フウカが顔を上げた。

「アキちゃん」

「うん？」

「こころちゃんにも一枚、あげていい？」

「いいよー、もちろん」

「いいの？」

こころが尋ねると、フウカが「はい」と手にしていた一枚をくれる。アキが水筒からカップに紅茶を注ぐ。温かい湯気と、林檎の香りがふわんと広がる。ナプキンの柄と紅茶のいい色がものすごく似合って見えた。

「ありがとう」

こころがお礼を言って、フウカが新しいナプキンを広げてクッキーをその上に出すと、それを待っていたかのように、食堂の入り口に――ウレシノが現れた。

いつも、お昼過ぎじゃないと来ないのに珍しい。

ウレシノは、もじもじしながら立っている。こころたちが自分に気づくのを待っていたかのようだった。

「あ、ウレシノ」

アキが声をかけ、ウレシノは「おはよ」と小声で答えたが、目はフウカを見ている。――今の好きな人である、フウカを。

フウカは気のない一瞥をちらっとウレシノに向けるだけで、気まずそうにカップを下ろし、そのままじっと自分の手元を見ていた。

それを見て、こころはやっぱりげんなりしてしまう。ウレシノがフウカを「かわいい」と言うのは本心なのかもしれないけど、それでもやっぱり、彼の言う「好き」はとんでもなく軽い。こころもやられたからわかるけど、「好きな人」を決めて、そう思い込み、あとはマニュアルにでも沿って行動しているような感じだ。

「どうしたの？」

女子でここに集まるようになってからは、やってくることが珍しかったのに。こころが尋ねると、その時、ウレシノが後ろ手に何かを隠すように持っていることに気づいた。

ウレシノが手を前に出した時、こころは、あ、と小さく声を上げた。

「今日、誕生日でしょ。フウカちゃん。花、持ってきたよ」

こころには名前がわからない、ピンクと白の、茎《くき》の長い花が一本ずつ。デパートの包装紙にくるまれて、花束みたいになっている。

「え、誕生日なの？」

アキとこころは思わずフウカを見る。フウカがいつの間にか顔を上げ、「よく覚えてたね、そんなの」と呟いた。

ウレシノが嬉しそうに「だって、聞いたし」と答えた。

「僕、そういうの忘れないんだ」

「そうなんだー、フウカ、言ってくれればいいのに」

「だって、別に言うようなことじゃないと思ったし」

アキの声に、つん、と澄ましたように言うフウカの口調は相変わらずクールだったけど、視線を下に向けているのは照れくさいからなのかもしれない。

「じゃあ、お祝《いわ》いしよう。改めて、乾杯」

アキがティーカップを持ち上げて、フウカのカップとコツンと合わせる。おずおずと花束を受け取ったフウカが、「ありがと」とぎこちなく答えると、ウレシノが嬉しそうにえへへ、と笑った。

そのままここに居座るつもりなのか、「アキちゃん、僕の分は？」と尋ねるところは、さすがだと思う。花の贈り物をいいと思ったのも束の間《つかま》、図々しく「クッキー食べていい？」と聞いてくるのを見て、あーあ、と彼を見直した気持ちが台なしになる。

アキはもう完全に呆れているのか「ねえ、女子のお茶会なんだから気を遣ってよ」とか「もう帰りなよー」と露骨な言葉でウレシノを出ていかせようとしていたが、ウレシノは「ええっ、なんでそんなこと言うの？」と聞き返したりしていて図《ず》太《ぶと》い。その様子がコミカルだから、こころも笑っていた。

「そろそろお昼じゃない？」

アキの合図でいったん、昼食を食べに家に戻るため解散になる。

「わあー、急いで帰らなきゃ」とウレシノが真っ先に食堂を飛び出していく。

残された机の上の花束を見ると、包装紙に入った二本の花は、きれいに咲いているけど、どこかくたっとして元気がなかった。

「庭から取ってきたって感じ」

アキが言った。

「とりあえず考えなしに摘《つ》んで、花束みたいにしてみましたって感じだけど、花がかわいそう。水に早くつけなきゃ。その包装紙だってくしゃくしゃだから、きっと何かの使い回しだよね。かっこ悪い」

「そう?」

アキの言葉に、思いがけず、フウカが首を傾げた。アキがびっくりしたように言葉を止める。フウカは静かに花束をつかんで、立ち上がる。そのまま食堂を出ていってしまおうとする。

その後ろ姿に向け、アキが気まずそうに「あ」と声をかけた。

「それ、ここに飾る? 何か、花瓶になりそうなもの探して」

「いい」

フウカが答えた。こっちは振り返らなかった。

「ここ、水、出ないし。家に持って帰るよ」

「――そっか」

「うん」

そのやり取りを見ながら、こころは内心ハラハラする。小学校時代から、こういうことはたまにあった。女友達同士がピリピリした空気になって気まずくなるような、こういう時間は急にやってくる。

フウカが行ってしまってから、残されたアキとこころが、今度は無言になる。沈黙に耐えかねて、こころの方から「じゃ、また午後に」と言うと、アキがあわてて「あ、うん」と返事をした。その顔はいつも通りに明るく見えたので、こころはそのまま部屋を出ていこうとする。

するとその時――、声が、聞こえた。ぽつりと、呟くような。

「……あんなだから、きっと友達いないんだろうな」

食堂を去りかけていたこころの耳がその声を捉《とら》えて、戦慄《せんりつ》が走る。聞き間違いじゃないか、とアキの方を振り返りたい衝動をぐっとこらえて、足を前に前に出して、急いでその場を去った。鏡の向こうにある自分の部屋を目指す。

聞き間違いじゃない。

振り返らなくてもわかってる。アキが、確かに言った。ひとり言みたいだけど、たぶん、こころに聞かれてもいいと思いながら、言った。

家に戻り、お母さんが用意していった冷凍グラタンをレンジで温めて食べながら、こころは嫌だなぁ、と思っていた。

あんなぎくしゃくしたやり取りが城の中でもあるなんて。フウカのことも、アキのことも好きなのに。

今日の午後は、ひょっとしたら、アキもフウカももう城には来ないかもしれない、と思ったけど、一時過ぎになって城に戻ると、二人はすでに食堂に来ていた。

こころが来るのを待っていたように、アキが「ウレシノも来たけど、追い返したよ」と笑う。

「誕生パーティーの続きしよう。はい、これ。私から」

そう言ったアキが差し出した手の中に、クリップが三つ。

木でできた、おしゃれなクリップは、持ち手のところにスイカやレモン、イチゴのかわいい粘土細工がついていた。透明な小さな袋に入って、その上を青いチェックのリボンで留めてある。

「ラッピング、家にあったものでやったから、雑になっちゃったけど」

アキは言ったけど、こころの目から見ても、全然、そんなことなかった。むしろ、お店で買ってやってもらったようにきれいだ。手に取り、じっとクリップを見つめたフウカが「ありがとう」とお礼を言う。

「すごくかわいい。ありがとう」

「よかった」

アキが笑顔になった。

「お誕生日おめでとう、フウカ」と改めて言う。

⚜

翌日の朝、こころはドキドキしながら目を覚ました。

お母さんとお父さんが朝食を済ませて家を出てから、誰もいなくなった家で、ゆっくりと深呼吸をする。

世の中の多くのお店が十時頃から開く。

フウカの誕生日プレゼントを買いに行こう、と考えていた。

昨日の誕生日当日、ウレシノもアキも用意したプレゼントを、こころは用意できなかった。フウカは気にしていない様子だったし、こころもあの場では何も言わなかったけど、お祝いがしたかった。

しんと静かな家の中で、これからこころがやろうと思っていることを知っている人は誰もいない。

密かに出かけて、密かにここに戻ってくればいいだけだ。


城に続く、自分の部屋の光る鏡ではなく、玄関にある姿見の前に立って、深呼吸する。帽子をかぶろうと思ったけど、小学生ならいざ知らず、帽子をかぶる中学生は逆に目立ってしまいそうな気がした。

Tシャツにスカート、顔をいつもよりしっかり二回も洗って、髪もとかした。

ドキドキしながら、玄関のドアを、押す。

暗い玄関に、眩《まばゆ》い夏の光が入り込んできて、ああ、と目を細める。空に、黄色い太陽が出ていた。鳥が飛んでいる。むっとする、アスファルトの熱が足元から立ちのぼってくる。

外だ。

ひさびさの、外の世界だ。

吸い込む空気が瑞々《みずみず》しく、少しも尖って感じられないことに、それだけで安堵する。蝉の声が響く向こうで、犬を散歩させる人や子どもの声がした。

暑いけど、むしろ爽やかにすら感じられる天気だった。

こころはそっと、門の外に出た。

フウカへのプレゼントには、心当たりがあった。

カレオに行こう、と思っていた。

カレオは、徒歩でも行ける、この近くのショッピングモールだ。こころが小学校に入った頃にオープンして、マックとかミスドとか、いろんなお店が入った。そこにある雑貨屋に、昨日、アキが持ってきたようなかわいい紙ナプキンがたくさん売っている。それこそ、選ぶのに苦労しそうなほどたくさん並んでいるのを見たことがあった。学校に行かなくなった頃から、お小遣《こづか》いは手つかずのままだ。

ひさびさの外出は楽しく、ときめくような予感に満ちていた。スクールにつれていかれた時のようにお母さんも一緒じゃない。一人だということが、こんなに心地よいとは知らなかった。

そう思っていた、その時。

大通りに、こころは出た。

出ると同時に、自転車がすぐ近くを通りすぎた。それを見て、どきん、と足が固まる。こころの通う——通っていた中学の、雪科第五中学のジャージを着た男子たちが乗っていた。「やっべー」とか、「おい」とか、何か話しながら、二台の自転車が遠ざかっていく。

各学年ごとにジャージの色は指定されたものがあって、彼らは、こころの学年の青ではなくて、臙脂色を着ていた。二年生だ。

弾んでいた胸が潰《つぶ》れるのが、音まではっきり聞こえた気がした。

そうしたいと思ったわけではないのに、顔が俯き、彼らから視線を逸《そ》らす。だけど、気になってたまらない。目がそっちを見たい、と望んでいる。よせ、とこころの中の何かが、その衝動を遮《さえぎ》る。

男子二人の声を聞きたい、と耳が言う。自分のことを悪く言ってるんじゃないか、という気持ちが何の脈絡《みやくらく》もなく湧き出て、彼らがこっちを振り返って何かひそひそ言うんじゃないか、と思ってしまってからはっとする。

だって、そんなわけない。

雪科第五は大きな中学で、違う学年の女子の顔なんて、しかも部活に入ってもいなかった自分を知っているはずもない。

相手は自分と同じ一年生でもなく、真田さんのような女子でもないのに、嫌な感じが止まらない。

真田さんの知り合いだったらどうしよう――と思うと、その場に蹲《うずくま》って、急に隠れてしまいたくなる。

そしてまた、はっとした。

ここは、まさに真田さんの友達の、東条さんにとっても近所なのだ。

通りに再び顔を向けると、アスファルトの熱に急に足首を摑まれた気がした。遠くにけぶる長い長い道の先に、目指すショッピングモールの看板が見える。両親の車でつれていってもらう時にはあんなに近く感じたのが嘘みたいに遠い。

あそこまで歩く距離を思うと、足がすくんだ。

唇を嚙み、深呼吸する。

だけど、せっかく来たんだ――。

言い聞かせるようにして、足を踏み出す。長く留まっていた場所に、こころの靴がうっすら足跡をつけてしまった気がする。一歩一歩が、とても重たかった。

どれくらい歩いたか。

途中の道で、気持ちが悪くなって、こころは通り沿いのコンビニに寄った。

そして、目が、眩《くら》んだ。

入ってすぐに見える、お弁当や飲み物を冷やす場所にともる光が眩《まぶ》しすぎて、目を開いていられなくなる。これまで何度も来ていたから、わかっているはずだと思っていた明るさより、その色がずっとずっと明るい。それに、物がとっても多い。いつも、お母さんに申し訳なく、少しずつ頼んで買い足してもらっているお菓子もジュースも、こんなにたくさん、いくつもいくつも、まるで一枚の壁に描かれた絵みたいにみっしり並んでいるのも、ものすごく違和感があった。これをどれでも買っていいなんて、目が回りそうだ。

商品に伸ばした手が、我ながらぎこちなく、つかんだペットボトルがうまく取れずに床に転がる。「すいません！」と思わず呟いてから拾って、胸に当ててから、顔がかーっと熱くなった。今の、謝るところじゃなかったかもしれない。声、大きかったかもしれない。

すぐ後ろをサラリーマン風の男の人が黙って通って、肩や背が触れたわけでもないのに、びくっとなる。家と城の中だけで、家族と、あそこのみんなにしか会っていなかったから、知らない人がこんなすぐ横にいるなんて、なんだか信じられなかった。こんな距離で一緒にいるなんて嘘みたいだ。

嘘みたい、信じられない、気持ち悪い、眩《まぶ》しい——、言葉は無数にあるけれど、これら全部に当てはまる感情に、こころは気づいた。

怖い。

コンビニが、怖い。

胸に当てたペットボトルが冷たい。その冷たさを縋《すが》るように抱えながら、こころは唐突に悟った。

無理だ。

ショッピングモールまでなんて、とても行けない。


夕方になって城に行くと、フウカは来ていなかった。

食堂に、アキもフウカも姿がなかったので、〝ゲームの間〟まで行くと、そこでマサムネから「あ、フウカ、午前中は来てたけど、しばらく来ないかもね」と言われた。

こころは、逃げ帰るように出てきたコンビニで、もぎ取るように棚から選んで買ったチョコレート菓子の包みを手に、言葉を失う。

「どういうこと？」

「親が決めた夏期講習に通うんだってさ。これから一週間くらい。短期集中。勉強の遅れを取り戻しましょうってか」

頭の奥を、がつん、と誰かに殴《なぐ》られたみたいだった。

夏期講習。勉強の遅れを取り戻す。——それはすべて、こころがお母さんたちに言われて、ずっと重荷のように思ってきたことだ。

学校に行かないことで、みんな授業や勉強をどうする気なのか、ずっと、フウカたちに聞いてみたかった。急にフウカに先に行かれてしまったような気がして、また、おなかがずんと痛くなる。落ち着かない気持ちになる。

「アキちゃんは？」

「知らねー。フウカは帰ったけど、部屋じゃね？」

〝ゲームの間〟にはその日、珍しくマサムネしかいなかった。ウレシノもスバルも、今日は朝から来ていないと言う。

「ウレシノの欠席は珍しいことじゃないし、スバルも親と旅行みたいなこと言ってた。夏休みだし」

「……そう」

今日コンビニで気持ちが悪くなったことを思い出す。旅行に行けるスバルが妙に大人に思えた。

「マサムネくんは、勉強どうしてるの？」

「あ？　この天才に何言ってるの？」

マサムネが答える声はどこまでも軽い。

「塾って前に言わなかったっけ？　これでも成績いいんだよ、オレ」

「そっか……」

返事をして、部屋を出る。そんなこころの後ろ姿を、マサムネが「あ、なあ」と呼ぶ。

「言っとくけど、学校の勉強なんて、やっても現実社会じゃ役に立たないことばっかだぞ」

塾で順調に勉強できているんだったら、マサムネのことがものすごく、今は羨ましい。

こころは力なく「うん」と答える。それ以上話していたくなくて、食堂に向かう。

食堂の机に、フウカへのプレゼントを置く。

コンビニで買えるチョコレート菓子を、前に何かの機会にお母さんが持ち帰ってきた英字新聞で包み、セロハンテープで留めて、キャラクターもののシールを貼ったプレゼントは、作っている時にはできるだけかっこよく、といろいろなものをかき集めて一生懸命包んだつもりだったけど、こうやって見てみると、いかにもみすぼらしかった。ウレシノの花束の方が、ずっと見栄《みば》えがする。

渡さなくて、よかったかもしれない。

そう思った途端、長い一日のことが胸にぐっと押し寄せてきて、苦しくなった。つたないプレゼントを前に、どうしてアキみたいにかっこよくできないんだろう、コンビニくらいであんなことになってしまうんだろう、と思う。それからとても不安になった。

もう夏休みになってしまったけど、だけど、気持ちの上では、ほんの少し休んだだけのように感じていた。だけど、もう、あんなふうに外が怖くなっている。

声を出して泣いたら気持ちいいかな、と一瞬だけ考えて、あわててその考えを打ち消す。そんなの、家で、自分の部屋かお風呂かどっかでやればいい。泣いてるところを見られて、うざいヤツだなんて思われたくない。

「あれ?」

声がしたのは、その時だった。

こころはあわてて、ぱっと顔を入り口に向ける。そして、小さく目を瞬く。珍しい顔がそこに覗いていた。リオンだ。

「あれ、今日ひとり？　他の女子は？」

「あ、アキちゃんはたぶん、部屋。フウカちゃんは今日からしばらく夏期講習で――」

「夏期講習って何？」

「え？」

食堂にリオンが入ってくる。

鼻筋が通って、少し眠たげな大きな目にかかる睫《まつげ》が長くて、近くで見ると、改めてかっこいい顔をした男子だと思う。――よく日焼けしている。その姿を見て、ああ、この子は外に出られる子なんだな、と思って、また気後れする。

「夏期講習知らないの？　塾とかがやってて、夏休みの間に一学期の復習なんかする――」

「ああ、そっか、夏休みだもんな。大変だな。勉強」

リオンにはマサムネに見られるようなふざけた様子がなさそうで、こころはきょとんとする。思わずリオンの顔を見ると「何？」と問いかけられた。

「……リオンくんは、やってないの。勉強」

「嫌いだから、ほどほど。っつか、好きな人いる？　あ、だけど、こころはやってそう。きちんと勉強」

「やってないよ」

本当にやっていなくて、そのことで今、息もできないくらい不安な気持ちになっているのだと思うけど、リオンにいきなり名前を呼び捨てにされると、ドキリとした。興味なさげに「ふうん」と呟いたリオンの目が、食堂の、机の上を見た。

「それ、プレゼント？」と聞かれて、しまった、と思う。隠せばよかった。

「うん」

「フウカ？」

「うん。誕生日だったって、知ってた？」

「ウレシノがあれだけ騒いでたからな。ほんっと、おもしれー、ウレシノ。つい最近までこころが本命だったのに」

「やめてよ」

思わず、俯いてしまう。いびつなラッピングも恥ずかしくて、今にも消え入ってしまいたい。

しかしその時、リオンが言った。

「残念だったな」と。

「せっかく持ってきたのに、渡せなくて」

それは、特別な言葉ではなかった。

しかし、その言葉を聞いた瞬間、こころの胸が、ふいっと何か、あたたかいものに押された。

うまくラッピングできない、ヘタなプレゼント。

中味は、どこででも買える、コンビニのもの。

こころが逃げ帰ったコンビニで咄嗟に摑んだ、チョコレート菓子。

「うん」と声が出ていた。リオンに答える。

「うん。──すごく、渡したかった」

スバルが家族旅行に出かけ、フウカが塾の夏期講習に行ったりしたという話を聞くと、かわるがわるみんなが来ない中、城に来続けていることをちょっとカッコ悪く感じる。

中でも、夏期講習は親からも言われていて、こころがチャンスを棒に振ったものだ。

「勉強、遅れちゃうかな……」

呟いてしまう。一学期が終わってしまったことで、ずっと気にしていたことが、思わず口をついて出てしまった。

「え？」

リオンがこっちを向いて、あわてて、表情を切り替える。暗くならないように笑って、「なんでもない」と答えたけど、リオンは聞き逃していなかった。

「勉強、気にしてんの？　こころ、中一だっけ。オレと同じ」

「うん」

「そっか」

それだけで、会話が終わる。

——リオンも、状況はこころと同じようなものなのかもしれない。そう考えると、リオンには申し訳ないけれど、気持ちが少し救われた。

チャンスを棒に振った夏期講習は、希望すればまだ行けるかもしれない。途中からでも通えるかもしれない。

けれど、そのこととこころの中の焦りとは、頭ではわかっても、なかなか結びつけて考えられるものではなかった。塾に行きたくない、という本音もまた、こころの中ではゆるぎなく存在している。

勉強がついていけなくなるのも怖いし、塾も怖い。

では、どうしたらいいのだろう、どうしたら、自分の望む通りに、こころの〝日常〟は帰ってくるのだろう――、考えると、一つだけ、行きつく考えがある。

〝願いの部屋〟の鍵――〝願いの鍵〟を、こころが見つけることだ。

真田さんさえいなければ、こころは教室に、きっと戻れる。

⚜

翌週になると、アキもなかなか城に来なくなった。

ウレシノも、マサムネ情報によると、おばあちゃんの家に行っているとかでぱたりと城に来なくなった。

こころの家は、もともとお父さんもお母さんも仕事が忙しくてあまり休みが取れないし、こころが学校にもスクールにも行こうとしないのを見て、この夏、あえて子どもをどこかにつれだそうなんていう考え自体もなくなってしまったようだった。気まずいから、あえて自分から聞くことでもない。

ただ、そんな中、こころと同じようにマサムネはずっと城に来続けていた。こころは平日以外の土日は、両親が家にいるから城にはあまり来ないけど、ひょっとするとマサムネは世の中が休みの日にも来ているかもしれない。学校に関して、こころの家とはまったく違う考えをしているらしいマサムネの両親は、一体どんな仕事をしている、どんな人たちなのだろう。

マサムネは一人でいることも多くて、〝ゲームの間〟にこころが入ってくると、ちらっとこっちを横目で見る。声を発さず、挨拶もしない。

スバルも他の男子もいない時のマサムネは、テレビにつないでやるゲームじゃなくて、持ち運び可能なポータブルゲーム機の画面を覗き込んでいることも多かった。

「あ、それ……」

こころが思わず声に出してしまうと、マサムネが「あん?」と顔を上げた。その手元に、こころの目が釘付《くぎづ》けになる。

最初に会った日に、マサムネが手にしていた携帯ゲーム機。確か、知り合いに〝モニター〟を頼まれていると言っていた。ものすごく羨ましくなったけれど、そういう特別な事情で手にしたなら、それは企業秘密なはずで、こころが簡単に見せてもらっていいものなのかどうか、わからなかった。

「ああ――」

こころの視線に気づいて、マサムネが手の中のゲーム機を見る。小さな音楽がそこから聞こえた。次にマサムネが「貸してやろうか」と言った時、こころはえっと目を見開いた。

「いいの!? だって……」

「確か親に隠されたんだっけ? いいよ。オレ、まだ家に最新で買ってもらったやつ、わんさかあるし」

マサムネが「RPGとかのが好き?」と身を屈めて、自分のリュックからソフトを取り出す。マサムネは、携帯用のゲーム機の方では、普段みんなとやっているような対戦型のレーシングゲームやアクションゲームではなく、ストーリーのあるRPGをやっているようだった。

「RPGは、あんまりやったことない。なんか、長いし、難しそうだから」

マサムネの気遣いに感謝しながら何気なくそう口にした、その時だった。

リュックを探していたマサムネの顔が、「あ?」とこころを睨むように見る。その後で、ふうっと、聞こえよがしなため息をついた。

「女子でゲームやるって珍しいから、ちょっとすげえなって思ってたけど、何それ。長いって」

マサムネが露骨にがっかりしたような――バカにするような表情になる。

「つまりはさ、ストーリーがあるゲームほとんどやったことないってこと？　単純にすかっとできたりする単発なものがゲームだと思ってるってこと？」

「だって、難しそうだから……」

「難しいって」

マサムネがまた顔をしかめた。

「話になんないね。ＲＰＧもやってこそ、初めてゲームの良さがわかるってもんだとオレは思うけど。オレ、物語とかで泣いたの、ゲームが最初だもん」

「えっ!?　ゲームで泣くの？」

今度はこころが驚く番だった。まじまじとマサムネを見る。

「それゲームオーバーになって悔しくてってこと？」

「違うよ。感動してってこと。――つか、言わせんなよ、そんなこと」

マサムネがイライラしたように言う。こころはびっくりしてしまった。テレビＣＭなどでよく見るゲームは、確かに映画みたいに感動作を謳《うた》っている場合も多いけど、まさか男子が泣くなんて。

乱暴な口調でマサムネにもう一度、「話になんないね」と言われるのは悔しかったけど、それ以上、言い返せなかった。

「小説とか、漫画で泣いたことある？　アニメとか映画とかは？」

「それはあるけど……」

「じゃ、それとゲームの何が違うわけ。ちょっと想像力が貧困なんじゃないの？」

どうやら自分がマサムネを不快にさせたらしいことがわかったけど、そこまで言われるほどのことでもないと思った。

「じゃ、貸してくれなくてもいい」

思わず言ってしまうと、マサムネが不機嫌そうに目を細めた。ゲーム機を手にして、こころの方に渡しかけ――、途中で「あ、そう」とその手を引っこめてしまう。

「やっぱその程度の熱意なんだ」と言われると、ものすごくイラッとしたけど、それ以上言い合いをするのも嫌で黙っていた。

無神経そうなマサムネはきっとこころとのこんなやり取りはすぐに忘れてしまうだろう。

そう思ったのに、その日、お昼ごはん後に戻った午後の城に、彼の姿はなかった。

それどころか、マサムネはその日は一日もう来なくて、こころは誰もいない〝ゲームの間〟で「もう、あのオタク！」と呟いた。立派なソファに載ったクッションを叩いて、怒った。

ボス、ボス、ボス、と三回叩いたところで、深呼吸をする。

マサムネが置きっぱなしにしていったテレビの前のゲーム機を見る。いない間に壊してしまおうか——と、絶対にやるつもりはないけど、試しに思ってみたことで、少しだけ冷静になる。

マサムネはたぶん、ＲＰＧとか、そういう一人で没頭《ぼっとう》できるゲームの方が本当は好きなのかもしれない。だけど、ここに来ている間は、みんなでできるアクションゲームとか、そういうのを中心にやっているんだな、と、気づいたからだ。

その翌日、城に、ひさしぶりにスバルがやってきていた。

マサムネは来ていなくて、スバルは一人、〝ゲームの間〟の窓辺でイヤフォンをして、何かを聴いているようだった。耳に入れたイヤフォンの先が彼の鞄の中に繋がっている。

「――スバルくん」

一度目の呼びかけには音楽に集中しているようで気づかず、二度目にトントン、と軽く肩を叩くと、スバルがようやく、ああ、というように目線を上げた。イヤフォンを外す。

「ごめん。気づかなかった」

「ううん。こっちこそ邪魔してごめん。今日、マサムネくんは――」

「来てないみたい。僕もひさしぶりに会えたらと思ったんだけど残念だな」

イヤフォンを片付けるスバルが身を屈めて、そばかすの散った色白の顔がこっちを見る。

「ねえ、スバルくんって、ハリポタのロンに似てるって言われたことない？　私、最初に会った時からイメージ似てるなって思ってた」

「ハリポタ？」

「あ、『ハリー・ポッター』。本の」

言いながら、別に本じゃなくて映画でもイメージ一緒か、と思い直す。けれどスバルは肩をすくめ、「初めて言われた」と首を振った。

「こころちゃんは本が好きなんだね」

そう言う仕草を見て、こんな大人っぽい男子が自分のクラスにもいたらいいのにな――と思う。

「スバルって星の名前だよね？　だからかな、そういうとこもちょっとファンタジーっぽくて、だから連想したのかも」

「そう？　確かに親父にもらったものの中だと、僕、自分の名前が一番好きかな」

「え」

スバルの名前のことよりも、彼みたいな子がさらっと「親父」という言葉を使ったことの方にどきっとする。スバルが微笑んだ。耳から外したばかりのイヤフォンを見つめて言う。

「これも、親父がくれたんだけどさ。今月、会った時」

「え」

今月会った、という言い方に違和感があった。自分のお父さんなのに「今月会った」。スバルは普段はお父さんと一緒に暮らしていないのか。

こころが言葉を止めたのに気づいたのか、スバルが顔を上げてこころを見る。これ以上聞いていいのか悪いのか、わからなかった。けれど、不思議とスバルの方で聞いてほしそうな気配を感じる。こころの気のせいでなければ。

「スバルくんって……」

こころが尋ねようとした時、入り口に、誰かの視線を感じた。スバルが先に気づいて視線を向ける。フウカが立っていた。こちらも会うのはひさしぶりだ。

「フウカちゃん」

「こころちゃん、プレゼント、ありがとう」

「あ……」

フウカがいつ来てもいいように、フウカの鏡の前に、こころはプレゼントを立てかけて置いていた。「遅くなったけど、お誕生日おめでとう」とカードをつけて。

フウカの手がその包みを持っていた。〝ゲームの間〟に入ってきて、テーブルの上で開ける。開いて出てきたお菓子の箱をじっと見つめる。

その姿を見て、こころははっとする。

こころとしては必死な思いで買ったお菓子だったけど、考えてみたら、家にあったものをそのまま包んできたのだと思われても仕方ない。

こころとフウカが話し始めたのを見て、スバルが「僕、一度帰るね」と腰を上げた。イヤフォンをしまい、女子同士に気を遣うように「また後で」と言う。話が途中になってしまったのが気掛かりだったけれど、こころもそれを「あ、うん」と見送った。

　スバルがいなくなってしまってからも、フウカはまだお菓子のプレゼントを見つめていた。何か、言い訳をしなきゃいけないような気持ちになる。けれど、その時ふっとフウカが顔を上げた。

「このお菓子、好きなの？」

「え？」

「私、食べたことない。――こころちゃんが、わざわざ特別好きなのをくれたのかなって思ったんだけど」

「……うん。おいしいよ」

　確かに好きなお菓子だったけど、フウカが言うような〝特別好き〟くらいに好きかどうかと聞かれたら答えに迷う。食べたことがないなんて、ひょっとすると、フウカはあまりコンビニに行ったりしないのかもしれない。フウカは礼儀正しいちゃんとした子だし、お父さんやお母さんがこういうお菓子はあまり食べさせない主義の家なのかも。思っていると、フウカが笑顔になった。

「嬉しい。食べてみる」

声が本当にはずんで聞こえた。こころに気を遣ってそう言ってくれているわけではなさそうで、胸がぎゅっとなった。

──フウカは不思議な子だ。

感情があまり顔に出ない。何を考えているかわからないところがある。だけど、そこには、人によく思われたいというような計算も打算もなさそうで、その彼女にこんなふうに素直な声を聞かせてもらうと、嬉しくてたまらなくなってくる。

「こころちゃんと今一緒に食べたいけど、ひとりで家で食べてもいい？」

フウカがわざわざ聞いてきて、びっくりする。

「せっかくもらったから、私だけで食べようかなって」

「いいよ。もちろんだよ」

その日のお昼、家でそれを食べてきたらしいフウカが律儀に「おいしかった」と教えてくれた。

その声を聞いて、こころは、コンビニに出かけてよかった、と思った。

出席率の下がった城だけど、中には休みに入ってからの方が頻繁《ひんぱん》に顔を合わせるようになった人もいる。

リオンだ。

相変わらず活発そうな、モテそうな男子、という印象だった。最初に会った時から、リオンはどんどん日焼けして、背も伸びてきた気がする。頬のところなんて、皮がむけそうになっていて、ひょっとして、学校をサボって遊んでる子なのかな、とドキリとする。悪い仲間とか不良と呼ばれるような友達とつるんで遊んでいる子のような雰囲気はないけど、もしそうだったらどうしよう。

「あれ、みんなは？」

「今日は、私とこころちゃんだけ。午前中はスバルくんがいたけど、夏休みはみんないろいろあるみたい」

フウカが答える。

時計を見ると、午後四時を過ぎていた。リオンが、他の男子が不在の〝ゲームの間〟を見回して「ふうん」と呟いた。

「マサムネもいないの。珍しい。ゲームやらせてもらおうと思ったんだけど」

「私が怒らせたの」

こころが答えた。リオンがこころを見る。

「え、マジで？　なんで？」

リオンみたいな子は、学校の中でもたまにいる。自分がかっこいいことやモテそうなことに無頓着《むとんちゃく》で、マサムネやウレシノみたいな、みんなとうまくやれるタイプじゃない男子とか女子にも全員、平等に話しかけたりできるような子だ。

そういう子が、なんでこの城のメンバーなんだろう。聞いてはいけない気がするから、絶対に聞けないけど。

こころはまだ少し息苦しい思いで説明する。

「ゲームの中でも、RPGは長いし、難しい気がするって言ったら怒られて。バカにするみたいに言われたら、さすがに私もかちんときて」

言いながら、だけど——と思う。

「だけど、私にゲーム貸してくれようとしたり、してたんだけど」

こころに向けて、マサムネはそれでも貸してくれようとしていた。意地を張って断ってしまったのはこころの方だ。

「あー、オレも全然、ゲーム詳《くわ》しくないからなぁ。でも、それ、謝った方がいいね。案外、マサムネの方でも気にしてるんじゃないかな。こころに言いすぎたって」

彼があまりにさらりと言うので、こころは素直に「うん」と頷くことができた。

しばらく迷って言った。

「私も、次会ったら、ちゃんと謝る」


その日の夕ごはんは、お父さんは仕事でいなくて、こころとお母さんの二人きりだった。

お母さんは、こころが研いでセットしておいたお米が炊飯器で炊《た》けるくらいの時間に帰ってきて、着替えて、エプロンをする。

今、仕事が特に忙しいとかで、カレオの中に入っているお惣菜《そうざい》屋さんで買ってきたサラダや餃子を並べ、「ごめんね」と謝るけど、こころはこのお店のおかずが結構好きだった。お母さんが作るのより、サラダにナッツが入ってたり、凝《こ》っている。

ごはんを支度する間に、お母さんから「ねえ、こころ」と話しかけられた。

その声は、穏やかだけど、どこか硬く聞こえて、こころは「何？」と返事をしながら、微かに身構える。こういう声の時は、スクールの話だったり、学校の話だったり、気まずい話題が多い。

「……日中、どこか出かけてるの？」

聞かれた瞬間、胸がどくん、と大きく跳ねた。

「え？」と間を取った答え方をしてしまうと、お母さんが、お皿を並べる手をとめて、コップと箸を用意していたこころの顔を覗き込んだ。

「怒ってるんじゃないのよ。出かける気になったなら、それはいいことだと思うし、今は幸い夏休みだし」

声の内容は、幸い、というお母さんの言葉に引っ掛かって、頭にうまく沁み込んでいかない。

幸い。

今は幸い夏休み。

夏休みじゃなかったら、お母さんはたぶん、自分の子どもが学校にも行かないのにふらふら外出してるところは、人に絶対に見られたくないんだろうな、と思ってしまう。

お母さんが続ける。

「お母さん、言うつもりはなかったんだけど——、実はこの間、お昼に、たまたま仕事から帰ってきたの」

頭の後ろが見えない衝撃を受けたように感覚が遠ざかる。

「そしたら、こころがいなかったから」

「――どうして帰ってきたの」

咄嗟《とっさ》に尋ねてしまう。

胸にこみ上げたのは――怒りだ。

どうして普段は仕事に行ったきりなのに、たまたま帰ってきたりしたのだろう。理不尽な怒りなのだというのはわかっている。だけど、ひどいと思った。昼間の家の時間は、自分ひとりだけのものだという気がしていた。お母さんは私を信用していないのか。家にいるかどうか、確かめに来たんじゃないか――。

顔の筋肉も、自分の目の動きも全部がぎこちなく意識される。私は平気な顔ができているだろうか。

「こころ、お母さん、怒ってるわけじゃないのよ」

お母さんが宥《なだ》めるように言う。

「本当は言うつもりだってなかったんだから」

「じゃあ、どうして言うの?」

「じゃあって」

お母さんの眉間に皺が寄る。それまで取り繕《つくろ》うように穏やかだった声が少し高くなる。

「心配だからに決まってるじゃない。最初は玄関に靴もあるし、誰かに攫《さら》われでもしたのかと思ったくらいだったのよ」

「靴は……」

お母さんがそんなところまで確認すると思わなかった。部屋にも当然入っただろうけど、その時は鏡は光っていなかったということだろう。自分がいなくなった後の部屋の鏡が毎度どうなっているのか知らないけれど、こころが中に入っている時には光らない仕組みなのかもしれない。

お母さんが靴のことをどう解釈したかわからない。自分たちの履物をどれか履いて出ていったくらいに思ったのかもしれない。

「こころ」

お母さんの目が、当惑したようになる。その目を見て、気づいた。この人は、こころを信じていないんだと。

「お母さん、責めてるわけじゃないって言ったわよね？　出かけられてるなら、それはとてもいいことだと思う。ただ、どこに――」

「ちょっと、外に出てただけ！」

本当は違う。

嘘をつく声が息苦しかった。

こんなことを言いたくなかった。

だって、本当は、こころは出かけられないのだ。

炎天下の道路で、コンビニの光すらまぶしくて、同じ学校のジャージを着てる他学年の男子の姿を見ただけで体がすくんだようになって動けなかった。あの苦しさについて、本当はお母さんにだってわかってほしかった。けれど、外に出ていた、と言うしかない。悔しかった。猛烈《もうれつ》に悔しかった。

あんなに外が怖いのに、外に出て、ふつうの子たちと同じように平然と過ごしているなんて、お母さんに思われたくなかった。

お母さんがため息をついた。〝言うつもりがなかった〟のに、それでも我慢《がまん》できなくて〝心配だから〟という言葉を盾《たて》にこころの触れられたくない部分に入り込んでくるお母さんは、こころの今の言い訳をどう思っただろうか。

今どうせ言うのなら、だったら「言うつもりがなかった」なんて、初めから言わなければいいのに。

怒ってるわけじゃない、責めてるわけじゃないと言うなら、こころの前で、そんなに大きなため息をつかなければいいのに。

「もう一度、スクールに行ってみない?」

お母さんの一言に、おなかの底が一気にずしんと重くなる。黙ったままのこころに、お母さんがさらに言う。

「前にスクールに行った時に会った、喜多嶋先生。覚えてるでしょう?」

こころを教室に案内してくれた、あの若い女の先生だ。「安西こころさんは、雪科第五中学校の生徒さんなのね」と、こころに話しかけてきた先生。胸についた名札に、誰か子どもが描いたらしい彼女の似顔絵と「喜多嶋」という名前が書いてあった。

「私もよ」と優しそうに笑っていたけど、こころはあの日、彼女がもう二度と中学に通う必要のない大人だということが羨ましくてたまらなかった。短い髪が活発な人って感じで——私とは、絶対に同じじゃない。

「あの先生がね、もう一度、こころと話してみたいって」

お母さんがこころを見つめる。こころが感じていた通り、お母さんはやはり、こころがあそこに行かない間もあそこの先生たちと連絡を取り合っていたのだろう。躊躇《ためら》うような沈黙が一拍あってから、お母さんが言った。

「――こころちゃんが学校に行けないのは、絶対にこころちゃんのせいじゃないですって、あの先生が言うの。何か、あったんじゃないかって」

こころはわずかに目を見開いた。

お母さんが当惑したように声を続ける。

「お母さんに、何度もよ。こころちゃんは悪くない。だから、お母さんも責めたり怒ったり、絶対にしないようにって。だから、お母さん、こころに聞きたいことがあっても我慢してた」

我慢していたなら、どうしてこのタイミングでこの人はそのことまでこころに明かしてしまうのだろう。お母さんがこころを正面から見つめる。

「こころが昼間にいなかった次の日も、お母さん、仕事の合間に抜けて、帰ってきたのよ。そしたら、こころ、またいなかったでしょう？　何回か、お母さんそうしてみたのよ」

こころは黙ったまま、何も返せなかった。お母さんが疲れた様子でこころを見た。

「夜になってもこころが戻っていなかったらどうしようって心配しながら仕事して、帰ってきたら、あなたは何もなかったような顔をしているじゃない？　お母さん、そのたびに、ああ、昼間どこか行ってるのに、お母さんの前では平然と黙って夕ごはん食べてるのかって、そう思ったら――」

「……わかったよ。もう行かない。ずっと家にいる」

こころの喉から投げやりな声が出た。お母さんが息を呑む気配があった。目を瞬き、「そういうことを言ってるんじゃないでしょう」と続けた。

「出かけてるなら、お母さんはいいと思う。でも、どこに行ってるの？　公園？　図書館？　行くとしても、カレオには行ってないよね？　あそこのゲームセンターなんかには……」

「そんな遠くまで行けるわけないじゃん！」

嘘じゃなかった。あんな遠くまで行ける気が到底《とうてい》しなくて、コンビニで限界だった。それなのに、お母さんにそんな誤解をされる理不尽が耐えられない。

手にしていた箸やコップをダイニングテーブルの上に乱暴に置くと、がしゃん、と大きな音がした。こころはダイニングを飛び出した。

「こころ！」と呼ぶお母さんの声がしたけど、振り向かない。そのまま二階の自分の部屋に行って、ベッドに突っ伏した。

城に続く鏡が、今は少しも光らないことが恨めしかった。一瞬だけ夢想《むそう》する。夜も城に行けて、中に入って、この部屋から消えてしまいたい。

だけど、下の階から「ねえ、こころ」と自分を呼びに、階段を上る足音が近づいてくる。家の中から、こころは出ていけない。

思ったのは、スクールの喜多嶋先生のことだ。

先生が言ったという、言葉のことだ。


――こころちゃんが学校に行けないのは、絶対にこころちゃんのせいじゃないです。


その言葉を聞いて、淡い、か細い期待に胸が揺れそうになる。

喜多嶋先生は、ひょっとして、何か、気づいてくれたのだろうか。スクールの先生たちは、地域の中学とも何かやり取りをしていてもおかしくない。そこで誰かが教えてくれたんだろうか。こころがどんな目に遭《あ》ったか。知ってくれているんだろうか――。

一瞬だけそう考えて、だけど、そんな都合のいいことが起こるわけない、とも思う。

だって、真田美織は学年の中心人物で、あの子の周りの子たちは、誰も真田美織を裏切らない。真田さんに都合の悪い話を正確に大人になんか教えるはずない。他の子たちだって同じだ。こころのことなんかもう忘れてしまって、部活したり、自分たちの生活に夢中でいるだけだ。

教室で流れている時間から、こころは振り落とされたのだ。

お母さんが「ねえ」と呼びかけながら部屋に近づく気配がして、こころは、はっと気づいて、体を起こした。

机の上にアキからもらった、模様の入った紙ナプキンが出しっぱなしになっている。あれを見られたら、これはどうしたんだと、またきっと大騒ぎになる。あわててしまいに行く。

手にして握りしめて、ベッドの布団と体の間に挟むように隠す。体ごと、かわいい紙ナプキンをぎゅっとつぶしてしまうと、皺になってしまうのに、とまた悲しくなった。

これを持ってきて紅茶を淹れてくれたアキを、お菓子のプレゼントを喜んでくれたフウカを、順に思い出す。叫びだしたいほどの悔しさが胸に湧いてきた。

どうして、あの場所に黙って行かせておいてくれないのだろう。

こころに、過ごし方をまかせておいて、くれないのだろう。


「こころ、開けるよ」という声がして、お母さんが中に入ってくる。

⚜

お母さんとケンカをした翌日は、こころは城に行かなかった。

お母さんはその日の朝、こころにわざとらしいほど優しい言い方で、「昨日はごめんね」と謝ってきた。

「こころの昼間の過ごし方をどうこう言うつもりは、お母さんにはないよ。昼間にたまに帰ってきたのだって、何も抜き打ちチェックをするような気持ちじゃなかったんだ。ごめんね」

気まずさに耐えながら、こころが「うん」と返事をすると、お母さんが「もう、昼間は帰ってこないから」と言った。

「お母さん、こころを試すようなこと、もうしないから」

これも、喜多嶋先生や、スクールの人たちから何かアドバイスされた方法なのだろうか。理解がある親っぽい言い方でそう言う。

罠かもしれないから、こころはその日、一日、家で過ごした。口ではそう言っていても、監視されているかもしれない、と思ったからだ。

夏の日差しが入ってくる窓を閉め切ってクーラーをかけ、一人で本を読んだり、テレビを観たりする。外では、夏休み中の子どもたちが裏の公園で遊ぶ声が聞こえてくる。

お母さんが置いていったお昼ごはんを食べて、のろのろと外に顔を向ける。夕方まで待っても、お母さんが帰ってくる気配はなかった。

せっかく家にいたのに、今日は、抜き打ちされなかった。

そのことがとても残念で、とても悔しい。

だったら城に行けばよかった。

そんな後悔をした翌日も、まだ城に行くかどうか、気持ちは揺れていた。結局、午後まで待ってもお母さんが戻ってくる様子がないので、三時を過ぎた頃にまた城に向かう。

少しだけだ、と自分に言い聞かせていた。

少しだけ。

ほんの少しみんなに会ったら、お母さんにチェックされる前に戻ればいい。そんな思いで、光る鏡をくぐる。

するとそこで、こころはとても驚くことになった。


三ヵ月近く通うようになった城は、最初の頃の無機質な印象と比べて、各自が持ち込んだおもちゃやお菓子が散乱するせいで、だいぶ馴染み深いものになった。それぞれの家に繋がる鏡の前にも、誰がいつの間に作ったのか、画用紙を切り取ったようなネームプレートがつけられ、各自がそこに「こころ」、「アキ」、「マサムネ」といった具合に書き込んでいた。

今日は、珍しいことに全員の鏡が虹色に光っていた。やってきたのは、こころが最後だ。

そんな慣れ親しんだはずの城の中、〝ゲームの間〟に入ったこころは、そこに見えた光景に――息を呑んだ。

「あ、こころちゃん」

いつも一緒にゲームをしているマサムネとスバルが、入ってきたこころを振り返る。

全員が、そこに揃っていた。フウカとアキがソファにかけ、ゲーム機の近くには、他の男子の姿もある。

だけど、その中で明らかにこころの目を引くものがあった。

――スバルだ。

この間、お父さんの話が途中になってしまっていたスバルの、その髪の毛が明らかに茶色い。リオンのように日焼けしてそうなっているというわけではなくて、大人がやるような人工的な色だ。

「スバルくん」

「ん？」

「その髪……」

みんな、もう話題にした後だろうか。ひょっとして、触れてはいけないことだろうか。迷いながら、だけど、こころは躊躇いつつも聞いてしまう。

みんなが黙ったまま、だけど、その様子に注目している気配がする。

スバルがあっさり、「あ、これ？」と自分の髪を耳の横で一房《ひとふさ》つまんだ。そうすると、ますます、スバルが前と違う、さらに大人びた雰囲気になったような気がして、こころは戸惑う。

そしてさらに、驚いた。

つまみあげた髪の下、見えた耳たぶに小さな丸いピアスが光っている。耳に、穴が空《あ》いている。

「兄ちゃんにやられちゃってさ」とスバルが答えた。

「せっかくの夏休みなんだし、なんか変化つけろよって、半ば強制的に」

「――染《そ》めたの？」

「ううん。脱色。染めると最初はなかなか色が入らないらしいんだけど、脱色だとすぐに色が変わるから」

「そうなんだ」

胸がドキドキしていた。

スバルと一緒にゲームをしていたマサムネが、いつものにやにや笑いをしていない。彼が、一言、呟いた。どうでもよさそうに、だけど、明らかな緊張が、声から感じられた。

「お前、兄ちゃんいたんだ」

その声に、こころはまた微かに驚く。

お兄さんのことはこころも初耳だったけど、あんなに仲が良いマサムネもそのことを知らないなんて思わなかった。

マサムネがさらに聞く。

「ピアスは？　それも兄ちゃん？」

「うん。兄ちゃんと、その彼女。最初はすぐに穴が塞がっちゃうから寝る時もしとけって。昨日は寝返り打った時に深く刺さって、マクラに血がついちゃったよ」

「ふうん」

マサムネが平然としたふうに頷くけど、その目がいつも以上に伏せがちになる。

こころには、なんとなく今のマサムネの気持ちがわかった。

――引いてるんだ。

茶髪もピアスも、マサムネの世界にはおそらくそれまで馴染みがなかったものだ。だけど、こんなことくらいじゃ動じない、引いていないと、頑張って平気なふりをしている。それは、こころもそうだし、ここにいる他のみんなも同じだろうという気がした。

「ふうん」という声がして、振り返ると、アキだった。みんながどことなく気まずそうな雰囲気の中、彼女だけが本当にあまり気になんかしていないみたいに、スバルに話しかける。

「でもさ、怒られない？　休み明けに染めてなんか来るなよーって、先生たち、毎度学期末にピリピリ説明してるし、目つけられない？」

「うん。だけど、気にしないから」

「へえ。いいなあ。私もやろうかな、髪」

「いいんじゃない？　似合いそう、アキちゃん」

「いいね。フウカやこころたちとも一緒にやろうかな。――あ、でも、フウカに勝手なことをさせたら怒りそうな人がいるかも」

アキが露骨にウレシノの方を見て、そしてクスクス笑う。ウレシノがつぶらな目を瞬いて、びっくりしたようにアキを見た。横で、フウカが気まずそうにそれを無視している。

スバルの頬が、脱色した髪の下にうっすら透けて、その顔立ちまで変わってしまったように思える。中味は確かに同じスバルなのに、たったこれだけのことで急に気後れを感じることに、こころは驚いていた。その彼と平然と会話しているアキにも、これまでないほど近寄りがたいものを感じる。

スバルは今、「兄ちゃんと、その彼女」という言葉を使った。

それは、こころが苦手に思うような人たちだという気がした。こころがスクールの喜多嶋先生やお母さんに、そういう子たちと同じに思われたくないと感じたような種類の子たち。日中、学校に行かずにゲームセンターやショッピングモールで平然と遊ぶような、派手な子。

すると、その時、だった。

「あのさあ！」と大声がした。

ウレシノの、声だった。

「みんなに、話があるんだけど」

「――何？」

アキが答えた。

顔を真っ赤にしたウレシノが、アキを――みんなを睨みつける。そして、言った。

「僕、二学期から学校行くから」

彼がそう告げた瞬間、今度はアキが目を見開いた。他のみんなも驚いて息を止める。ウレシノの顔は真剣そのもので、顔は、さらに真っ赤になった。

「気を遣って、これまで言わなかったけどさ」と、続ける。

「ここにいるみんな、学校行ってないんだよね。行けてない、んだよね」

思ったのは、何を今更、ということだった。

そんなのわかってたことじゃないか——。思うけれど、その時、こころははたと気づいた。マサムネとスバルから、学校なんて行く価値がない場所だと言われたり、アキとの間で学校の話が出て気まずくなっても、それは、ウレシノがいない午前中のことが多かったかもしれない、と。確かに、ウレシノとはあまりそういう話をしなかった。

ウレシノが食いしん坊の恋愛至上主義の男子で、どこかキャラっぽかったせいもある。それに、全員で「学校に行っていない」ことを確認し合ったわけではないのだ。

ウレシノは止まらない。黙っているみんなに向けて続ける。

「ばっかみたい。学校行けなくなったのに、ここではみんな自由に普通の人みたいにしてて。今だって、アキちゃんがスバルに、二学期出てったら目をつけられちゃうって言ってたけど、そんなのだって、幻想だよね。行く気、ないくせに」

こころは、ひっと、悲鳴のような声を呑み込む。

アキは黙っていた。黙ったまま、今度は彼女の方が顔を真っ赤にして、すごい目でウレシノを見ている。頬が真っ赤なのに、その首から下が幽霊《ゆうれい》みたいに青白い。

「だけど、僕は行くから」

ウレシノが断言する。全員の顔を見回して言う。

「二学期から、僕は学校、行くから。もうここに来ないから。——みんなはいつまでもここにいればいいよ」

「お前、そんな言い方ないだろ」

注意したのはリオンだった。

それまで静かに寝転んでいたが、起き上がってウレシノの向かいに立つ。リオンの声が大きくなる。

「楽しいだろ！　ここ！」

「楽しくないよ!!」

ウレシノが顔をくしゃくしゃに歪《ゆが》めて叫んだ。思わぬ強い声の反撃に遭って、リオンが一瞬怯《ひる》んだ。その隙を突くように、ウレシノが一息に言う。

「だって、みんなバカにしてるじゃないか、僕のこと。いっつもそうだよ。いつもそうなんだよ、なんでかわかんないけど、みんな、僕のことは軽く見ていいと思ってるんだよ。自分たちの恋愛は隠して、裏でうまくやっていつの間にか両思いになったりしてても、僕の恋愛は、僕だからって理由だけでさらして、からかっていいと思ってる。誰も本気にしないし、他のことだってそうだよ！　みんな、僕なら何してもいいと思ってるんだ」

「そんなことない！」

深く考えずに声が出た。

言ってしまってから、はっとする。言いながら、自分で気づいたからだ。

――そんなこと、ある。

ウレシノだったらからかってもいい、許されると、こころも確かに思っていた。好きな人がころころ変わることで、女子がそのことを笑い話みたいにして、こころもアキやフウカと一気に仲良くなれた。仲良くなれたのはウレシノのおかげだと、勝手に感謝までしていた。

ウレシノを、軽く、見ていた。

気づいたけれど、認めることもできなくて、ただ、謝ることしかできない。

「もし、そんなふうに思わせちゃったなら謝るよ。でも……」

「あああああー、もう、うるさいんだよ！」

ウレシノが叫んで、こころはびくっと体を引く。

「あんたも！」

ウレシノがアキを見る。首の向きを変えて、今度は、スバルを。

「あんたも！　あんたも！　あんたも！」

順番に全員の顔を見て、最後に、自分の目の前に立っているリオンを見た。

「そんな我関せずみたいな顔してるけど、あんたも！　みんな、本当は僕と同じなくせに。いじめられたり、嫌われたりして、友達だっていないんだ」

「……ウレシノ、ちょっと落ち着こう」

リオンが言って、ウレシノの肩に手を置く。ウレシノの顔は真っ赤なままだ。

──みんな、それぞれに理由がある。

この城に来ている時点でわかってはいた。だけど今、それを言葉にして突きつけられると、つらい。どう言っていいかわからない。

リオンの手を、ウレシノが振り払った。

「じゃあ、お前は何なんだよ」

ウレシノがリオンに絡む。八つ当たりもいいところだ。ふーっ、ふーっ、と肩を揺らして大きく呼吸しながら、ウレシノがリオンに尋ねる。

「じゃあ、お前はどうして学校行けなくなったんだよ。言えよ！　教えてくれよ」

リオンが静かに目を見開いた。全員の目が、リオンと、そしてウレシノに集中する。

尋ねるウレシノは、泣きそうだった。相手を攻撃しているはずなのに、なぜか、それが助けを求めている顔に思えて、見ていられなくなる。けれど、それでも二人から目が逸《そ》らせない。

「オレは……」

リオンが一瞬、躊躇う気配があった。少しして、彼がきゅっと唇を引き結ぶ。正面から、ウレシノを見た。

「オレは学校、行ってるよ」

え？　と、その場にいた全員が息を呑む気配があった。驚いたように顔を向けたその後で、ウレシノが「嘘だ！」と声を上げる。

「この期《ご》に及んで嘘つくなんて最低じゃない？　僕は真面目に……」

「嘘じゃない！」

リオンが言う。顔を歪め、再度迷いを断ち切るように首を振って、そして答えた。

「ただし、日本の学校じゃない。ハワイにある、寄宿舎つきの学校に、通ってる」

ウレシノの顔に、ぽかんとした表情が浮かんだ。

と同時に、こころたちにもその驚きが伝染《でんせん》していく。受ける衝撃は同じだった。

こころも目を見開いた。

ハワイ。

遠く離れた南の島の、そよ風と海、フラダンスと椰子《やし》の木、大自然――、頭に浮かんだイメージが、リオンのよく日焼けした肌の色の上にぴたりと収まる。そして、驚くべきことを、リオンが続けた。

「今、ハワイは昼じゃない。夜なんだよ。ここには学校が終わってから来てる。――オレ、家族と離れて、一人で寄宿学校に入ってるんだよ」

そういえば、リオンはいつも腕時計をしている。近くで見たことがないからわからなかったけど、その時間を気にするようにしていたこともある。――今も、時計をしていた。

そして、思い出した。

だいぶ前、リオンに時間を尋ねた時、リオンは、腕時計を見た後で、広間の大時計の方を指さした。「あっち、時計あるよ」と。

あれは、リオンの時計に表示された時間が、こころには役に立たないものだと知っていたからではないのか。自分のいる、日本と時差のある外国の――ハワイの時間だから。

「ハワイ？」

全員の驚きを代弁するようにして、口に出したのはマサムネだった。顔に、引き攣《つ》った笑みが浮かんでいる。

「ハワイって、あのハワイ？　え、お前、そこからこっちに来てるの？　わざわざ？」

「――寮にある自分の部屋の鏡が光ったんだよ」

リオンが顔をしかめて答える。

「多分、みんなと同じだ。そこをくぐってきただけ。距離は関係ない」

「そういえば――」

高くて透明な声が言って、振り返るとフウカだった。リオンの方を見つめ、深く息を吐き出す。

「最初にここの説明をされた時、〝オオカミさま〟が言ってた。城が開くのは、『日本時間の朝九時から夕方五時まで』って」

あ、とこころも思う。

そういえば、そんなふうに言われた気がする。フウカが続けた。

「どうして、わざわざ『日本時間』なんて断りを入れるのか、気になったから覚えてる。あれ、あなたのためだったんだね」

「……それだけじゃないとは思うけど」

「え、じゃあ、何？」

気まずそうに顔を伏せるリオンに、マサムネが言った。勘弁してほしいくらいの、露骨な言葉で。

「お前、エリートってことじゃん」

リオンが黙った。顔を上げ、マサムネを見るまでの一瞬の、ごく一瞬の間、リオンの目が傷つくように翳《かげ》ったことを、こころは見逃さなかった。

リオンが首を振る。

「別にエリートってわけじゃないよ。入試も簡単なのがあるだけだし、授業だって、たぶん、日本の学校に比べたら遅れてる。自然の中でサッカーしましょう、みたいなそういう校風ってだけだよ」

「じゃ、サッカーのための留学ってこと?」

何を考えているのかわからない、と思っていたスバルまでもが前のめりになって尋ねる。「すごいな」と彼も呟いた。

「ハワイの学校なんて、リオンの家、相当金持ちなんだな。芸能人みたい」

「だから違うよ。そんないいもんじゃない」

「でもさ……」

リオンが何を言っても、みんなが持ってしまったイメージが、だいたい自分と同じだろうということがわかった。

リオンは、学校に行けない子じゃない。

ハワイにある、よさそうな学校に通う、たぶん、普通の男の子だ。

あまりのショックに、こころは混乱していた。リオンには申し訳ないけれど、ショックを受けてしまう。

リオンは――同じじゃない。

もともと、こんな子が何故、と思っていた。

リオンは、戻れる場所のある子なんだ。

「何、それ……」

ウレシノの、魂《たましい》が抜けたような声が響いた。非難する目つきで、リオンを見る。リオンが、唇を微かに噛んでいる。

ウレシノが、尋ねる。

「なんで、隠してたの？　――バカにしてたわけ？　僕たちのこと」

「バカになんか」

リオンが急いで首を振る。だけど、気まずそうなその表情が、何より雄弁《ゆうべん》に語っている。

バカにはしていなかった、かもしれない。だけど、明らかにリオンは今後ろめたそうだった。隠していたわけではなかったのかもしれないけど、聞かれるまでは誰にも言わないつもりだったのだろう。

「バカになんかしてねえよ。オレだって、最初、意味がわからなかった。オレと同じで、どっかに留学してる子どもだけが集められてるのかなって思ったし、最初は、お前らもハワイの学校から来てるのかと思ってた。だけど、どうやら、日本の昼間っていうことが前提でみんなが話してて、城がある期間も三月までだって聞いて、それでようやくみんなが日本から来てるんだって、理解できた」

そういえば聞いたことがある。アメリカや、海外の学校の多くは九月に始まる。

日本とは、進級の時期も違う。

リオンが続けた。

「だけど、日本の昼間だってわかってからも、みんなが学校をどうしてるかなんて、最初は考えもしなかった。行ってないなんて、誰かに言われるまで気づかなかったし、気づいてからも、特に何にも思わなかったよ」

「――行ってなくて悪かったな」

マサムネが言う。

そういうニュアンスではなかったと思うのに、リオンがはっとした表情を浮かべた。マサムネがふーっと聞こえよがしなため息を吐いた。

「ハワイの学校から、来てなくて悪かったよ。あ、だけど、気にしないで。これ、確かに嫌みで言ってるけど、オレは傷ついたとか、そういうわけじゃないから」

「……悪気はない」

リオンが言う。

「黙ってて悪かったけど、オレはここがすごく好きなんだよ。向こうには、日本人の友達、あんまりいないから」

全員がリオンを見た。俯いたリオンが続ける。

「もう来るなって言われたら来ないけど……。オレ、英語の準備もろくにしないまま向こう行ったから、思うように言いたいことが周りに伝えられなくて、へこむとも多いよ。今は少しわかるようになってきたけど、それでも百パーセント全力で話せてる感じはしないし、――お前らと話せるのが楽しかったんだよ」

「来るな、なんて言ってないよ」

ようやく金縛《かなしば》りがとけたようになって、こころが言う。

どうしてだろう――。

リオンのことは、確かにショックだった。ハワイに留学してる子なんて、正直、普通の子以上に気後れする。自分たちと同じじゃなかった、ということに対する裏切られたような気持ちも、もちろんある。

けれど、だからといって、リオンにバカにされていた、とまでは思わない。ここにいるみんなでうまくやれたらいいと考える気持ちも同じだ。

なのに、どうしてこんなことになっちゃうんだろう。

そう思ったけれど、そのことがうまく伝えられず、結局黙ってしまったこころの前で、リオンが「ウレシノ」と彼を呼んだ。

黙ったままのウレシノは、顔を上げない。リオンを見ない。

すると、その時、「行けば」と、ぶっきらぼうな声が響いた。

おそるおそる、声の方向に顔を向ける。――アキだった。

「行きなさいよ、学校。別に行ったらいい。この中の誰も、あんたがどうしようと別に興味ないし。好きにすれば」

ウレシノは答えない。黙ったまま、そのままリオンの横をすり抜け、〝ゲームの間〟を出ていってしまう。誰も、追いかけなかった。

ウレシノが消えて、急に静まりかえった部屋の中で、沈黙を破ったのはフウカだった。「ねえ」と、リオンに呼びかける。目が、彼の腕時計を見ていた。

「リオンって、その年でもう海外で一人で暮らしてるってこと？　それって向こうの学校とかコーチからスカウトされたとか、そういうこと？」

「いや。日本のチームの監督に推薦《すいせん》状くらいは書いてもらったけど、その程度だよ。親が学校決めただけ」

「ハワイと時差、何時間？」

「……十九時間」

リオンの顔に、ようやく疲れた笑みが浮かぶ。部屋の中に掲《かか》げられた時計は、今、午後四時を指していた。

「今、ちょうど夜九時。夕飯終わって、そろそろ消灯」

「その夜は、昨日の？　今日の？」

「昨日。ハワイの方がだいたい一日遅れ」

リオンが静かに、微笑んだ。

それきり、場が静かになる。「オレも、戻る」とリオンが言った。

「……黙ってて、悪かった」

彼が悪いわけではないのに、そう、謝った。


それからしばらくは、みんな、ウレシノのことを、なかったように過ごした。平穏《へいおん》に過ぎる城の中でウレシノがキレたことは、確かな亀裂《きれつ》だった。踏み込んではいけないタブー。あれは、静かな城の中の、息苦しい大事件だった。

一週間もして、スバルの新しい髪の色とピアスに慣れてきた頃、再びまた、城が驚きに包まれた。

今度は――アキが、髪を染めて現れたのだ。

第二部　気づきの二学期

九月

夏休みが終わり、再び、日本の世の中は、学校が始まる。

その境目《さかいめ》を待っていた、というわけでもないのだろうけど、ウレシノの一件以来、アキはまたぽつぽつと城に来なくなり、そして、やってきたと思ったら、その髪が、明るい赤い色になっていた。

スバルは金髪に近いけど、アキは、赤系。

「やっちゃった」

こころの視線に気づいて、アキが面白そうに笑った。

「こころもする？　いいヘアカラー見つけたから、教えてあげようか」

「――いい、大丈夫」

答えながら、近づいたアキの肩に香水の香りらしきものを感じて戸惑う。髪の色だけじゃなく、アキはそれまでトレードマークのようだったポニーテールももうやめていて、爪にもピンク色のマニキュアが塗《ぬ》られていた。あまり塗り慣れていないのか、あちこちはみ出たマニキュアを見てしまってから、見ちゃいけないような気になって、あわてて視線を逸らす。

もし、うちでやったら――と考える。

こころがもし、髪を染めたら。

お母さんはきっと卒倒《そっとう》してしまうだろう。ものすごく怒られて、強引に元の色に戻されるだろう。

スバルもアキも、こんなことをして親に怒られないのだろうか。

あの一件以来、ウレシノは城に来ていない。

学校に行くと言っていたし、それは、きっと彼のためにはいいことだったのだろう。ひょっとすると、元の教室に戻ったのではなくて、二学期に合わせてどこかに転校でもしたのかもしれない。

彼とあれ以上深く話さなかったことを、こころは後悔していた。あの時、最後にウレシノが出ていく前に、どうして呼び止めなかったのだろう。

謝るべきだった。こころたちがふざけ調子にからかってきた軽口も、された方からしてみたら、充分にバカにされたように感じる、嫌なことだったのだから。

大階段の広間にある、ウレシノの鏡はこころの隣だ。その鏡がもう光らず、彼がそこから現れないことが、鏡を見るとあらためて寂しく――申し訳なくなる。

もっと、きちんと話せばよかった。

あんな、ケンカ別れするような形じゃなくて、学校に行くというんなら、みんなできちんと送り出してあげればよかった。

「ウレシノ、来ないな」

ある日、そんなふうにウレシノの鏡の前に立っていたこころに、リオンが話しかけてきた。気まずい告白をした後だったけれど、リオンの方はあれからもきちんと城に来つづけている。そのことが、こころには慰《なぐさ》みのように感じられた。

「うん」

「……誰も、気にしないのにな。学校行ってる行ってないにかかわらず、純粋にこ
こ、楽しめばいいのに」

オレみたいに、と呟くリオンは、どこか少し、寂しそうに見えた。

こころたちがそんなふうに思っていた、九月の中旬。

ウレシノが、再び城に戻ってきた。

傷だらけで。

顔にガーゼを当て、腕に包帯を巻き、顔を腫《は》らして。

傷だらけで、城に、現れた。

傷だらけのウレシノは、〝ゲームの間〟に、声もなく、午後になってから現れた。

顔に、ガーゼ。腕に包帯。

——骨折したりはしていないようで、足を引きずったり、手を三角巾で吊《つ》ったりしているわけではない。それでも、その姿は充分痛々しかった。

右頬にはガーゼを当てているけれど、反対側の左頬は赤く腫れ、擦《す》った跡のような傷もある。だから、右のガーゼの下はきっと、もっと腫れているんだろう。

ウレシノは黙って、中に入ってきた。

その日は、全員が城に揃っていた。

つけっぱなしのゲーム画面の音が、誰もプレイしなくても、場違いに明るく流れていた。


——僕、二学期から学校行くから。


ウレシノの言葉が耳に甦《よみがえ》る。

二学期が始まって、今はまだ二週目だ。

こころは言葉を失ったまま、ウレシノをただ見る。みんな、同じだった。マサムネも、スバルも、アキも、リオンも、フウカも。何も言えずに、ウレシノに目が釘付けになる。

やってきたウレシノ自身、みんなにどう声をかけていいかわからないのかもしれない。無言で、誰とも目を合わさずに入ってきて、空いているソファに座ろうとする。

事情を聞いていいのかどうか、わからなかった。

すると、その時、声がした。

「ウレシノ」

マサムネだった。

ソファに座ろうとしていたウレシノの方まで歩いていって、マサムネが、その肩を、軽く押す。その手が少し怖々《こわごわ》として見えて、ぎこちない。けれど、精一杯平気そうにそうしているのがわかる。

ぶっきらぼうな口調で、そして、言った。

「……遊ぶか?」

ウレシノが、ようやく顔を上げた。何かをこらえるように唇を嚙んでいる。皆、固唾《かたず》を呑んでその様子を見つめた。

「うん」と彼が言った。

「遊ぶ」と答えた。

短いやり取りはそれだけで終わった。

ここにいる全員が、聞かないでもわかることがあった。

みんなにどんな事情があるのか、正確なところをこころは知らない。けれど、それはきっと、中に飛び込んだらたちまち切り刻《きざ》まれてしまうような、嵐か竜巻《たつまき》の中に飛び込むような、そういうことのはずだ。

それこそ、こころが、学校に行ったら真田美織に殺されてしまう、と感じているような。

ウレシノにしたって、啖呵《たんか》を切るようにして、みんなにあれだけのことを言った後で戻ってくるのは勇気がいっただろう。それでも、戻ってきた。飛び込んだ嵐から戻ったその後でまた、ここに来たいと思ったのだとしたら、胸が痛くなった。

気持ちが、こころにもよくわかるからだ。

普段憎まれ口ばっかりのマサムネでさえ、何も言わずにそこまで理解したことが伝わってくる。

なんでもない顔をして、「遊ぶ」と答えたウレシノの目の表面が、薄く透明に光っていた。一筋、重さに耐えられなくなったような涙が頬を流れたけれど、意地でもそうしないと決めているのか、それを拭おうともしない。

マサムネに促《うなが》されるまま、テレビの前に一緒に座る。

城を去る頃になるまで、その日は誰も、ウレシノに怪我《けが》のことは何も尋ねなかった。

ウレシノが、自分から怪我のことに触れたのは、それからもう一日、経ってからだった。

普段は午後からやってくるウレシノが、この日はお弁当持参で午前中から城に現れた。

珍しく、午前のうちからリオンの姿もあって、驚いていると「臨時の休み」と彼が答える。それだけしか言わなかったけど、ひょっとしたら、ウレシノを心配して、早くから来たのかもしれない。

ウレシノは十一時を過ぎた頃からもうお弁当を広げて、みんなの前で堂々と食べ始める。どうやら、口の中を切っているみたいで、途中で「痛っ」と呟いたり、顔をしかめたりする時があったけど、食欲はいつも通りあるみたいだ。こころは嫌なことがあるとすぐにおなかが痛くなって食欲がなくなる方だから、それを見てひとまずちょっとほっとする。

「この弁当、どうしたの？」

「……スクールに行くって言って、ママが作ったのを持ってきた。でも、今日はスクール、行きたくないからサボった」

マサムネの問いかけに、もぐもぐ口を動かしながらウレシノが答える。スクール、という単語が出て、こころは、あっと思うけど、横のスバルが怪訝そうに「スクール？」と尋ねる。

「スクールって、学校のこと？　なんで英語？」

「フリースクールのことだろ」

マサムネが答える。

スバルの茶髪は、見ているうちにだんだん慣れてきたけど、一緒にゲームをしていても、マサムネはスバルに対してまだちょっとぎこちない。一気に明るくなったスバルの髪の毛の根元が少し黒くなり始めているのもますます違和感に拍車《はくしゃ》をかけていて、こころにはなかなか直視できなかった。

マサムネが続ける。

「お前の家の近くにもない？　学校に行かない子どもがかわりに通うような場所」

「知らない」

これにはアキが答える。澄ましたように「ふぅん」と頷いて、「そんなところあるんだ」と呟く。

「こころ知ってた？」

「――うん、うちの近くにもあるから」

自分に話が向けられて、ドキドキしてしまう。マサムネがまた訳知《わけし》り顔で言う。

「子どもが学校に行かなくなった、っつって混乱した親がまず最初に駆け込むんだよな。そういう、民間の支援団体のとこに。オレが通ってた学校の近くにもあるけど、うちなんかはドライだから『マサムネはこんなとこ、きっと行かないよね』って一言《ひとこと》言われて終わり」

「そうなんだ。うちの近くにはないなぁ。聞いたこともない」

アキが感心したように言う。フウカがふうん、と呟いた。

「探したら、うちの学校の近くにもあるのかな。私も、これまで意識したことなかったけど」

「親がつれていこうとしたりしなかったのか？」

「うちは――、お母さん、忙しいから」

マサムネの問いかけに、フウカがなぜか目を伏せて言った。

その横で、こころは自分の話ができなかった。

自分が見学に行ったスクールの話をするかどうか。一瞬迷ったけど、あそこの名前が「心の教室」だったことを思い出し、こころは口を噤《つぐ》む。ただ同じ名前というだけのことだけど、そのことをここで誰かに指摘されようものなら、恥ずかしくて生きていけない。

それにしても、マサムネはすごい。

今、スクールのことをあっさり、〝フリースクール〟と呼び、しかもそれは民間の支援団体だと言った。こころは今まで、あそこがどういう人たちがやっている何なのか、なんて考えたこともなかった。

マサムネがウレシノを見る。

「で、スクール、お前はサボったわけだ。これまではずっと行ってたの？」

「うん。午前中だけは」

食べていたものを呑み込んで、ウレシノが言う。そして、顔を上げた。躊躇《ため》らうような沈黙が一拍あってから、「誰も何も聞かないから、自分で言うけど」と話し始めた。

たいしたことなど、ないように。

「――これ、クラスのヤツにやられたけど、僕、別にいじめに遭ってるとか、そういうわけじゃないから」

全員が息を呑んだ。

まさか、ウレシノが自分から話し出すとは思わなかった。返答があることなんか期待しないように、彼が続ける。

「殴られたとか、そういうのあるとすぐ、いじめってことになるから、ヤなんだけど」

「なんで殴られたんだ？」

遠慮のない口調で、リオンが聞く。ウレシノが彼の目を見ないまま答える。

「中学に入ってから仲良くなったヤツらがさ。僕の家までゲームしに来たり、塾一緒だったり、仲良くしてたんだ。友達、だと思ってたんだけど、ちょっと変になって」

平気そうな声で言うけど、その声の硬さで、ウレシノが平気じゃないことが伝わってくる。嫌な話なら話さなくていい、と思ったけど、彼は続けたい様子だった。

ウレシノのクラスメートがどんな子たちなのかはわからないけど、自分のクラスに置き換えて考えると、漠然《ばくぜん》とだけど想像できた。ネタにされたり、からかいの延長でバカにされたりする男子は小学校時代からいたし、それが行き過ぎの場合だってあった。

だけど、ウレシノの言うように、こころもまたそれを「いじめ」だなんて考えたことはなかった。行き過ぎだと考えたことがあっても、ニュースで見るような深刻なものだと感じたことは一度もない。

ウレシノもそうなのかもしれない。たとえ、「ちょっと変になって」も、それをいじめだなんて思わなかったのかもしれない。

「うちに来た時にジュースやアイス出したり、あと、出かけた時のマック代とか、みんな親からほとんどお金もらってないってヤツらばっかりだったから、かわいそうになって、何回か奢《おご》ったりしたんだよね。そしたら、そのうちそれが当たり前みたいになって、でも、やればやっただけ、アイツら、僕のこと尊敬してたし、僕の機嫌取ったりしてたから。それ、もちろんやらされてたわけじゃないよ？　だけど、パパとママに、そういうのが塾の先生からバレてさ。パパにめちゃくちゃ怒られた」

ウレシノが淡々とした口調を、その時だけ区切る。そして言った。

「物で友達をつるなんて、情けないと思わないのかって」

ウレシノの目がはっきり、傷ついていた。

お弁当を食べる箸をつかむウレシノは、手の形がグーで、きちんとした箸の持ち方ができないみたいだった。その拳《こぶし》が、動かずに止まっている。

「ママは、パパの方を怒ったよ。僕にジュースを買わせたりしてるあっちの方が悪いのに、なんで僕の方を責めるんだって。それは僕もそう思うけど、パパとママがケンカするのも、嫌だった。――なんかみんな嫌になっちゃって、パパやママが、みんなの親とも話したりしたせいで、アイツらもだいぶ自分たちの親から怒られたりしたみたいだし、気まずくなっちゃって、学校もだんだん、だるくなってきて」

「うん」

透明な、涼やかな声がした。

ウレシノが顔を上げる。フウカだった。ウレシノの顔を見て、もう一度、頷く。

「それで？」

「――学校に行かなくなってからは、ママにつれられてスクールに行ったり、してた。ママも仕事してるんだけど、午前中だけは休んだりして僕につきあって、家にいたり、スクールにまで一緒についてきたり。正直、うざかった。監視されてるみたいで。別に死なねーよって感じだった」

「死ぬ？」

今度はスバルが怪訝そうに眉間に皺を寄せて聞く。ウレシノが力なく笑った。

「笑えるよね」と。

「なんか、ママたちに言わせると、僕がされたことは『いじめ』で、いじめをされた子はきっと自殺を考えたりとか、自分を責めているだろうからって、勝手にいろんな本読んだりして、心配してるんだよね。死にたいなんて考えるわけないのにバカみたいだった。泣きながら、『ハルカちゃん、大丈夫だからね』って言ってきたりして」

「ハルカ?」

何気なく出てきた名前に、マサムネが反応した。その途端、ウレシノの、ガーゼで覆われた顔の残り半分が、しまった、という表情を浮かべる。

「ハルカって誰だよ」

「……僕だよ」

ウレシノが、顔を伏せて言ったので、これには全員驚いてしまう。彼が「うるさいなぁ!」と大声で叫んだ。

「名前、ハルカっていうんだよ。もういいじゃん、そのことは」

「へー、かわいい名前。女の子みたい」

アキが言う。他意《たい》のある言い方には聞こえなかったが、ウレシノは怒ったように顔を赤くして、「どうせ似合わないよ」と答えた。

だからか、とこころは一人で納得する。

最初の自己紹介の時、みんなが名前を言う中で、ウレシノは一人だけ苗字を名乗った。

あれは、自分の名前を言いたくなかったせいなのだ。これまでも名前をからかわれたりしてきたのかもしれない。これ以上この話題を長引かせたくないように、ウレシノが続ける。

「とにかく、親がそんなふうにうざかったんだけど、パパはこんなことで学校に行けないなんて情けないとか言い出すようになって、スクールの先生とかは、まだもう少し待ってみてもいいんじゃないか、とか、説得してくれたんだけど、パパは、そんなの甘やかしすぎだとかって言って、二学期からは行くことになって」

「お母さんは？　庇《かば》ってくれなかったの？」

フウカが聞く。ウレシノが、フウカに言われた時だけ、きちんと、声の方向を見る。けれどすぐに俯《うつむ》いた。

「庇ったけど、結局は、パパの言いなりだよ」

いつもそうなんだ、と、ウレシノが呟く。

「学校に、行ったら行ったで、大丈夫だとは、思ってた。パパたちが大ごとにしちゃったけど、もともと、みんなと仲が悪くなったわけじゃないしって」

「うん」

その後に待っていることが怖かった。こころが頷くと、ウレシノが言う。

「だけど、なんか違ったみたい。自分たちのせいで、僕が学校に来なくなったんじゃないかって、アイツらも心配してるって、担任の先生とかから聞いてたんだけど、僕が来ても、なんか『あ、来たの？』って感じで、反省してる様子なんかちっともなくて、で、なんか僕も悔しくて、自分から話しかけちゃったんだ。パパたちがいろいろ言ったかもしれないけど、ごめんって」

「――お前、謝る必要ないと思うけど」

素っ気ない口調で、マサムネが言う。ちょっと怒ってるみたいな言い方だった。けれど、ウレシノは答えなかった。

仲が悪くなったわけじゃないと言いながら、自分から謝ったり、何をされたわけじゃないと言いながらも、相手に反省していることを期待したり、ウレシノの話は、彼の混乱をそのまま表すように矛盾《むじゅん》がいっぱいだ。強がりもあるし、本音を言いたくないこともあるだろう。

けれど、きっと、嘘じゃない。

その瞬間瞬間に彼が感じた感情は、きっとどれもがその通りで、正しいのだ。

「奢ってもらえないなら、お前に用はないって、そいつらの一人から言われた。他のヤツらも、にやにや、笑ってた。さすがに、それは頭に来るでしょ。キレて、殴ったら、やり返された。で、怪我した」

みんな口を噤む。ウレシノが言う。

「先に手を出したのは、僕だからってことになってるみたい。今、大騒ぎだよ。パパやママは相手を訴《うった》えるとかって言ってるけど、どうなるかわかんない。スクールの先生たちも心配してくれてるよ。あの人たちだけだよ、僕にきちんと『ウレシノくんは、今、一番どうしたい？』って聞いてくれたの」

だから、とウレシノが言う。声が少し、涙まじりになっている。突然マサムネの方を向く。

「だから、民間の支援団体とかって、上から目線の、バカにした言い方すんなよ。あそこの先生は、聞いてくれたんだよ。僕の話」

マサムネが気まずそうに横を向く。だけど、謝るのもまた気まずいのか、それきり何も言わない。かわりに、フウカが聞いた。

「なんて答えたの？」

「え？」

「どうしたいかって聞かれて、なんて、答えたの」

「――何もしたくないって言った」

ウレシノが言う。

「家で、一人でいたいって、言った。ママにも、いてほしくないって。――スクールにはたまに行ってもいいけど、家で、しばらく何もしたくないって。さすがに怪我してるから、僕の言う通りになったよ」

「そっか」

フウカが頷く。それから、「でも、城には来たかったってこと？」と聞く。ウレシノの表情が固まる。フウカに聞かれたせいかもしれない。他の誰かに聞かれたら、ムキになって言い返したり、キレてしまったりしたかもしれないけど、その顔が急に心細げになる。

「悪い？」と尋ねた。

「――悪くない」と、フウカのかわりに答えたのは、マサムネだった。

全員が、マサムネの顔を見る。

「お疲れ」

いつになく真剣な顔をしたマサムネが、ぶっきらぼうな口調で、短く、ウレシノに声をかける。

家に帰ってからもしばらく、こころは、ウレシノのことを考えていた。ウレシノのこと、城のこと、スクールのこと、みんなのこと、――自分のこと。

ウレシノの話を聞いた後、城が閉まる時間が近くなって、みんなと、大時計のある広間の、鏡の前で別れた。

「じゃあ、また明日ね」とアキが言って、それにみんな、「うん、また」と挨拶し合う。もう、そうすることが当然みたいだった。

⚜

みんな毎日来るわけじゃないし、特に、髪の色が変わってからのアキやスバルは、なかなか来なくなって、なんというか、こころから見ると、だいぶ派手な話をするようになっていた。

特に、アキから「彼氏がいる」と聞いた時には、とても驚いた。

そういう話が苦手なフウカとこころをたじろがせたのが楽しいみたいに、アキが

「初めての彼氏じゃないよ」と言って、さらに仰天する。

何かを聞かなきゃいけない気がして、「どんな人なの？」と尋ねると、短く、「年上」という答えが返ってきた。

「二十三歳。今度、バイクで遊びにつれてってもらうんだ」

「どこで知り合ったの？」

「まあ、そこはそれ、いろいろと」

はぐらかすような言い方は、たぶん、わざとそうしてるんだと思ったら、こころもう、そこからは何も聞く気がしなくなった。フウカは途中から、相づちも打たずにいた。

アキはそれを女子たちだけではなくて、男子の前でも仄《ほの》めかすようにして口にしていた。

「あれ、やばいっしょ。中三と二十三歳って、その男、どうなわけ？」

アキがいない時に、陰でマサムネが言って、それにスバルが「あ、でも」と答える。

「兄ちゃんの友達のミツオくんとその彼女って、確か十九と中二とかだよ」

そう聞いて、マサムネもまた、むっとしたように口を閉ざす。

スバルの場合は、アキと違って相手を引かせて喜ぶようなつもりじゃなかったんだろうけど、こころも同じく、気後れする。

髪を脱色してからというもの、スバルとマサムネの間は少し距離があるように感じた。

スバルは、前ほどには城に頻繁《ひんぱん》に来なかったし、来ても、〝ゲームの間〟のソファにひとりで座って、イヤフォンで音楽を聴いているようなことが増えていた。「何聴いてるの？」と尋ねるこころに、「家だとラジオ聴くこと多いけど、ここ、入らないね」と答えた。

それにより、こころはここにラジオの電波が来ていないらしいと知る。そういえば、持ち込まれたテレビもゲームをやる以外には使われていない。テレビも観られないのだろう。

「この間、これ一度壊れて、秋葉原《あきはばら》まで直してもらえないか行ったんだけど、買い替える方が早いって言われてさ。途方《とほう》に暮れてたら、路地裏のところに直してくれるお店もよく見たらちゃんとあって、そこで直してもらったんだ」

お父さんにもらった、という音楽プレイヤーは、大事にされているようだった。

こころが「そうなんだ」と頷くと、ゲームをしていたマサムネが顔を上げ、「アキバ、行ったんだ」と呟く。
マサムネの声を聞いて、こころははっとする。

スバルやマサムネが、どこに住んでいるか知らない。けれど、スバルが秋葉原に行ったということは、スバルも東京に住んでいるのだろうか。子ども一人だけで行ける、そういう距離感のところに住んでいるのか。それとも、誰かと一緒だったのか。

地名に関する話題が出るのは、リオンのハワイのことを除けばほとんど初めてだった。このまま、互いの住む町の話になるかもしれない——と身構えたが、スバルはただ「うん」と頷いただけだった。

目を合わせたまま、不自然なほどに黙りこくって、それきり、二人の間は話題が途切れた。

スバルだけではなく、アキもまた、城の外の話を頻繁にするようになっていた。

アキは服装も前とは変わっていた。特に、夏以降、ものすごく短い、白や、目に眩しいくらいの蛍光色のホットパンツを穿《は》くことが多くなっていて、むき出しのすらりとした足に、同じ女子のこころでさえどぎまぎするくらいだった。

「この間の土曜日に、彼氏と二人でいたら補導されそうになってすっごい焦った。大人が追っかけてきたのを、彼氏が、この子もう十七で、中学出てるんでって言ってくれて」

こころやフウカに、「どう？　十七に見える？　無理あるよね？」と尋ねる顔が、困ったようだけど、嬉しそうでもあった。髪を染めて服装が派手になったアキは、確かに前より大人っぽくなっていて、こころは気後れしてしまう。

「あ、ごめん。こころもフウカも真面目だからつまんない？　こういう話」

「そういうわけじゃないけど……」

真面目、という言い方が、なんだか自分たちをバカにしているような気がして、こころもフウカも黙ってしまう。自分たちの知らない世界をひけらかすようにそうされると、それが羨ましいかどうかに関係なく、ただ嫌な気持ちが胸に広がるようだった。

アキは今、どこで知り合った誰と、どんな風につきあっているんだろう。羨ましいわけでは断じてない。けれど、外の世界を持っているというただそれだけの事実が、こころの胸をどうしようもなく圧迫する。焦らせる。

みんな、いろいろ事情がある。

これまでも思っていたことだったけれど、ウレシノの話を聞いたことで、それをよりはっきり、考えるようになっていた。

そして、ハワイに留学してるという、普通の子であるリオンが、こころたちのことをどう思っているかも、気になるようになった。

「――リオンくんの家って、お父さんとお母さん、何してる人なの？」

ある時、思い切って尋ねた。

「え？」

「あ、あの、ハワイに留学させるって考えがあるくらいだから、なんかそういう仕事なのかなって思って」

「ああ――」

リオンが頷いた。息を吸い込み、そして言う。

「父さんは会社員で、母さんは働いてない。昔は父さんと同じ会社で働いてたみたいだけど、オレが生まれた頃にやめた」

「そうなんだ」

「こころの家は？」

「うちは、お父さんとお母さん、両方とも働いてる」

「そっか」

「兄弟は？　私は、ひとりっこなんだけど」

「うちは、姉ちゃんがひとり」

「あ、お姉さんいるんだ？　お姉さんもハワイ？」

「――いや」

リオンの顔が、なぜかちょっと困ったようになる。「日本」と彼が答えた。

「日本にいる」

その時、「あのさ」と、リオンの顔がふいに真面目になった。

「こころも、学校行ってないの」

改めて聞かれると、胸がずくんと大きく疼《うず》いた。これまで自分からその話をすることはあっても、誰かから正面切って踏み込まれるのは初めてだった。しかも相手は、学校に行っているリオンだ。

「うん」

どうにか頷くことができた。リオンがすぐにまた聞く。

「それは、何か、ウレシノみたいなことがあって？」

「――うん、まあ」

その瞬間、リオンに全部話してしまいたい衝動に駆られる。真田美織のこと。自分が何をされたか。

だけど、リオンはそれ以上聞かなかった。ただ、「そっか」と頷いた。

「大変だな」と彼が言って、それで、その話は終わった。


城から戻って家に帰ってから、日が暮れたのを確認して、ポストを見に行く。日中、家から城に行くようになって、一番、よかったな、と思うのは、投函のあの音を聞かなくて済むことだ。

近所に住む東条さんが、黙ってポストに学校からの連絡を入れていく瞬間に、家にいなくて済む。カーテンから彼女の姿を見たくなってしまう衝動に、駆られなくても済む。

とはいえ、お母さんが帰ってきた時にポストの中を初めて確認されるのも、それはそれで気まずい。ポストに入っていたお便りを見れば、お母さんだって、子どもが学校に行っていないことを思い出すことになる。だから、こころはお母さんが帰ってくる前に、自分でポストの中を確認する。

そうやって、ポストのところに行こうとした――、その時だった。

珍しく、家のチャイムがピンポン、と鳴って、こころははっとする。

あわてて、二階の自分の部屋から下を見る。絶対にないと思うけど、東条さんとか、学校のクラスメートなんかだと気まずいからだ。真田さんたちが、またみんなで押しかけてくることだってあるかもしれない。

あれからだいぶ時間が経ったのに、恐怖はまだ体に染みついていた。反射的に足がすくむ。おなかが痛くなる。

外を見て――そして、ほっとする。どうやら、クラスメートではないようだ。通学に使う自転車が近くにない。女の人が一人で立っている。

誰だろう――、それがクラスメートの誰かでなさそうなことにひとまず安心するけれど、微かに緊張する。その人が微かに首の角度を傾けて、横顔が少し見える。

あっと気づいた。

あわてて「はい」と返事をして、階段を下りていく。

ドアを開けると、そこには、「心の教室」の喜多嶋先生が立っていた。相変わらず優しそうな人だ。ひさしぶりに会うこころに、堂々とした微笑み方で「こんにちは」と言う。

「……こんにちは」

城から帰ったばかりで、パジャマだったり、部屋着だったりするわけじゃないし、気まずいこともないはずなのに、目を合わせづらい。喜多嶋先生が、「よかった、会えて」と言って、こころは息を詰める。

喜多嶋先生が家に来るのは、初めてだ。

一学期、学校に行かなくなってすぐの頃には担任の、学校の先生が何回か来たことがあったけれど、それだって最近はなくなっていた。

一体どうしたんだろう。

この間、お母さんとケンカをしてからというもの、お母さんはこころをそれ以上「昼にどこか行っているのか」と責めることはなくなった。ひょっとすると、喜多嶋先生から、「子どもを責めるとよくない」とか、何か言われたのかもしれない。お母さんは、この人と今でも連絡を取り続けている様子だ。

こころが複雑な思いでいることに気づかないのか、それともわざとそうしたのか、喜多嶋先生が気安い雰囲気で、「ひさしぶりだね」と言う。

「元気だった？　九月になってからもまだずいぶん暑いね」

「――はい」

何の用だろうか。また、スクールに来いと誘われるのだろうか。

思っていることが顔に出たわけでもないだろうに、喜多嶋先生が微笑んだ。

「特に何の用ってわけじゃないの。ただ、今の時間ならいるかなって思って。ひさしぶりにこころちゃんに会ってみたくて」

「――はい」

同じ言葉しか返せない。この人のことが嫌いなわけではないけど、本当にどう返していいかがわからなくて、そうなってしまう。

もうすぐ、お母さんたちが帰ってくる時間だ。城が閉まって、今、帰ってきている時間帯でよかった。そうでなければ、自分が不在だったことを、この人はお母さんに告げ口したかもしれない。

こころが昼にどこかに行っていることを、この人はお母さんから聞いただろうか。ひょっとすると今日だってお母さんに言われてこころの様子を見に来たんじゃないだろうか。

ひさしぶりに会ってみたくて、と言われても、こころはこの人とただ一度スクールで会ったことがあるだけだ。それなのにうちにやってくるのはこの人も〝仕事〟だからなんだろう。

身構えるように沈黙したままそう思うけれど、心の真ん中で、この人がお母さんに言ったという言葉がじんじんと温かく、熱を発していた。こころが縋りついてしまいそうに思った、あの言葉。

――こころちゃんが学校に行けないのは、絶対にこころちゃんのせいじゃないです。

喜多嶋先生がこころの身にあったことを正確に調べたりして知っているとも思えなかったけれど、少なくとも、この先生はこころが単に怠け心で学校に行かないわけじゃないんだと思ってくれている。

わかってくれている。

「先生」

そう思ったら、初めて自分から話しかけることができた。喜多嶋先生が「うん？」とこころを見る。

「喜多嶋先生、うちのお母さんに言ってくれたって、本当ですか？」

先生のアーモンド形の、まっすぐな瞳の中が揺れる。その目をちゃんと見つめ返すことがふいにできなくなって、こころは視線を外した。

「私が学校に行けないの、私のせいじゃないって」

「うん」

喜多嶋先生が頷いた。はっきり、迷いなく、すぐに頷いてくれた。その躊躇いのなさにこころは微かに目を見開く。喜多嶋先生を改めて見た。

「言ったよ」

「――どうして」

咄嗟に、問いかける言葉が口をついた。言ってしまってから、続ける言葉が見つからないことに気づく。その先は、本当はたくさんあった。どうして、私をそんなふうに庇ってくれたんですか、どうして、そんなふうに思えたんですか、私が何をされたか知ってるんですか、知ってくれてるんですか、私じゃなくて、真田美織の方が悪いって知ってくれてるんですか、気づいてくれたんですか――。

喜多嶋先生を見上げながら、洪水のように思いが溢れてきて、それで気づいた。これは、質問じゃなくて、本当に聞きたいわけではなくて、私の願望だ。

気づいてほしい、という願望だ。

なのに言えない。そんなに知ってほしいなら口にすればいいと思うのに、それでもなお、言葉は続きが出てこなかった。この先生なら、きっとちゃんと聞いてくれる、と思えるのに。

大人だからだ、と思う。

だから、言えない。

この人たちは大人で、そして正しすぎる。今、気持ちの全部を預けたくなってしまった喜多嶋先生は、優しくて、きっとそれは誰にでも平等に優しいのだろう。たとえば、それが真田美織だって、困っていて、学校に行けないと訴えたら、その子の性格にかかわらず、優しくするに違いない。今こうやって学校に行けない私に優しいのと、同じように。

一瞬のうちに頭の中でいろんなことを考えて、言葉の先を失っても、もうひと押し喜多嶋先生に尋ねられたら、こころは言ってしまったかもしれない。「学校で何かあったの？　行けない理由があるんじゃないの？」と、喜多嶋先生から次の一言で聞いてもらえることを、こころはきっと心の中で期待していた。それこそ、待ちわびるように。

しかし、喜多嶋先生が口にしたのは全然、違うことだった。

「だって、こころちゃんは毎日、闘ってるでしょう？」

こころは声もなく、息を吸い込んだ。喜多嶋先生の顔は、何か特別に微笑んでいたり、同情を浮かべていたり、という——こころが思う、〝いい大人〟の大袈裟な感じがまるでなかった。

闘ってる——、という言葉を、どういう意味で喜多嶋先生が使ったのか、わからなかった。けれど、聞いた瞬間に、胸の一番柔らかい部分が熱く、締めつけられるようになる。苦しいからじゃない。嬉しいからだ。

「闘ってる？」

「うん。——これまで充分闘ってきたように見えるし、今も、がんばって闘ってるように見えるよ」

学校に行けていないし、勉強していないし、一日、寝ていたり、テレビを観ているように思われていて、最近は外に遊びに行っているようにも誤解されていて——。実際、城へ行っていなければ、現実にそうなっていたかもしれない、そんなこころをそれでも「闘ってる」と言ってくれるのか。

これまで充分闘ってきた、と言われると、気持ちがあの日に巻き戻された。自転車置き場で「お前みたいなブス、大嫌いだから」と言われたあの日。トイレに入っていたら、横の個室から覗き込まれそうになったあの日。家に、あの子たちが来て、亀みたいに丸くなって動けなかった、あの日。

闘ってきた記憶が、先生の言葉と共振する。胸が震える。

闘ってるというのは、一般論なのかもしれない。今の中学生たちはみんな一生懸命に日々を生きてるし、この人はそういう仕事だから。だから、みんなに当てはまることを、単純に口にしているに過ぎないのかもしれない。

けれど、どうして、こんなにこころの心の核心をつく言葉が出てくるのだろう。自分ではそんなふうに考えたことがなかったけれど、こころは確かに、闘ってきたつもりだった。殺されないために、今だって学校に行かないことで闘っているつもりだった。

「また、来てもいいかな」

喜多嶋先生はそう言って、それ以上は何も言わなかった。だから、「闘う」という今の言葉をこの人がどんな意味で使ったのかはわからなかった。

ウレシノの言葉が、ふっと耳の奥に響いた。

――あそこの先生は、聞いてくれたんだよ。僕の話。

こころと同じように、ウレシノも、スクールの先生たちと、こういう話をたくさんしてきたのだろうか。

「――はい」

そう返すのが精いっぱいだった。

喜多嶋先生が「ありがとう」と言って、「もしよければ」と小さな包みをくれた。

なんだろう？　と顔を向けると、「紅茶。ティーバッグ」と教えてくれる。

ワイルドストロベリーの絵が描かれた水色のきれいな封筒に、しっかりとした厚みがある。

「私が好きな紅茶なの。もしよければ飲んでみてね。もらってくれる？」

「――はい」

頷いて、それから、どうにか、言う。

「ありがとうございます」

「とんでもない。じゃあ、またね」

会話は、拍子抜けするくらいそれだけで、こころの方から逆に、もっと何か――と引き留めてしまいたくなるくらいだった。

ドアを抜けて、行ってしまう姿を見送った後で、こころは、自分が喜多嶋先生に妙に親しみを覚えていることに気づいた。

誰かに、似ている気がする。喜多嶋先生くらいの、年上の知り合いなんてほとんど知らないにもかかわらず。

それとも、そうやって子どもの心を摑むのが巧《うま》いから、だからスクールの先生なんかやっているのだろうか。

もらった、紅茶の入った封筒を開く。糊《のり》付けはされていなかった。中に、封筒と同じ色のティーバッグが二つ入っている。こころの家では、大人は紅茶を飲んでも、子どものこころは飲むかどうかを聞かれもしないのに。大人扱いしてもらえたような気がして、ちょっと嬉しかった。

十月

十月になってすぐ。

いつもの通り、城が閉まってしまう五時前に帰ろうとしていると、アキから、「ねえ、明日来る?」と声をかけられた。

そんなふうに改めて聞かれるのは珍しかったから、「来るけど、どうして?」と聞くと、意味深に「話があるから」と言われた。

「全員で、話したいことがあるの。誰かがいない時に話すのはフェアじゃないと思うから」

そんなふうに気になる言われ方をしてしまうと、こころは急に落ち着かなくなる。自分に関することだろうか、私、何かしてしまっただろうか――と考えると具合が悪くなりそうだったけど、アキはさばさばと「じゃあ、明日、来てね」と言うなり、さっさと鏡をすり抜けて、自分の家に帰ってしまう。

翌日の〝ゲームの間〟は、午後リオンが学校終わりにやってきたことで、やっと全員が揃った。

みんなもこころと同じように、「話がある」と言われていたようだった。しかし、意外なことに、アキだけではなく、マサムネが、アキとともにみんなの前に立った。

意外な組み合わせだが、どうしたのだろう。最初に口を開いたのはマサムネの方だった。

「なぁ、お前たちさ。どの程度、〝願いの鍵〟探し、真剣にやってる?」

その場の全員に、はっとした気配があった。

この城のどこかにあるという〝願いの部屋〟の鍵探し。

願いが叶うのは一人だけだから、この問題に関しては自分たちはみんなライバルだと、そう思ってきた。

だからか、そのことをみんなで改めて話し合ったことなんかほとんどない。鍵が見つかって、〝願いの部屋〟も探して、誰かが願いを叶えた時点で、この城は三月三十日を待たずに閉じると、〝オオカミさま〟からは言われていた。

城がこうやって開いている以上、まだ、誰も願いを叶えてはいないということなんだろうけど、確かに、みんなが鍵探しを意識していることは、こころも薄々、気配で感じていた。

「……探してたけど、最近は探してなかった。それどころじゃなかったし、なんか、ここが楽しかったし」

答えたのは、もう包帯が取れたウレシノだった。右頬のガーゼも、今は大きめの絆創膏《ばんそうこう》になっていて、一時期ほどの痛々しさはもうない。

そんなウレシノをちらりと見てから、マサムネが続ける。

「オレもだいたいそんな感じ。だけど、みんな、少しずつはやってただろ？　叶えたい願いが何なのかはともかくとして」

「――まあね」

頷いたのはスバルだった。前にこの話になった時は、叶えたい願いなんかないし、マサムネに協力すると言っていたけど、自分でも探していたのか。

「確かにああいう言われ方をした以上、気にはなってたから、ひょっとしたら見つかるかも、くらいの気持ちで意識はしてた。だけど、見つけてないよ」

スバルが言って、アキが頷く。

「今日は、そのことで、私とマサムネから提案があるの。誰かがすでに鍵を見つけてて、ひょっとしたら三月のギリギリまで隠しておくつもりか、それか、肝心の〝願いの部屋〟の方が見つからなくて苦戦してるか——そういう可能性もあると思うけど、とりあえず、聞いて」

「提案？」

マサムネとアキ、二人が互いの目を見る。

「この間、たまたま、二人だけしか城に来てない時があって、そこで、この話になったんだけど……。白状するとね、私とマサムネ、かなり真剣に鍵を探してたの。探し回ったの」

「個人の部屋以外の共用部にしかないって言われてるから、広いとはいえ、探せる場所は限られてるからな。けっこう、隅々《すみずみ》まで探した」

「私もだよ」

マサムネが言って、横でアキもため息をつく。全員を見た。

「だけど、見つからないの。正直、もう、探してないところの心当たりがない。それでね、ちょっと焦りだしたところに、同じように、割と必死に探してる感じのマサムネと、食堂で鉢合わせして」

「必死ってなんだよ」

マサムネがおもしろくなさそうに言う。

「全員でいる時には興味なんかまるでなさそうにしてたくせに、オレ以上に必死に皿を一枚一枚舐《な》めるように見てた人に言われたくないんですけど」

「あんただって、一日中〝ゲームの間〟にいるような顔しながら、ああやって、誰もいない時を見計らって、こまめに動けるタイミングを毎日待ってたんでしょ？そっちの方が根が暗いと思うけど」

マサムネとアキが互いを睨みながら言う。それに「まあまあ、二人とも」とスバルが割って入った。

「で、二人からの提案っていうのは――」

「――協力して、やらないかってこと」

アキが答えた。マサムネが補足する。

「もう十月なんだよ。五月の終わりにここに呼ばれてから、もう結構経つけど見つからないし、〝願いの部屋〟にしたって、きっとどこかに秘密の入り口みたいなものがあるってことなんだと思う。あと半年しかない」

「誰も願いを叶えないまま最後の日になっちゃう可能性もあるわけだし。ここはもう、ライバルとか思わないで、みんなで探して、その後で誰がどんな願いを叶えたいかを話し合うってことにしてもいいんじゃないかと思って。――それか、くじ引きかジャンケン」

だって、見つからないんだよ、とアキが嘆《なげ》くように続ける。

「本当に、かなり探したと思うの。このまま、見つからない状態になるのはさすがにもったいないから、これはなりふり構っていられないなって思って」

「……なるほどね」

それまで静かだったフウカが頷く。そのまま、ズバリとアキに聞く。

「そんなに叶えたい願いが、アキちゃんにあったなんて知らなかった。マサムネも、そんな必死だなんて」

「誰だって、叶うって言われたら、願いの一つや二つあるだろ」

マサムネが言う。アキも、面と向かって指摘されると思わなかったのか、ちょっと不機嫌になった様子で目を逸らした。――しかし、続けてフウカが放った一言に、一同が驚愕《きょうがく》する。

「そう？　私、特にないけど」

本気で言っているかどうか、わからなかった。けれどフウカはそのまま、なんてこともないように「いいよ。協力しても」と答える。

「鍵探し、みんなでやるのは賛成だよ。ちなみに、私は見つけてないけど。そんなに探したりもしてなかったし」

フウカは確かに、城に来ていても自分の部屋にこもっていることがこの中の誰よりも多い。本当に鍵探しには興味がないのかもしれない。

こころは、どう言っていいかわからないままだった。

叶えたい願いは、もちろん、こころにもある。しかし、それは口に出すのが憚《はばか》られるような後ろ暗い願いだ。特に、男子にはどん引きされてしまうだろう。全員で協力して鍵を見つけたところで、誰の願いを叶えるかは、どんなふうに決めるのだろう。

ジャンケンとかならまだいいけど、もし、選挙の時の演説みたいに、一人ずつ願いを言って思いの強さを競うとか、そんな展開になりでもしたら、口下手なこころに勝ち目はない気がした。きっと、アキやマサムネに持って行かれてしまう。

しかし、その一方で、鍵は未《いま》だに見つかっていない。これから先も見つかるかどうかはわからない。

こころも一人でこそこそ、時間がある時には探していたけど見つからない。アキの言う通り、このまま誰の願いも叶わないまま、というのでは確かにあまりにも惜しい。

「オレ、いいよ。みんなで探しても」

リオンが言う。

その横で、おずおずとウレシノも頷いた。

「僕も……。うん」

ウレシノが一度城を去って、学校に行って、そして傷だらけになって戻ってきてから、城の空気が確実に変わったように感じる。なんとなく、全員が本音を話しやすくなったような、そんな気がしていた。

まだ答えていない、こころと——スバルの目が合う。先に頷いたのは、こころの方だった。

自分の願いが叶うことが本当は一番嬉しいけど、それ以前に、城の、この場所で三月までの期間を楽しく過ごせることの方も同じくらい大事だ。今、期間があと半年ほどになっているという話を聞いて、間抜けにも、こころは初めてその事実に気づいた。城がなくなってしまったその後で、まだ学校に行けなかったら。

来年度は、まだずっと先のことだと思っていたけど、確実に来る。中学二年生になった自分のことを考えると、血の気がすっと引いておなかが痛くなる。

鍵を見つけなければ、こころにも、他に道はなかった。

「いいよ。みんなで一緒に探そう」

こころが頷くと、スバルがふっと横で吐息《といき》を洩らした。どうやら笑ったらしい。

「オッケー」と彼も言った。

「じゃあ、今日からは、より本格的にやろうか。だったらとことん効率的に行こう。城の地図でも描いて、一つ一つ、これまで探した場所を消してくってことでどう？」

「あ、私、食堂はたぶん完璧に探したから」

アキが早速手を挙げる。

「空っぽの冷蔵庫の中から、カーテンの裏地まで全部見た。一応、みんなにも探してもらいたいけど」

「オレは、この部屋はほぼ全部五、六回は見た」

マサムネが〝ゲームの間〟をぐるりと見回して言う。鹿の剝製や暖炉を指さす。

その横で、スバルも頷いた。

「それでいくと、僕は水回りかな。実際には使えない台所とかお風呂場とか。水が出もしないのにあるっていうのが気になって、じゃあそこなんじゃないかって、水道とか排水口まで見たけど、見つからなかった。鍵だけじゃなくて、〝願いの部屋〟への入り口もわからないまま」

「へえ」

スバルの言葉にマサムネが意地悪く微笑む。「なんだよ」とスバルが尋ねる。

「いや、別に。あんま一生懸命探してないと思ってたけど、結構熱心だったんだな、と思って。お前、性格悪いな」

「お互い様じゃないか」

傍《はた》で聞いているとひやひやするような言い合いをしているけど、彼ら自身の顔は笑っていた。やっと本当のところを言い合えることで、すっきりした様子さえある。

「あのさ、一つ頼みがあるんだけど」

次にリオンが手を挙げる。みんなが自分を見るのを待って、彼が言った。

「〝オオカミさま〟が、城は、三月まで開いてるけど、鍵を見つけて願いが叶ったら、それも途中で終わりって言ってただろ」

「言ってたね」

アキが頷く。リオンが「だから」と続ける。

「鍵探し、オレも参加するけど、全員でやる以上、一つだけみんなで約束しないか。たとえ鍵を見つけたとしても、それは三月まで使わない。——三月めいっぱいまで、城を使える状態のままにしておく」

こころは、息を止めてリオンを見た。

それは、こころとしてもぜひそうしてほしい、と思っていたことだった。来年の四月以降のことは、たとえ中学でクラス替えがあったとしても、考えると、逃げ出したいくらい憂鬱で、だから深く考えないようにしていた。

長く休んでしまった学校に、たとえクラスが替わったところで戻れる気なんかしない。違うクラスになったとしても、真田さんは同じ学年にいる。

そんなことを考える恐怖に、三月まで、自分一人の部屋で耐えられるとは思えなかった。城は、変わらずにずっとあってほしい。リオンの意見に同感だ。

リオンが続ける。

「誰の願いを叶えることにしたとしても、そこは、共通に守らないか。抜《ぬ》け駆《が》けはしない」

「……そんなの、当たり前だろ」

答えたのはマサムネだった。様子を探るように、他のみんなの顔に視線を向けながら続ける。

「ここにギリギリまでいたいのは、全員同じだろ」

反論する人はいなかった。

髪を脱色して、大人びた物言いをするスバルも、外に年上の彼氏がいるというアキも、願いが特にないというフウカも、傷だらけで戻ってきたウレシノも。

みんなが無言で、そこに関してだけは自分と同じ気持ちなのだということが伝わってくる。

「よかった」とリオンが言った。

明るい顔で、微笑んだ。

「それ聞いて、安心した」と。

「ふーん。共同戦線か。方針が決まって素晴らしいことだ」

急に声が聞こえたのは、その時だった。

　自分のすぐ後ろで、不意打ちのように聞こえたその声に、こころはつい「ひゃっ！」と悲鳴を上げる。

　あわてて飛び退《の》き、後ろを振り返る。

　ひさびさ登場の――〝オオカミさま〟だった。

「〝オオカミさま〟」

　不意を突かれたのは、全員そうだった。みんな目を見開いて、彼女を見る。ひさしぶりに会うせいで、狼面の違和感が改めて迫ってくる。〝オオカミさま〟は、また、見たことのない新しいドレスを着ていた。

「やあやあ、ひさしぶり。赤ずきんちゃんたち」と、みんなの中央まで歩み出る。

「なんだよ。びっくりさせんなよ」

　マサムネやリオンの声に、「悪い悪い」と、表情の見えない顔で答える。

「なんだか、赤ずきんちゃんたちがみんなで楽しそうだったから、つい、出てきてみた。一つ、大事なことを言い忘れてたことに気づいて」

「大事なこと？」

　アキが首を傾げる。それから聞いた。

「ねえ。別にみんなで鍵探しを協力してやるのは、ルール違反ってわけじゃないんでしょ？　問題ないよね？」

「問題ない」

〝オオカミさま〟が頷く。

「むしろ、大変結構。協力上等。助け合いは美しいことだから、大いにやりたまえ」

「よかった」

「ただし、言い忘れてたことがあって、今日はそれを伝えに来た」

〝オオカミさま〟が、ソファの前に置かれたテーブルに、「よいしょ」と声に出して、ちょこんと腰かける。

そして、言った。

「――願いを叶えるのは結構だが、鍵を使って〝願いの部屋〟で願いを叶えた時点で、お前たちはここでの記憶を失う」

――え、という声が、その場に洩れた。

誰の声、というわけではなくて、それは、全員から洩れた、その場の総意のような声だった。

〝オオカミさま〟が続ける。

「願いが聞き届けられたと同時に、お前たちはみんな、城のことも、ここで過ごしたことも、全部を忘れる。お互いのことも忘れるし、もちろん、この私のことも」

名残惜《なごり》しかろう、と彼女が言った。

まだ、口がきけないこころたちに向けて、彼女が続ける。

「三月三十日まで、誰の願いも叶えなかった場合には記憶は継続。城は閉じるが、お前たちはここでのことを覚えたままでいる。そういうことに、なっている」

全員が驚きと衝撃に目を見開く中、〝オオカミさま〟が平然と肩をすくめた。狼面の下で、今、どんな顔をしているのか、さっぱり想像できない。

「すまんすまん、言うの忘れてて」

ごく軽い調子に、彼女が言った。

⚜

唖然としたまま、しばらく、誰も口をきかなかった。

こころにも、考え、整理する時間が必要だった。ここでのことを忘れる——、という言葉の衝撃はそれくらい強かった。

やがて、「それ……マジで?」という声がした。

リオンの声だった。戸惑うように、彼が言う。

「いや……、信じてないわけじゃないんだけど、本気で言ってんの、それ」

リオンの混乱は、こころにも気持ちがよくわかった。言葉の意味が理解できても、心が理解するのを拒《こば》む。だから、ただ確認したいのだ。こころも、おそらくは他のみんなもそうだっただろう。

「本気だ」

〝オオカミさま〟が平然と言う。相変わらず口調に変化はなかった。

「他に質問は？」

「――その間の記憶って、どうなるんだよ」

次に尋ねたのはマサムネだった。〝オオカミさま〟の方をなんてことないように見ているその横顔が、どこか怒っているように見えた。

「ここに来た五月から、願いが叶うまでのその期間のオレたちの記憶はどうなるわけ？　結構な期間、オレたちは何してたことになるの？」

「記憶は適当に埋まる」

〝オオカミさま〟が毅然とすら言える声で、あっさりと答える。

「ここに来るまでの過ごし方を繰り返してたってことで補《おぎな》われるだろう。家で寝てたり、テレビ観てたり、本や漫画を読んでたり、たまに出かけて買い物したり、ゲーセン行って遊んだり。そういう過ごし方をしてたっていうふうに、おそらく埋まるだろう」

「そんな適当な……。じゃ、この数ヵ月、ここで本読んだ記憶やゲームした記憶ってどっかで補充されるのかよ？　新しいものが読めた、その漫画のストーリーとか、オレの中に残るわけじゃないだろ？　時間の無駄《むだ》じゃん」

「かもな。でも、それってそんなに問題か？」

〝オオカミさま〟の言い方はにべもなかった。

「新しい漫画のストーリーが蓄積《ちくせき》されることが、そんなに大事か？」

「大事だよ。ふっざけんなよ」

マサムネがいよいよ不機嫌を露《あら》わに口を尖らせる。しかし、その一方で、こころは思い出していた。毎日毎日、薄いオレンジ色のカーテンを引いた部屋の中でドラマの再放送を楽しみに観ていたけれど、一日の終わりには、そのストーリーがうろ覚えになっていったことを。ドラマだけじゃない。ワイドショーやバラエティーも、観た端《はし》から内容についての記憶がどんどん薄くなっていった。

城に来る前にあれだけ観ていたテレビの内容も、今となってははっきり思い出せるものがほとんどない。だけど、一日中観ていたし、それであっという間に夕方の時間になっていた。

けれど、漫画や映画と同じく、ゲームでも感動して泣くというマサムネにとっては、新しい知識として得たものの内容が蓄積されないのは、時間の無駄だし、損に思えるのかもしれない。

「じゃあ、諦めろ。大事かもしれないが、願いを叶えるっていうことにはそれだけのエネルギーがいるということだ。それが不満ならたとえ鍵を見つけても願いは叶えなければいい」

〝オオカミさま〟が首を振る。

〝オオカミさま〟が意地悪く全員を見上げる。顔を順番に見ていく。

「ここに来ていたことが記憶から消えるだけだ。お前たち赤ずきんちゃんが鏡の向こうの世界で何をやってたかについてはそのままだ。サッカーをしたのも、彼氏ができたのも、髪を染めたのも。学校に一度戻って殴られたのも」

最後の言葉に、ウレシノが身を硬くしたのがわかった。強張《こわば》った声が「僕のこと？」と聞く。

「バカにしてんの。〝オオカミさま〟」

ウレシノはあの一件以来落ち着いていて、みんなに対して声を荒らげることもなくなっていたから、問題を蒸し返さないでほしい、という思いでこころはひやひやするけれど、予想に反して、〝オオカミさま〟の声は今度も平淡だった。「いや」と静かに言う。

「一度戻った、お前の勇気には感服《かんぷく》している。例として挙げただけだったが、もし気に障《さわ》ったのなら謝ろう。すまなかった」

はっきりとそう言われると、ウレシノも拍子抜けしたように黙り込んだ。

「え？　――あ、うん」と頷いて、それから、横のフウカに「感服って、どういうこと？」と聞いている。

「尊敬してる、みたいなことだよ」と言われると、びっくりしたように目を見開いて、さらに黙り込んだ。

「他に質問は？」

〝オオカミさま〟が尋ねる。皆、何も言わなかった。

口にしたいのは質問ではなく、どちらかと言えば、意見だった。もっと言うなら、不満だった。

記憶が消える。

城のことを忘れる、ということは、当然、ここで出会った彼らのことを忘れる、ということだ。

こころたちの沈黙を〝オオカミさま〟がどう受け止めたのかはわからない。

「他になければ失礼する」

短い声を残して、〝オオカミさま〟がふっと消えた。

ひさしぶりに目の前で消失を見せられても、誰も何も言わなかった。初めてみんなと顔を合わせた日、消えた彼女の姿をきっかけに、みんなで「消えた！」と盛り上がった時とは、雰囲気がだいぶ違う。思い出すと、その日のことが懐かしかった。

「――別にいいんじゃない？　記憶が消えたところで」

沈黙を破るように、声がした。

アキだった。全員が彼女を見る。アキがわざとかどうかわからないくらい、露骨に平然とした態度でみんなを見つめ返した。

「私は気にしないけど。だって、どうせこの城だって三月までなんだし、その後はここに来ることもこのメンバーで会うこともなくなるわけだし。せっかくなんでも願いが叶う鍵があるのに、それを使わないなんてもったいないよ」

そうでしょ？　アキが同意を求めるようにみんなの顔を順に見る。

「もともと城には来なかった。このメンバーで会うこともなかった。ただ、そういう生活に戻るだけなんだから、それでいいじゃない」

「――僕は、やだよ」

きっぱりとした声がして、みんなでびっくりして、声の主を見る。ウレシノだ。感情的になりやすい彼には珍しく、静かな声だった。

アキが意外そうに口を噤む。ウレシノが続けた。

「やだよ。みんなに話聞いてもらったのに、忘れるなんて。今、〝オオカミさま〟に、尊敬してるって言ってもらったことも、忘れるなんて」

「――尊敬じゃなくて、感服な」

マサムネが律儀な口調で言う。ウレシノが「そうだっけ?」と首を傾げながら、アキを見た。

「忘れるくらいなら、僕は願いなんて叶わなくてもいいよ」

その目は不思議なほど嫌みも悪意も感じられず、ただまっすぐだった。アキに向け、戸惑うように首を傾げた。

「アキちゃんは、そうじゃないの。願いの方が大事?」

そう尋ねるウレシノを、こころは驚きながら見つめていた。〝願いの鍵〟を探していたウレシノは、自分の願いより、ここでの記憶の方が大事だと言い切ったのだ。その記憶の中には、自分もいる。怒鳴《どな》り合ったり、ケンカしたりしていたように見える、マサムネや、アキや、みんなが。

彼が躊躇《ためら》うことなく言い切ったことに、こころは言葉がなく、少しして、胸の奥から何かが熱く沁み出してくる。自分が嬉しいと思っているのだと、気づいた。

アキにも、こころと同じ思いがあったのかもしれない。強い言葉を口にしてしまった後で、調子を狂わされたように「私は、別に……」と小声になる。

アキの言葉は、強がりだったのかもしれない。願いさえ叶えば記憶はどうでもいいなんて。そこまでは思っていなかったけれど、つい、言ってしまっただけだったのかもしれない。あるいは、自分のその意見にマサムネあたりが賛同してくれると思っていたのかもしれない。

ウレシノの戸惑いはまだ続いているようだった。彼が言う。

「鍵探し、協力してやるって言ったばっかりだけど。この中の誰かが、記憶、なくしても構わないから願いを叶えるっていうなら、僕は——止めるかもしれない。協力しないし、むしろ、その鍵、ぶっ壊したり、隠したりするために探す、かもしれない。——アキちゃんのことも、邪魔するかもしれない」

最後の言葉は呟くように、アキの表情を窺って、小さくなった。アキの顔が真っ赤になる。真っ赤になって、ウレシノを睨む。

「ごめん」

ウレシノが下を向いた。他は、誰も何も言わなかった。

誰かが大声で怒鳴ったりしたわけでもないのに、そういう時よりずっと気詰まりのする沈黙が落ちた。やがて、アキが力なく言った。

「好きにすれば」

そのまま、黙って部屋を出ていってしまう。その時も、誰も止めなかった。——止められなかった。

肩肘《かたひじ》を張ったアキの後ろ姿が完全に見えなくなってから、残されたみんながお互いに、そろそろと探るような視線を向ける。

「——アキちゃんの願いって、何なんだろうね」

ぽつりと言ったのは、それまでずっと静かだったスバルだった。誰かの意見が欲しくて言ったというわけではなく、思いついてただ口にしたような声だった。「まあ、みんないろいろあるか」と、これもまた呟くように言って、それから微笑んだ。

「にしても、〝オオカミさま〟はひどいね。今更なんだよって感じ。それとも、こうなることを待ってたのかなぁ」

「待ってた？」

こころが尋ねると、スバルが「うん」と頷いた。他人事みたいな軽い口調で、相変わらず不思議な人だなぁと思う。

「〝今更〟って僕らが思うようになるくらい、僕らがそれなりに仲良くなって関係ができるの待ってたのかもね。ウレシノが今言ったみたいな、『願いが叶わなくていい』って思えるくらいになるまで待って、結局、誰の願いも叶える気がない。下手すると、もともと願いを叶える鍵なんてなかったりして」

「ありそう」

マサムネがぼそっと呟く。「でしょ？」とスバルが言うが、それにリオンが「いや」と口を挟んだ。

「オレは、〝オオカミさま〟はちゃんと願い、叶える気はあると思う。あの人も意地悪な気持ちでやってるわけじゃなくて、ただ試してるだけじゃないかな。――オレたちが、それでも願いを叶えるかどうか。何か正解を用意してそうしてるわけじゃなくて、そこでオレたちがどんな選択をしても、ただ『ふうん』って感じ。本当は最初の時点で言っとかなきゃいけなかったのに忘れてたっていうのも、案外嘘じゃないのかも。単なる勘だけど」

そう話しながら、この会話もまたあの子に聞かれている可能性があるんだよなぁ、と不思議に思う。――こころが「あの子」と思う〝オオカミさま〟を、リオンが「あの人」と呼ぶことがなんだか新鮮だ。

「フウカ、どう思う？」

「私？」

リオンに問いかけられたフウカがふるりと首をみんなの方に向ける。不思議そうな顔をしながら言った。

「私、三月が終わって、普通の世界に戻ってからも、みんなとは連絡取るんだろうなって、思ってたんだけど」

「え？」

「四月になって城が閉じてからも、私たちがここで、お互いがどこに住んでる誰なのかを教え合っておけば現実世界に戻ってからもまた会えるんだろうなって、今日までは勝手に思ってた。だから寂しくないなって」

「――ああ」

フウカの言いたいことがわかった。それはこころもうっすら考えたことがある。どこから来た誰なのかを、今、こころたちはお互いに言っていない。ただ名前だけで過ごせるここの環境は心地よかったけれど、完全に別れる時には、確かにみんながどこに住んでいるか知りたい。もう二度と会えないなんて、想像がつかなかった。

フウカが使った、現実世界、という言葉の重みがぐっと増す。

今城にいることだって間違いなく現実だけど、私たちの〝現実〟は確かに外にあって、それはできれば戻りたくない種類のものだ。

「忘れちゃうなら、それも無理か。アドレスとか交換しても、交換したことも忘れちゃうんだもんね」

「でも願いが叶わないままだったら、外の連絡先、教え合うのもいいのかも」

マサムネが言う。

「住所や電話番号とかってこと?」

スバルが聞いて、マサムネが「ああ」と頷く。

最初、二人でずっとゲームをしていた頃は印象が一部似ていた二人は、夏休みを経てスバルが髪を脱色したせいで、今は一緒にいるとちぐはぐに見えた。派手な外見になった今のスバルと、マサムネが、城の外――たとえば教室などで一緒にいるところを想像すると、しっくりこないものを感じる。

外の連絡先、という言葉がまた胸に沁みた。

現実世界、外の連絡先。

改めて、城の中だけが、いろんなものが例外なのだと思い知る。

こころたちは、互いに何も知らない。

リオンがハワイから来ているらしい、ということは聞いたけど、他のみんながどこから来ているか、これまでは聞いてはいけない気がして、聞けなかった。知りたい、という気持ちは確かにあるけれど、その一方で、自分のことを知られるのには微かに抵抗があった。

どうしてなんだろう、と考えて、すぐに思い当たる。

忘れていたいからだ。

ここに来ている間は、自分が雪科第五中学校の生徒だなんてことを――あの真田さんのいる教室や、東条さんの二軒隣の家に住んでることなんかから、自由でいたいからだ。

みんなも同じ気持ちだったのかもしれない。お互いの連絡先を交換し合う、というフウカの言葉に同調する空気がうっすら広がってからも、実際に、少なくとも今日そうするつもりは、誰もなさそうだった。

記憶が消えたところで、別にどうだっていい――。

そう言い放ったアキは、それからしばらく、城に来なかった。意地を張っているのかもしれない。本当はそう思っていないのに、みんなの前でかっこつけるように言ってしまっただけかもしれない。

みんなも同じように強がるだろうと思ったのに、ウレシノやみんなが、マサムネでさえそうしなくて、忘れたくない、と正面切って言われて、自分だって本当は同じ気持ちだったのに、引くに引けなくなったのかもしれない。

城に来ているみんなも、アキの不在を意識していた。マサムネが「休んでる間に誰かが鍵を見つけてたらどうしようとか思わないのかよ」とふざけ調子に話題にしていた。

けれど、三月まではまだあるという気持ちが、こころたちみんなに余裕を持たせていた。

まだ十月。

鍵を探すとしても、願いを叶えて記憶を失うとしても、まだ、十月。時間はまだまだある、と。


アキが次に城に戻ってきたのは十一月の初めだった。

長い不在の後に彼女が戻ってきたその日、最初にアキを見つけたのはこころだった。お昼過ぎ、他に誰もいない〝ゲームの間〟のソファのところで、アキが、膝《ひざ》を抱いて蹲《うずくま》っていた。

こころは、息を呑んだ。

「――アキちゃん」

躊躇いがちに声をかけると、アキが膝に埋めていた顔を上げた。

その目の色が泣きそうだった。明るいはずの部屋の中で、アキの周りだけが暗い。周りの光を彼女が全部吸い込んでしまったみたいに、とても、とても、暗い。

アキの顔は青ざめて、頬に、長く顔を伏せていたせいでスカートの皺の跡がついていた。

「こころ」

アキが言う。その声が、前回会った時よりもか細く、弱々しかった。喉に絡んだ声は干からびたように掠《かす》れていて、なぜか助けを求めているように聞こえた。

こころは再び、息を呑む。さっきよりも大きく。

その日、アキは制服を着ていた。考えてみれば、これまでは誰も城の中で制服を着ている人はいなかったのだ。だから、みんなの中学がどんな制服なのか、こころは知らなかった。

青緑色の、セーラー服の襟。臙脂色のスカーフ。

身を起こしたアキの右胸のポケットのところに、校章がついていた。学校名の刺繡がその横に入っている。

『雪科第五』

こころは目を疑う。アキの制服を、改めて見つめる。

知っている制服だった。間違いない。だって、こころの部屋にあるのと同じものだ。

「アキちゃん……」

名前を呼ぶ声が強張っていく。

思い切って聞く。

「アキちゃん、雪科第五中学の、子なの？」

アキがのろのろ、こころの視線を辿《たど》って自分の制服を見下ろす。それから「ああ――」と頷いた。まるで今初めて自分が制服を着ているのを思い出したような、緩《かん》慢《まん》な仕草だった。

「そうだよ」

アキが頷く。怪《け》訝《げん》そうな目でこころを見る。

「雪科、第五」

こころと同じ中学の名前を、彼女がはっきり口にした。

十一月

唖然とするこころの前で、アキが「どうしたの？」と立ち上がる。

目の色はまだ暗かったけれど、こころと会ったことで少し生気《せいき》らしきものが戻ったように見えた。スカートがはりついていた頬には、まだ赤く皺の跡が残ってい て、――泣いていたのかもしれない、とそれでわかった。涙のせいで、髪が何本か、まだ頬にぴったりくっついてる。

その時、さらに驚くことが起きた。

「あ」と背後で声がして、振り返ると、スバルとマサムネが立っていた。鏡のところで出てくるタイミングが重なったのかもしれない。二人とも、目を見開いて、信じられないものを見るような目でアキを見ていた。

アキがひさしぶりに戻ってきたことにも驚いたのだろうし、この城では見慣れない制服姿にも違和感があったのだろう。

　こころがどう言っていいかわからないでいると、そこで、奇妙なことが起きた。

二人の視線が、アキの顔を素通りして、胸元の――校章に注がれたのがわかる。

「なんで」と口にしたのは、マサムネだった。

「なんで、制服？　っていうか――」

　困惑したように続ける。

「それ、お前の学校の制服？」

「――どういう意味？」

　アキが目を細めてマサムネを睨む。前回気まずい別れ方をしてしまったことが吹き飛ぶほどの何かが起こったのだと、こころは気づいた。

　まさか、まさか――。

　思っていると、マサムネが答えた。

「同じ、だから」

　アキの目が見開かれた。

「オレの通ってた中学の、女子の制服と、同じだから」

　マサムネがそう言った瞬間だった。彼の横にいたスバルがはっとした表情を浮かべる。マサムネを見た。

「マ、サ、ム、ネも？」

こころは黙ったまま、唇を引き結んだ。呆気に取られた様子のアキが、「え？　え？　どういうこと？」とこころを見る。衝撃に表情が固まった男子二人のことも、順に見る。

「雪科第五中学――」

途切れ途切れの声を繋げるようにして、アキが口にする。半分開いた唇が、「嘘でしょ」と続けた。

「制服が似てるだけじゃなくて？　マサムネも、スバルも、雪科第五中学なの？　南東京市の――」

「私もそう」

こころは言った。やっとのことで言った。今度は、スバルとマサムネ、アキ――全員が仰天した目でこころを見た。

〝オオカミさま〟の、あの狼面を思い出す。

どういうこと――？

混乱しながら、心の中であの子に呼びかける。〝オオカミさま〟がどんなつもりでこんなことをしているのか、したのか、わからない。だけど――。

自分たちは同じ中学に通っている者同士、なのだ。

正確には、通うはずだった者たち同士。

これまで学校の話を避けてきたからわからなかった。どこに住んでいるのかも学校名についても、こころたちはお互いに一切教え合わなかったのだ。まさか、こんなに近い存在だなんて、考えもしなかった。

「あっ……！」

新しく〝ゲームの間〟に入ってきたフウカが、小さく、悲鳴のような声を上げる。アキの制服を見て。

そうなっても、こころたちはもう、驚かなかった。

♦

夕方、最後にリオンがやってくるのを待った。

フウカも、ウレシノも、アキの制服を見て目を丸くし、そして決まって同じように「どうして」と口にした。アキの胸に入った雪科第五中学の、校名の刺繍の前に凍りついたようになる。ひび割れたような声で、「同じだ」と呟いた。

ハワイの学校に通っている、というリオンだけが自分たちの例外だったけれど、その謎も、リオンがやってきたことで氷解《ひょうかい》する。

自分たちが皆、同じ中学に通っているはずだったことを伝えると、リオンもまた驚いた表情を浮かべた後で、「それって」と呟いた。

「南東京市にあるとこじゃ――」

と続ける。

「そう！」

ほぼ全員が口にすると、リオンが大きく息を吸い込んだ。そして言った。

「オレが通う予定だったとこだ」

声もなく、みんながリオンを見つめる。彼が説明する。

「留学しなければ、オレも、そこに行くはずだった……」

「つまり、じゃあ、こういうこと？」

制服姿のアキが腕組みして、唸《うな》るように言う。

「私たちはみんな、雪科第五中学に通う予定で、だけど、通っていない子。そういう共通項で今ここに集められてるってこと？」

「だと思う。でも……」

フウカがみんなの顔を見回す。不思議そうに首を傾げ、誰にともなく「多くない？」と尋ねる。

「ひとつの学校で、学校に行ってない子って、こんなにいるの？」

私だけかと思ってた。

フウカがぽつりと言って、こころの胸がきゅっとなる。それは、こころも感じていたことだった。私だけじゃなかったんだ、と。

こころと、リオン、ウレシノが、一年生。

フウカとマサムネが二年生。

スバルとアキが、三年生。

知らなかったけれど、同じ学校の同じ学年にいた。リオンは事情が違うけれど、少なくとも、ウレシノの現実は、自分が通っていたあの学校のすぐ近くの教室で起こっていたことだったのだ。

いつだったか、「心の教室」で、お母さんがあそこの責任者みたいな先生と話していた。

——小学校までのアットホームな環境から、中学校に入ったことで急に溶け込めなくなる子は、珍しくないですよ。特に、第五中は学校再編の合併のあおりを受けて大きくなった中学校ですからね。このあたりの学校の中でも特に生徒数が多いですし。

聞いた時は反発しか覚えなかった。私をそんなふうに簡単に「溶け込めなくなる子」に分類しないでほしいと思っていた。けれど、一学年のクラス数の多い雪科第五中学なら、こういうこともあるかもしれなかった。

「雪科第五って、人数多いからじゃない？　だから、お互いのこと知らなくても仕方ないのかも」

口にすると、フウカがまた首を傾げた。「そうかな」と。

「だって、一学年四クラスくらいでしょ？　そんな多くないよ」

「え。二年生ってそうだっけ？」

「うん」

フウカが頷くと、スバルが「三年は八クラスあるけど？」と言った。フウカが驚いたように「そんなに？」と尋ねる。マサムネが「二年は六クラスだろ」と訂正する。

「フウカ、お前、いつから学校行ってないの？　うろ覚えなんじゃないの」

「そんなことないと思うけど」

フウカは不満そうだ。けれど、こころもフウカの言っていることの方がおかしいと思った。二年生も自分たちの学年と同じくらいの人数だった。マサムネの指摘通り、フウカはひょっとすると入学してから、一年生の時もほとんど学校に行っていなかったのかもしれない。一度も、登校したことすらないのかもしれない。

「みんな、小学校はどこなの？」

雪科第五中学は、全部で六つの小学校の学区から編成されている。中学と違って小学校は比較的小さなところばかりだから、そこで一緒だったとしたら、お互いの存在がわかりそうなものだった。

「二小」

マサムネがぶすっとした表情で言う。

二小は、雪科第二小の略だ。

「私、一小」

フウカが答えて、こころが「あっ」と声を上げる。フウカがこころを見た。

「――ひょっとして同じ？」

「同じ……」

雪科第一小学校は、各学年二クラス。しかし、学年が違うせいか、フウカのことはまったく記憶になかった。同じ学年ならいざ知らず、こころは他学年の子たちと接点がほとんどなかった。小学校は本格的な部活もないし、委員会が一緒でもなければ、他学年の仲良しなんかできない。

加えて、フウカは目立つタイプではない。学級委員をしたり、陸上や水泳の競技大会の代表選手になるといったことには無縁そうだ。無論、それはこころにも当てはまることで、フウカに自分が記憶されていないことも特別おかしなことじゃない。

ただただ、不思議な感慨があるだけだ。

この子も、私と同じ、あの学校に通っていたんだ、と。

「二人とも、お互いに見覚えとか、面識とかないの？」

スバルに尋ねられて首を振る。「ない」と答えると、スバルが微かに首をすくめて「僕は、たぶん、通ってた小学校言ってもみんなピンとこないと思う」と答えた。

全員の視線がスバルに集まる。スバルが答えた。

「僕、名倉《なぐら》小。茨城の学校だけど、中三に上がるタイミングで引っ越してきたんだ。東京のじいちゃんとばあちゃんの家に、兄貴と二人で」

「二人？」

マサムネが聞く。スバルが「うん」と頷いた。

「親は？」

仲がよさそうに見えても、スバルが髪の色を変えた夏休み頃まで彼にお兄さんがいることも知らされていなかったマサムネが、反射のように聞く。別に隠していたつもりはないのだろう。スバルがなんということもなさそうに答えた。

「いないよ。茨城にいた頃、母さんは僕らを置いて出てったし、親父も、再婚相手と暮らしてる。僕ら兄弟は、だからばあちゃんち」

マサムネの顔が固まった。こころたちも全員、息を呑む。「兄貴も僕も」スバルが続ける。

「最初から、学校、あんまり行きたくなかったよ。こっちに知り合いなんか誰もいないし、溶け込むならまぁ、最初の四月が勝負だったんだろうけど、そこをサボっちゃったらどんどん行きにくくなって。特に仲間外れにされたり、深刻に学校で何かがあったってわけじゃないから、みんなに比べると、ただ怠け癖で行ってないみたいで、申し訳ないくらいだけど」

そんなふうに言われてても、こころは逆に自分が申し訳ないような気持ちでいっぱいだった。

学校で深刻なことは、スバルには、確かに起こっていないのかもしれない。けれど、それ以前の問題のような気がした。笑顔で、平然とおばあちゃんのところにいる理由を語ったスバルは、どうして微笑んでいるのだろう。最初からそうできたのだろうか。

夏休み。

親と旅行に行っていた、というスバル。お父さんからもらったという音楽プレイヤー。聞いていた話の重みがまったく変わってくる。

表情を固めたマサムネはじめ、誰も、何も言えなかった。スバルも、誰かに何かを言われることなんか期待していないように思えた。

「青草《あおくさ》小」

沈黙に、リオンの声がよく響きわたった。

青草小学校は、中学を挟んでこころが通っていた雪科第一小学校とは反対方向の小学校だ。小学校の頃はまだ海外じゃなくて、自分の住む町の、そんな近くにリオンがいたのかと思うと、改めて不思議な気持ちになる。

リオンの言葉に、ウレシノが肩を大きくびくっと動かした。「嘘っ！」と叫ぶ。

「何が」

リオンが言うと、ウレシノが「僕も青草小」と続ける。狐《きつね》につままれたような茫《ぼう》然《ぜん》とした顔をしている。リオンもまた驚いたようにウレシノを見た。

「え、リオンって、今中一なんだよね？　じゃあ、小学校、一緒だった？　嘘？　いなかったよね？　僕、小学校は普通に行ってたけど、リオン、いた？　本当に？」

「オレだって、普通に通ってたけど……」

リオンも戸惑っている。スバルが「リオンは？」と尋ねた。

「リオンもウレシノのこと、知らなかったの？」

「——覚えてない。いたのかもしれないけど、遊んだりとかした記憶はない」

「何クラスあったの？　青草小って大きかったっけ？」

「三クラス」

二人のやり取りを、こころは微かに胸を痛めて聞いていた。

学年が違うフウカとこころと違って、その規模の小学校で、同じ学年同士なのに交流がなく、お互いのこともよく覚えていないのは、二人の住む世界が最初から違ったからだろう、と思う。

この二人に、一緒に遊んだ記憶なんてあるはずがないのだ。

「私、清水台《しみずだい》小」

最後にアキが言った。七人の中では、こころの住む場所と一番遠い学区だ。けれど、それでも徒歩圏内。——自分たちは、本当に近い場所に住んでいた。

雪科第五中学校を中心に、それぞれの家のそれぞれの部屋から、鏡を通って、やってきていた。

「カレオのあるあたりだよね？」

カレオと、そして、駅前の繁華街のあたり。一度、目指して行こうとしたけれど行けなかったカレオ。学区の中では一番にぎやかなあたりだから、茶髪で派手な服装のアキがそこの小学校だったというのは妙に頷けた。アキはカレオの中にあるゲームセンターに出入りしていたりするのだろうか。

アキが首を傾げたので、こころが尋ねる。

「ひょっとして、フウカちゃんの誕生日にあげたナプキン、あそこのお店で買ったの？」

自分もまさにそこで同じようなものを探そうと思っていたのだと続けようとすると、アキが首を振った。

「あのナプキンは、商店街の丸御堂《まるみどう》のだよ。一緒にあげたクリップもそう」

丸御堂は、こころには聞き覚えのない店名だった。しかし、横で聞いていたスバルが嬉しそうに「丸御堂！」と声を上げた。

「うわー、ローカル。そんなとこで話が通じるなんて、本当に近所に住んでたんだね。不思議だけど、嬉しいな。あと、アキちゃんって普段どこで遊んでる？　駅前のマックは？」

「――行く」

近所であっても、こころは駅前にはもうずっと行っていない。二人の話す内容を聞いて、そうか、マックができたんだ、と思う。同じことを思ったのか、フウカが「今、マックあるんだ……」と呟いて、ものすごくほっとする。知らなかったのは、自分だけじゃない。

髪の色を変えてからのスバルの話す〝遊んでる〟の響きは、聞く方に嫌な緊張感を押しつけてくる。ウレシノやリオンが小学校の頃に遊んでた、というのとは違う、俗にいう〝遊んでる子〟の〝遊んでる〟。

「どうする？」

マサムネが尋ねる。〝ゲームの間〟にかかった、壁の時計を見る。

「もう、四時半だ。五時が近い。〝オオカミさま〟を今日のうちに呼ぶなら、もう呼んだ方がいい。呼ぶか？」

「呼ぶ」

聞きたい事が山ほどあった。全員の声がほぼそろったのを合図に、マサムネが言った。虚空《こくう》に向けて呼びかける。「〝オオカミさま〟――」

「呼んだか？」

いつものように飄々と、彼女が現れた。

♔

〝オオカミさま〟は、今日は初めて見るワンピースドレスを着ていた。一体何着持っているんだろう。いつものような、アンティークドールが着てるような裾が膨らんだドレスで、ピアノの発表会か何かみたいだ。

「どうして教えてくれなかったの？」

尋ねたのは、フウカだった。制服を着ていたアキが、居心地が悪そうに腕を抱く。「何が」と〝オオカミさま〟が返す。苛立った声で「だから」とマサムネが先を続けた。

「オレたちがみんな、同じ中学の生徒だったってこと。なんで、黙ってた？」

「特に聞かれなかった」

〝オオカミさま〟が憎らしいほど平然と、表情がわからない顔で答える。マサムネが黙る。〝オオカミさま〟が続けた。

「私が何か言わなければ、わからない方がどうかしているだろう？ 赤ずきんちゃんたちが一言、お互いに話し始めればよかっただけ。そうすれば、ああ、自分たちは同じ学校なんだってすぐにわかったはずだ。お前たちは時間がかかりすぎだな」

〝オオカミさま〟がふーっと長く息を吐きだす。

「自意識過剰すぎるんじゃないか、お前たち」

「ふっざけんなよ！」

マサムネが顔を顰《しか》めて立ち上がりかけるのを、「やめなよ！」とウレシノが止める。

「相手は小さい女の子だよ。やめなって」

「ああ？　どこがだよ。背だけは小さいけど、明らかにこいつ〝強くてニューゲーム〟だろ。一回死んで生まれ変わってやり直してて、今が来世なんだろ。化けものだよ」

「いいからっ！」

強い声が制止して、びくっとなる。止めたのはリオンだった。普段穏やかで涼し気なリオンには珍しく、顔が少し赤い。怒っているように見えた。

全員を黙らせた後で、リオンが尋ねる。落ち着いた、静かな声だった。

「質問があるんだけど」

「なんだ」

「これまでも、オレたちみたいな〝赤ずきんちゃん〟を呼んで、ここで願いを叶えてきたって言ったよな。その〝赤ずきんちゃん〟も雪科第五中の生徒だったってこと？　何年かに一度、こうやって集めてる」

「何年かに一度――、よりは平等な機会だと思うが、まあ、そう解釈してもらって構わない」

尊大な口調で〝オオカミさま〟が言う。リオンが続ける。

「それは、毎回、今回みたいな、この地区の、学校に行ってないメンバーだったってこと？　そういう共通項であえて選んでるのか？」

それとも、とリオンが短く息を吸い込んで、言う。

「対象にしたのは、第五中の生徒全員なのか？　生徒全員の家の鏡を全部光らせて、ここへの入り口を開いてた。だけど、ほとんどの生徒が学校に行ってるからただ気づかなかった。家にいたメンバーだけが、気づいたからこっちに来た」

その指摘に、こころははっとする。ありそうなことに思えたからだ。

だとしたら――、こころは自分がショックを受けそうになっていることに気がつく。私たちだけが特別だったわけではないのか。学校に行けているあの子たちにも、ここに来るチャンスは平等にあって、こころたちが特別に選ばれたわけではないのか。

胸が苦しくなる。窒息しそうな思いで〝オオカミさま〟を見ると、〝オオカミさま〟は今度もまた平然と首を振った。

「違う。呼んだのはお前たちだけだ。最初から、このメンバーを選んだ」

「――じゃあ、オレは、どうして？」

リオンがゆっくり、目を細める。

「オレは、学校、第五中じゃないけど、来てる。そのオレまで呼んだのはどうしてなんだよ」

まっすぐな視線で〝オオカミさま〟を見つめる。この子は、知らないとか、そのうちわかるとか、はぐらかすような答えを返すに違いないと思った。

しかし、そうではなかった。〝オオカミさま〟が答える。狼面がリオンに向けられる。

「だってお前、行きたがっていただろう。日本の、自分の住む学区にある公立中学に」

その声を受けたリオンの顔が稲妻《いなずま》に打たれたようになる。すっと背筋を伸ばし、その場で胸を射貫かれたように棒立ちになった。

〝オオカミさま〟が、そんなリオンを無視するようにすっと一歩、みんなの方に近づく。

「他にはないか？　質問したいなら、可能な限り答えるが」

「――ここは、なんなの」

アキが聞いた。初めて見る制服姿は、まだ慣れない。自分の知っている制服。こころのいない学校で、同級生や、他学年の先輩たちが着ているのと同じ。

そうやって見ると、アキも、四月の学校ですれ違った多くの先輩たちの中に、その姿があったような気がしてくる。

「鏡の城」

〝オオカミさま〟が答えた。相変わらず、声は淡々としていた。

「三月まで開いている、お前たちの城だ。好きに使え」

「私たちに何をさせたいの」

アキの声が泣き声のようになる。疲れているのだ、と感じた。強がりばかりのアキだけど、その彼女が弱っている。懇願《こんがん》するような声だったと思うのに、〝オオカミさま〟の返事はそっけなかった。

「特に何も」と、彼女は答えた。

「お前たちには、何も望まない。ただ、城という場所と、願いが叶う鍵探しの権利とを、私は与えるだけだ。最初に説明した通りだ」

失礼する――、短い声を虚空に散らすようにして、〝オオカミさま〟が消える。

それと同時に、アオーン、という獣《けもの》の遠吠えを聞いた。

五時の十五分前。もう帰れ、という警告の遠吠え。

城に残っていると食べられる、と言われた言葉を、ひさしぶりに思い出す。まさか本気じゃないだろうけど、思い出すと、背筋が少しぞっとした。

〝オオカミさま〟が消え、時間を知らせる警告の遠吠えが聞こえても、こころたちはまだ、お互いに話したい気持ちでいっぱいだった。

みんな、こんなに近くにいた。

そして、同じ学校を、あの校舎や校庭を、体育館や自転車置き場を知ってる。知ってくれている。

みんなが〝行けない〟学校は、こころと同じあの学校なのだ。そう考えると、お互いの存在をぐっと身近に感じた。おそらく同じコンビニを使い、同じスーパーにだってカレオにだって行ったことがある。生活している範囲が一緒の、――仲間なのだ。

城が閉じる五時が近づいていた。

言いたいことがお互いにあることを感じつつ、大階段の鏡が並ぶ場所まで戻る。その時になって、こころはひとつ、気になっていたことを尋ねた。鏡の向こうに戻ろうとするウレシノに「ねえ」と問いかけた。

「――ウレシノが話を聞いてもらったスクールの先生って、喜多嶋先生？」

呼び止められたウレシノが、ぱちぱちと音が聞こえそうなほどの大袈裟な瞬きをする。こころが続ける。

「スクール。私と同じところに、行ったことがあるんじゃないかと思ったから」

「……うん、そうだよ。喜多嶋先生」

ウレシノが、緊張を解いたように見えた。頷いた彼の声に、こころは、ああやっぱり、と思う。

こころの表情でウレシノにも言いたいことが伝わったのだろう。ウレシノの纏《まと》った空気が少し優しくなったように思えた。こころのところに来るのと同じように、ウレシノとも、あの先生はあんなふうに話していたのだろう。

すると、こころたちの話を聞いていたのか、フウカが「同じ先生なの？」と尋ねてくる。

「すごい。本当に、すごく近いところにいるんだ……」

「うん。きれいだよね、喜多嶋先生」

こころが何気なく口にすると、ウレシノが「きれい？」と首を傾げた。惚《ほ》れっぽいウレシノのことだから、先生のことも異性として意識したことがあるんじゃないか――、そんなふうに漠然と思っていたこころは、彼が聞き返してきたのがちょっと意外だった。

この間ティーバッグをくれた先生の手は真っ白で指が長く、爪まできれいだった。近くにいると、いい匂いがした。

他にも喜多嶋先生や、「心の教室」のことを知っている人はいるだろうか――。マサムネはスクールのことを「民間の支援団体」とか距離を取った言い方をしていたから、行ったことはないかもしれない。

アキとスバルはどうだろう――、そんなふうに思ってスバルの方を見ると、ちょうどその時、スバルがアキの方に顔を向けた。

「アキちゃん、聞いていい？」

「何？」

てっきりスクールの話題かと思った。けれど違った。スバルがアキに尋ねる。

「今日、どうして制服着てきたの？　何か、あった？」

その声に、アキの全身が凍りついたように見えた。こころもはっとなる。自分の学校と同じ制服だということの方に気を取られて、そのことを気にするのをすっかり忘れていた。

「お葬式、だったの」

アキの答えに、皆が息を呑んだのがわかった。答えるアキの頬が引き攣ったように白い。

「一緒に暮らしてたおばあちゃんの。だから、いとことか、子どもはみんな制服着るように、言われて……」

「帰らなくて、よかったの？」

フウカが尋ねる。

「私も去年、曾《ひい》おばあちゃんが亡くなったから……。お葬式って、お昼ぐらいからでしょ？　で、その後もいろいろ、親戚とごはん食べたりとかする。私たちと一緒にいてよかったの？」

「それはっ……」

アキが一瞬、声を荒らげかけた。いつもの強がりみたいに、「あんたたちに関係ない」とか「どうでもいいでしょ」とかそういうことを言いかけた——ようにも見えた。

けれど、フウカの目に他意がなく、自分を気遣う言葉だと気づいたのだろう。小声で「いいの」と答える。

「みんなと一緒にいる方がよかったから」

制服の衝撃に負けて、気づけなかったことを後悔した。

今日こころが城に来た時、アキは蹲《うずくま》っていた。城の中には自分の部屋があって、そこにこもることもいくらだってできるのに、みんなが来るはずの〝ゲームの間〟で一人、膝に顔を埋めていた。あの表情と目の色を思い出すと、胸が痛んで、どう声をかけていいかわからなかった。それはみんなも同じようだった。

「そっか」

軽い声で、沈黙を破ったのはスバルだった。

「好きなおばあちゃんだったの？」

スバルが聞いた。特別なことを尋ねる素振りでなく、ごく平淡な声だった。

――スバルは今、おばあちゃんの家で暮らしていると言っていた。お母さんも、お父さんもいない状態で、お兄さんと。

その彼じゃないと、とても聞けなかったろう。アキの目にはっとした表情が浮かぶ。唇を引き結ぶ。しばらく返答はなかった。少しして、「うん」と掠《かす》れた、小さな声がした。

「口うるさいところもあったし、好きとか嫌いとか、考えたことなかったけど、今考えると好きだった」

「アキちゃんが制服で来てくれて、よかったよ」

スバルが言った。微笑んで続ける。

「そのおかげで、僕らはみんな、同じ学校なんだって気づけた。今日のことがなければ、誰もずっと言わないまま、すぐに三月だったかもね」

スバルの何気ない口調にアキの目の表面が、水を張ったように微かに潤《うる》んで見えた。あわてて、こころも言った。

「うん。ありがとう、アキちゃん」

「……別に、たまたまだから」

アキが言って、そっぽを向く。

その時だった。

アオオオオオオオオオオオオン、
アオオオオオオオオオオオオン、

唐突に、城の中全体に、声が響き渡った。さっきの警告の遠吠えと似た声だけど、それより、さらに大きい。

「わっ！」

全員が声を出す。遠吠えと一緒にびりびりと空気が震え、床が揺れる。立っていられなくなる。

どういうことか、確認しなくてもわかった。

五時が来た。

「戻ろう！」

リオンの声がした。立っていられなくなって、鏡の縁を懸命に摑む。他にもそうするみんなの姿がかろうじて見えた。すごい揺れで目を開けていられない。揺れで顔の筋肉さえ動かせなくなるなんて、信じられない。

鏡の縁をぐいっと摑み、どうにか中に入ろうとする。鏡の向こうの光が虹色に歪《ゆが》む。待って、消えないで――。

力まかせに、鏡の中に体を滑りこませる。

揺れが消えた時、こころは自分の家の、部屋の中に戻っていた。

いつものベッド、いつもの机、いつものカーテン。

十一月の、冬に近づいた街の空気は、カーテン越しでも夏までと明らかに違う。胸がまだドキドキしていた。背中も額《ひたい》も、汗をびっしょりかいている。間に合ったんだ、と悟る。生きている。食べられないで済んだ。

見つめると、鏡は静かで、もう光っていない。それでも、最後に聞いた大きな遠吠えを思い出すと、まだ膝ががくがくする。揺れの感覚がまだ体の内側に残って揺蕩《たゆた》っている気がした。

みんなは、無事だったろうか。

カーテンをそっと開ける。きれいな三日月が出た夜だった。ものすごくひさしぶりに窓を開けてみる。なるべく遠くまで、街の先を見る。

こころの住むのと同じような一軒家や、背の高いマンション、ここからだとマッチ箱みたいに見えるアパート。視界の先には、スーパーの明かりも見える。

――このどこかに、あの子たちがいる。

自分と同じ街に、みんながいる。

十二月

街が、クリスマスに輝いている。

家の中にいても、感じられた。こころの家はクリスマスの飾りつけをするタイプの家ではないけれど、隣の家がイルミネーションの飾りつけを毎年している。外に出て正面から見られなくても、ピカピカした光が家の壁や窓に反射して、点滅を感じる。

⚜

「クリスマスとかさ、何かしないの？」

十二月に入った城で、そう言ってきたのは、リオンだった。

その声に、ソファで本を読んでいたフウカも、ゲームをしていたマサムネも、みんながリオンを見た。

「せっかくこの場所があるんだし、みんなでケーキくらい食べない？」

「ハワイにもある、んだよね？　クリスマス」

フウカが聞く。クリスマスというと、冬にモコモコの赤い服を着こんだサンタクロースが雪空をやってくるようなイメージがあって、それは常夏《とこなつ》の島のハワイでは想像がつかない。フウカの声を受けて、リオンが笑った。

「あるよ。当然。日本と違って確かに雪のホワイトクリスマスのイメージはないけど、こっちじゃ、サンタがサーフィンしてるポスターとか超いっぱい貼られてる」

「サーフィン！」

こころが思わず声を上げると、リオンがさらに笑う。

「本場って意味じゃ、アメリカ圏な分、こっちの方がむしろ盛り上がってるかもよ。メリークリスマスっていうより、ベ、リ、ーク、リスマスって感じ。おなかいっぱいなほどクリスマスムード」

「そうなんだ……」

「うん。だから、よかったらイブの日、なんかしない？　プレゼント交換まではしなくていいから、お菓子でも持ち寄ってさ。ケーキ、オレ、用意するよ」

〝オオカミさま〟も呼ぼう、とリオンが付け加える。

「もう、十二月だし、三月でここがおしまいなら、一回くらい、こういうのあってもよくない？」

〝願いの鍵〟は、まだどこからも出てこなかった。少なくとも、誰かが発見した様子はない。ここでの記憶が三月以降も残るのかどうかはわからないけれど、残ったところで、リオンは一人だけハワイに住んでいる。もう簡単には会えなくなることを、このメンバーの中で一番意識しているのかもしれない。

「……いいね」

アキが賛成すると、みんなもバラバラと頷く。「でもさ」とその時、マサムネが言った。

「いつやんの。十二月二十四日。イブの日でいいわけ？　お前らみんな予定ないの？」

「オレのところは別に平気。時差があるから、寮に残ってるメンバーとパーティーする時間はずれるし」

「私、イブなら大丈夫だけど、その前だと、二十二日は来られない」

つやつやしたフウカの声が間に入る。

「ピアノの――発表会があるから」と言うのを聞いて、あ、と思う。

「ピアノ、習ってるんだ？」

こころが尋ねると、「うん」と頷く。

「学校は行ってないけど、個人レッスンだし、ピアノだけは、続けてる」

城に最初に来た日、部屋の一つからピアノの音が聞こえた。あれはフウカだったのか。この子の部屋にはピアノがあるのだ。

こころは小学校の頃までピアノを習っていたけれどもうやめてしまったから、学校の外でやることがあるフウカを少し羨ましく、眩しく思う。

「前に、部屋から聞こえた」と言うと、フウカがはっとしたように息を呑む。

「うるさかった？」と聞く声に首を振ると、「そっか、よかった」と、彼女が答えた。

「こころの部屋には、ピアノ、ないの？　あるの、私の部屋だけ？」

「うん。フウカが弾けるなら、〝オオカミさま〟があの部屋をフウカ用に用意してくれたのかもね」

「こころの部屋には何があるの？」

「本棚。もっとも、読める本はほとんどなくて、英語とかたぶんデンマーク語とかの外国の本ばっかりだけど」

「デンマーク語！　すごい。どうしてデンマーク語なんてわかるの？」

「……アンデルセンがデンマークの作家で、アンデルセンの本がたくさんあるから」

東条さんに教えてもらったのだ、と思い出す。あの子の家で見たのと同じような本がたくさんあの部屋にあるのだ。

「いいなぁ。こころの部屋は本がたくさんあるんだ。全然知らなかった」

フウカの声に、こころは曖昧に微笑む。

東条さんの家で見たような本がたくさんあるあの部屋は、確かに魅力的な空間だけど、こころがあの子のことをずっと気にしていたことを誰かに見透かされていたような気にもなる。

みんなの部屋はどうなんだろう。ピアノが弾けるフウカの部屋にピアノがあるというなら、きっと、それぞれに合ったものが部屋の中に用意されていたのだろうけど。

「じゃ、やっぱりイブの日にするか？」

「あ、私ダメ。彼氏と会うかもしれないから」

アキが言って、その声にみんながなんとなく黙る。アキがまだ話を聞いてほしそうにするけれど、リオンがあっさり「わかった」と呟いた。

イブの当日は、アキ以外にも、おそらくみんな家族とクリスマスの予定が入るかもしれない。クリスマスパーティーは結局、二十五日にやることになった。


みんなが同じ、『雪科第五中学』の子だったことがわかってから、城の中の空気は、ちょっと変わった気がする。

特別に何が、というわけではないけれど、みんながお互いに対する緊張を少し和《やわ》らげたような、そんな気配があった。

たとえば、マサムネがこころたちに、「オレのとこにも来たよ、フリースクールのセンセイ」と言う。

何のことかわからなくてきょとんとするこころたちにマサムネが「お前たち、話してなかった？『心の教室』の――」と続ける。ウレシノもこころも「あっ！」と頷いた。

「喜多嶋先生？」

「――たぶん。女の、先生」

「マサムネも会ったんだ！」

マサムネはなぜか少し気まずそうな表情をしていた。どうしてだろうと思ったけれど、少しして、気づいた。

気まずいんじゃなくて、慣れないことに照れくさいのかもしれない。城の外の話を、これまでこんなふうに話すことはなかった。

「『心の教室』、行ったの？」

自分の名前と同じ響きなことはまだ少し気になったけれど、学校の子たちと違って、ここのメンバーがそのことをからかったりすることは絶対ないはずだ。そう、こころは確信していた。案の定、マサムネがそこには突っ込まず、あっさりと首を振る。

「行ってない。うちの親、存在は知ってたみたいだけど、ああいうのは、学校に復帰させたい子を通わせる場所だろうって、オレを行かすことは考えてなかったみたい」

「マサムネのお父さんたち、相変わらず、学校、行きたくないなら行かなくてもいいって考え方なんだね」

自分の家とのあまりの差にこころが思わず言うと、マサムネが肩をすくめた。
「だって、最近の学校問題が壮絶《そうぜつ》なのは親だって知ってることじゃん。いじめも陰《いん》険《けん》だし、それで自殺したとかってニュースも定期的にあるだろ？　――無理に通って学校に殺されることないって、親父とかも言ってるよ」

お父さんの口調をそのまま真似るようにして、マサムネが言う。学校に殺される、というのはすごい言葉だけど、こころの家のように学校に行けと言うのではなく、むしろそんなふうに言う親もいるのか、と驚くばかりだ。「ただ」とマサムネの目が少し遠くなる。

「その分、安心して子どもを預けられる学校探し――みたいなことに、今はハマってるみたいだけど。――フリースクールも、親父は民間のＮＰＯの活動にすぎないって、そもそも気にもしてなかったみたいだけど、家に、喜多嶋先生が来たんだ。――話してみたいって」

マサムネが小さく息を吸い込む。

「母さんは、頼んでないのにどうしてですか、ひょっとして学校から何か言われてきたんですかって玄関先で揉めてたけど、学校から頼まれたわけじゃなくて、ただオレの、その、友達から、オレのこと、たまたま聞いて、話したいから、来たって」

学校から何か言われてきたんですか——、とマサムネのお母さんが顔をしかめるところが、見たこともないのに思い浮かんだ。マサムネの両親の学校に対する不信感はよほど強いのだろう。前もマサムネが、学校の先生たちを「教師だって所詮は人間」と言っていたことを思い出す。「もとの頭がオレたちより劣ってる場合だって多々ある」と。

それと、マサムネの口から出た「友達」の響きが、新鮮だった。おそらく、マサムネが学校に行っていた間、中学で仲良くしていた友達だろう。

こころが思ったことに気づいたのか、マサムネが小声で補足する。

「オレが学校行かなくなったばっかりの頃、うちの親、担任といろいろ揉めたから。——やっぱ公立の教師じゃダメだとかって、それから全然信頼してない」

「そうなんだ」

「フリースクールの先生、お前たちが言ってた人と同じだって気づいて。だから、会った」

こころとウレシノは反射的に顔を見合わせる。少しして、胸にあたたかいものが広がる。

マサムネは、喜多嶋先生が、こころとウレシノが話していた人だからという一点だけで、先生と会う気になったのだ。

そのことがとても嬉しかった。大袈裟かもしれないけれど、信頼されていると感じる。

話すマサムネは相変わらず、慣れない照れと気まずさを引きずった顔をしていた。口調が早口になる。

「特に何か話したわけじゃないけど、また来るって」

「……いい人だよ」

こころが言った。マサムネが「ああ」と頷いた。

「なんか、その感じはわかる」

曖昧な言い方だけど、そう認めた。

「ふうん。うちにもそのうち来るのかな」

横で話を聞いていたアキが呟いた。

「そういう、フリースクールみたいなの、うちの方にはないと思ってたけど、それ、同じ中学の話なんだもんね」

「そうかもね」

もし喜多嶋先生がアキのところに訪ねてきたら、マサムネみたいに会ってみてほしいな、と思う。

近い場所に住んでいることがわかっても、かと言って、城の外で会おうという話にはならなかった。城で会えるならそれでいいし、城の外で会おうにも、第一、場所がない。平日なら学校に通っていないことを大人に見咎められるし、休日でも、同年代の知り合いに姿を目撃されてしまう。改めて、自分たち中学生の居場所は「学校」と「家」以外にはないのだということを思い知らされる。

ただ、喜多嶋先生のように、共通の知り合いの顔を思い浮かべると、自分たちが外の世界でもつながりを持っているもの同士なのだということが意識されて、新鮮な嬉しさがあった。

普段へらず口ばかり叩くマサムネや、あんなに頑《かたく》なに学校の話を拒んでいたアキでさえ、外の話をすることに抵抗が少なくなったようだった。もう、制服を着てくることはなかったけれど、アキが前より頻繁《ひんぱん》に城に来ている。

誰かが欠席だったりすることもあるけれど、全員が城に来ている、という日も多くなっていた。

今年、まさか同世代の誰かとクリスマスパーティーみたいなことができるとは考えていなかったから、こころは嬉しかった。去年、小六の時には、クラスメートだった沙月ちゃんの家でクラスの女子何人かで集まってプレゼント交換や、ゲームをした。

そう考えて、ふと、沙月ちゃんは今、どうしているだろう、と思う。思うと、胸がきゅっと痛んだ。

同じ、雪科第五中学に入学して、別のクラスになって――。部活、確か、ソフトボール部に入ると言っていた。厳しそうだけど、練習も大変だろうけど頑張るって。そして実際、沙月ちゃんなら今も頑張っているだろう。

もうだいぶ会っていない。ずっと友達で同じように過ごしてきたのに、彼女から「学校に来ていない特別な子」のように今は見られているのだろうな、と思うと、慣れたつもりでいたのにまだ胸が痛んだ。

二学期ももう、終わりに近い。

冬休みが来る。

年が変わる――。

そんな日々の中で。

こころのお母さんが、クリスマスの近づいた夜に、「こころ、ちょっといい？」と聞いた。

声の表面に微かに緊張が感じられて、反射的に、こころは嫌な予感がした。お母さんがこういう声を出す時は、よくない時。その後にさらに胸が苦しくなって、おなかの底がずんと重たくなるような、そういう何かが待っている時——。

声の先を聞きたいような、聞きたくないような気がした。

すると、お母さんが言った。

「明日の昼間、伊田先生がうちに来たいって言ってるけど、いい？」と。

伊田先生は、こころの担任の先生だ。

入学した最初の四月だけ教室で一緒に過ごした、若い男の先生。学校に行かなくなった五月や六月にはうちにも時折来ていて、こころは、会ったり会わなかったりした。

それからも、お母さんは先生と会っていたのかもしれない。「心の教室」の喜多嶋先生とそうしていたように。

けれど、喜多嶋先生と伊田先生では決定的に違うことがある。

伊田先生が来るたび、こころはものすごく緊張する。緊張して、嫌な汗が止まらなくなる。

この人はこころが逃げてきたあの教室に、今さっきまでいた人だ。そう思うと、伊田先生が来るだけで胸が苦しい。来ないでほしい、と思ってしまう。

二学期が終わるから来るんだ――、と咄嗟に思った。

学校に来ない生徒のことも、節目節目で気にしなきゃならないのだろう。だって、それが先生の仕事だから。

そう思っていると、お母さんが言った。「こころ」と呼ぶ声がまだ緊張して聞こえた。

「先生が、今回は、クラスメートの……女の子のことで話があるって」

平然とした顔を作れたかどうか、自信がなかった。言葉が胸の真ん中に突き刺さる。

「クラスの、女の子？」

「――真田さんっていう、女の子。委員長の」

耳の奥がわあん、と鳴って、音が一時的に消える。お母さんの顔が険《けわ》しくなる。

息が、苦しくなる。

「やっぱり何かあったの？　心当たり、あるの？」

「先生、何て言ってた？　お母さんに、どう言ってた？」

「――その子とこころが、ケンカをしたんじゃないかって」

背筋にぞわっと鳥肌が立った。

ケンカ。

なんて軽い響きだろう。猛烈な違和感で、頭が煮え立つような怒りが込み上げる。気が遠くなりそうになる。

あれはケンカなんかじゃない。

ケンカはもっと、お互いに言葉が通じる者同士がすることだ。もっと、対等なことだ。

こころがされたことは、断じてケンカなんかじゃない。

唇を引き結んで黙ったこころを前に、お母さんは何かを感じたようだった。

「――会おう」とこころに言った。

「お母さんと一緒に、先生に会おう、こころ」

何があったの、とお母さんがもう一度言う。

こころは唇を噛んだ。しばらくして、小さく言った。

――その子たち、うちに来た。

ようやくそう、口にした。お母さんの目がわずかに見開かれる。こころはゆっくり、顔を上げる。そして、言った。

「私――」

人のことを嫌いなんて言ってはいけない。

お母さんはいつも、こころにそう言う人だった。どんなにムカつく友達がいても、誰かの悪口なんて絶対に言ってはいけない。だから、怒られるだろうと思った。だから言えなかった。でも。

「お母さん、私――。真田さんのことが、嫌い」

お母さんの瞳の表面が大きく揺れた。ケンカなんかじゃない――、とこころは続ける。

「私とあの子は、ケンカなんかしてないよ」

翌日、伊田先生は、午前中にやってきた。火曜日の、まだ学校がやっている時間だったけど、授業と授業の合間に来たようだった。お母さんも、今日は仕事を休んだ。

前に会った時よりも、髪が少し伸びていた。よく履きこまれた様子のスニーカーを玄関で脱ぎ、こころに向けて、「こんにちは。こころ、元気か？」と聞いた。

伊田先生は、最初から、こころのことは呼び捨てだった。

たった一ヵ月教室で過ごしただけなのに、他の、自分と仲のいい子たちにそう呼びかけるのと同じように呼ぶ。声をかけてもらうと、自分が他のクラスメートと同じような普通の子になれたような気がして、確かに嬉しくなる。だけど、嬉しくなったその後で、だから、先生はこころを嬉しい気持ちにするためにわざとそうしたんだろうな、と思ってしまう。

仕事だから。

こころのことが特別気にかかるわけではなくて、気にかけなければいけない仕事だから。

そんなちっぽけなことを気にする自分を、幼稚でバカみたいだと思うけれど、止められない。

だって、先生は、真田美織や、その周りの子たちのものだから。四月の教室を、こころは覚えている。忘れようったって忘れられない。

――イダ先生って、彼女いるんですか？

――なんだよ、いても教えません！

――ええー、気になるうー。イダ先のけちー！

――おいおい。その呼び方はやめろよ。

口ではそう言いながらも先生は仕方ないなぁと笑って、その時もあの子たちを強くは怒らなかった。だから、四月から時が経った今も、真田美織たちからそう呼ばれているはずだ。

この人は、真田美織たちの〝イダ先〟。

先生がうちに来て、こころに「無理することない」と言うたびに、だから思った。

――無理することないよ。こころが教室に来てくれたら、そりゃあみんな嬉しいけど。

優しい気持ちで伊田先生は言っているのかもしれないけれど、先生は、本当はこころに学校に来てほしくないと思ってるんだろう。どっちでも、いいんだろうな、と。

――どうして学校に行くのが嫌なのかな。

――何かあったのか。

学校に行かなくなった五月の初めにそんなふうに聞かれた時に、何も言わないで黙ってしまったから、先生もおそらく、今もこころのことを「怠け病」みたいに思っていると思っていた。

そして、それでいいと思っていた。むしろ、そう思われて当然だ。

小学校の頃から、そう。

学校の先生たちは、たいてい、真田美織みたいなクラスの中心人物の味方だ。教室の中で大きな声で話す、休み時間も外で友達とたくさん遊ぶ、潑剌《はつらつ》とした、ああいう真《ま》っ当《とう》な子の。

その彼女が本当はどんなことを自分にしたのか、話して先生を啞然とさせてみたい気もしたけど、先生はきっと、それでもあの子の味方をするだろう、と思っていた。もっと言うなら、知っていた。

先生はきっと、真田美織に「本当なのか」と正面から尋ねるようなことを、きっと、する。

認めるわけなんかないのに。

あの子は、あの子にとって正しい話しか、きっとしないのに。

――どうして出てこないの、ひどい。

友達みんなと家を取り囲み、その中でこころがあんなに恐怖に震えていたのに、真田美織はそんなふうに、外で泣いていた。それを、あの子の友達が「美織、泣かないで」と慰めていた。

あの世界で、悪者はこころの方だ。信じられないけれど、そうだ。

リビングで、先生と、こころのお母さんが向き合う。

前に先生が来た時より、お母さんのまとう空気が硬い。

四月に真田美織と何があったのかを、こころは昨日の夜、お母さんに話した。これまでずっと言えなかったけれど、お母さんが先生の口から、何か間違った「ケンカ」みたいな言葉であのことを聞くのかと思ったら、どんどん、声が出た。こころの口から、聞いてほしかった。

先生が来ると、こころはひとまず、二階の自分の部屋に行っているように、と言われた。まずは、お母さんと先生が話すから、と。

本当は、先生がどんなふうに思っているか知りたくて、こころは残りたかった。けれど、お母さんの顔が怒ったように硬い。


昨夜、こころの話を聞いたお母さんは、怒ったり取り乱したりしなかった。何ヵ月か経った後だったから、こころも説明しながら、もう泣くようなこともなかった。泣いて、つらかった、と訴えられたらいいのに、と思ったけれど、涙が出てこなかった。

恋愛絡みのことなんか、話しにくかったけど、頑張って話した。話を聞き終えたお母さんに、感情的になって、怒ってほしかったからだ。なんて子たちなの、と怒って、こころを庇ってほしかった。

お母さんはまず怒るはずだ——と思ったのに、違っていた。話の途中で、お母さんの目に涙が浮かんだ。その涙を見たら、こころは動揺して、ますます自分の涙が出なくなった。

ごめんね、とお母さんは言った。

「お母さん、何も気づかなかった。ごめんね」

こころを抱き寄せ、手を握る。こころの手の甲に、お母さんの涙がぽたぽた落ちた。

闘おう、とお母さんが言った。その声が震えていた。

「長い闘いになるかもしれないけど、闘おう。頑張ろう、こころ」

自分の部屋に戻ると、今日も鏡が光っていた。本当なら、今日も鏡の向こうにみんながいるはずだ。

会いたかった。

だけど、こころはこっそりと部屋を出て、階段の下に耳をそばだてる。小さな家だから、聞こえる。リビングのドアを閉めていても、微かに聞こえる。

「女子の間で、トラブルがあったようなんです」先生の声がする。「ケンカなんかじゃない、という言い方をこころはしています」と言うお母さんの声が迎《むか》え撃《う》つ。こころの心臓が痛くなる。声は、寄せては返す波のように大きくなったかと思えば小さくなる。

「喜多嶋先生は今日はいらっしゃらなかったんですか」と言うお母さんの声が聞こえて、それに先生が「ああ、いや、今日はひとまず、僕が来ました。これはあくまで学校の問題ですから」と返す。それを聞いて、喜多嶋先生の顔を思い出す。もらった紅茶のティーバッグを、思い出す。

城のクリスマスパーティーでは、あのティーバッグで、みんなで紅茶を飲もう、と思っていた。

喜多嶋先生が、伊田先生に何かを言ったのかもしれない。学校と連携《れんけい》しようとして、喜多嶋先生が四月に何があったのか調べてくれたのかもしれない。

——だって、こころちゃんは毎日、闘ってるでしょう?

そう言ってくれた声を思い出すと、喜多嶋先生に会いたくなった。目を閉じる。階下から、「真田にも真田の——」「明るくて、責任感の強い子なんですよ」と、言い訳するような、先生の声が聞こえる。

明るく責任感が強いことなんて、こころがされたこととまったく関係ないのに。お母さんの声が強くなった。「なんですって」という、感情的になった声が初めて聞こえて、こころは耳を塞《ふさ》ぎたくなる。

部屋にこっそり戻ると、鏡が光っていた。

城の入り口を開く虹色のその光が優しくて、こころは、指だけそっと、鏡の表面につける。

助けて、とそして思った。

助けて。

みんな、助けて。


こころが再び呼ばれたのは、だいぶ経ってからだった。

さっきまでよりずっと表情を硬くしたお母さんと先生が、こころを前にさらに緊張した様子になる。空気までもが色を変えてしまったように重かった。

「こころ」

先生が言った。

「真田と会って、話してみないか」

その言葉に、大袈裟でなく、息が止まりそうになる。胸がどくんと大きく鼓動を跳ね上げる。

こころは無言で先生を見た。信じられなかった。

あの子に会うなんて、絶対に嫌だ。

「誤解されやすいところもある子だから、こころにはつらく思えたこともたくさんあったと思う。だけど、話してみたけど、真田も心配しているよ。反省して――」

「反省なんて、してないと思います」

声が出た。

熱い声の先が、細かく、震えていた。

こころがそんなふうに言うと思っていなかったのかもしれない。先生が驚いた表情でこころを見た。こころは首を振る。

「反省してるとしたら、それは、自分が先生に怒られたと思ったからだと思います。私のことを心配してるわけじゃない。自分がしたことが先生たちに悪く思われるのが怖いからだと思います」

息継ぎもせずに、一息に言う。自分がこんなに話せるとは思わなかった。伊田先生の動揺が伝わってくる。

「こころ、でもな――」

「先生」

お母さんが、こころと先生の間に入る。先生を見つめ、静かな声で言った。

「――まずは、こころの口から、何があったのかを聞いてもらうのが先じゃないんですか。その、真田さんというお嬢さんの口から事情を聞いたのと同じように」

先生が弾《はじ》かれたように顔を上げ、お母さんを見る。何かを言いかけたように見えけれど、お母さんは先生に先を続けるのを許さなかった。「もういいです」と続ける。

「今日のところは、もういいです。――次は、学年主任の先生か、校長先生かどなたかと一緒にいらしていただけますか」

先生が黙ったまま唇を引き結ぶ。やがて、先生がこころの目も、お母さんの目も見ずに、すっと目線を下げた。

「また、来ます」

そう言って、立ち上がる。


玄関で先生を見送り、ドアが閉じてから、お母さんが「こころ」と呼んだ。

お母さんを見つめ返すこころは、どんな顔をしていたのだろう。お母さんが、開きかけた唇を一度、閉ざした。それから、ふっと顔つきを改めた。疲れた様子だったけれど、穏やかな表情になる。

「……買い物に、一緒に行かない？」

そう、誘ってきた。

「買い物じゃなくてもいい。行きたいところがあれば、行こう」

平日の昼間だったら、中学の子たちには、誰とも会わないで済む。

お母さんと一緒に、カレオのフードコートに座り、ソフトクリームを食べる。カレオの中には、こころの好きなマックもミスドも入っているけれど、そこは避けた。学校の子たちが多くいそうな場所だからだ。平日だと思っても、やはり少し意識してしまって緊張する。

外に出るのは、本当にひさしぶりだった。夏休みにコンビニでフウカのプレゼントのお菓子を買って以来。

外の光が眩しく、家族と城の子以外の人たちの姿に気後れするのは前と一緒だけど、お母さんがいるから今日はそこまで怖くなかった。病院か何かの帰りみたいに思ってもらえるだろうと思うと、大人たちの視線も怖くない。

――そうしながら、こころは自分の目が、人の姿を探していることに気づいた。

茶髪の人を見ると、スバルや、アキであってくれないか、と目をこらしてしまう。自分のように親につれられたウレシノやフウカが、通路の向こうから現れてくれないかと期待してしまう。新作のゲームを買った、と袋を提げたマサムネが、目の前を横切ってほしい。ハワイにいるはずのリオンの姿ですら、ここで見られるのではないかと願ってしまう。

彼らがこころの姿を見つけ、あるいは、こころが彼らを呼び止めて、びっくりするお母さんに、「友達なの」と言えたら、どれだけいいだろう。

けれど、現実には、誰も現れない。

平日のフードコートにも、ほとんど人がいなかった。みんなもきっと今頃は城にいる。

「こころが小さい頃ね」

こころの向かいに座ったお母さんもまた、こころと同じように通路の方を見ていた。ハワイほどではないだろうけど、日本のカレオも充分にベリークリスマスだ。赤、緑、白の配色の飾りつけが店内を彩《いろど》り、頭上から、ジングルベルの曲が聞こえる。

お母さんが続けた。

「こころが小さい頃、商店街にあるレストランに、クリスマス、食事に行ったの覚えてる？　フランス料理のお店。こころが小学校に入るか、入らないかの頃」

「……なんとなく」

普段と少し雰囲気が違うおしゃれなお店にお父さんお母さんと行った記憶は確かにあった。クリスマスムードに沸く年末の商店街の記憶が確かにある。

こころにはワンプレートにいろいろ載った料理が出されて、オムライスが普段のファミレスのお子様ランチとは全然違って、子ども心に本格的だ、と思ったことを覚えている。

「お母さんとお父さんに、ちょっとずつ料理が出てくるのが不思議だったの、覚えてる。食べ終わっても食べ終わっても次のが出てくるから、ずっと終わらないのかなって、思ってた」

「ああ、普段はコース料理なんて食べないもんねえ。お母さんも覚えてるよ。こころに『まだ帰らないの？　いつまで食べてるの』って聞かれたの」

お母さんの顔が笑った。

「――今年、またどこかに食べに行こうか。あのお店は今はもうないけど、お父さんとどこか探して」

お母さんがなぜそんなことを今話しだしたのか、こころには、少しだけわかる気がした。先生のこと、真田さんのこと。こころだって、お母さんとすぐに面と向かって話せる気がしなかった。

だけど、言っておきたかった。

遠くを見る目をしていたお母さんに向けて、言う。

「お母さん」

「ん？」

「――ありがとう」

お母さんがぽかんとしたように、唇を開いた。こころを見つめる。こころはどうしても伝えたかった。

「先生に、あんなふうに言ってくれて。私がどう言ってたか、伝えてくれて」

本当は、お母さんの言葉だけで伝わるかどうか心配で、お母さんが先生に最後に言った通り、自分の口で伝えたかった。――ああ、先生の中でのこころの心証《しんしょう》はたぶん今頃散々《さんざん》だろう。真田美織は会うって言っているのに、それを拒むこころは、きっと先生が思う素直さや健全さに欠けた、問題ありの生徒だ。

だけど。

「お母さん、私が言うことの方を信じてくれたから……」

「当たり前じゃない」

お母さんが言った。声の語尾が微かに掠《かす》れ、お母さんが俯いた。繰り返す、「当たり前だよ」の声は、もう完全に震えていた。

お母さんが目頭を軽く拭う。顔を上げると目が赤かった。こころを見つめ直す。

「怖かったでしょ。――話を聞いてて、お母さんも、怖かった」

こころは微かに驚き、目をぱちぱちさせる。大人が「怖い」なんて言葉を使うとは思わなかった。お母さんが目を少しまた伏せる。

「自分がこころの立場でも怖かったと思う。本当はもっと早く話してほしかったけど、さっき、先生に言う時に、こころの気持ちが少しわかった気がしたの」

こころが黙ったままお母さんを見ると、お母さんが微かに笑った。疲れたような力ない微笑みだった。

「先生に、『こころは悪くない』って言う時、その通りだと思ってるのに、それでも、信じてもらえるかどうかわからなくて怖かった。こころが怖かった気持ちが全部正確に伝わらないいんじゃないか、わかってもらえないいんじゃないかって思ったら、話すのに、勇気がいったよ」

お母さんが手を伸ばし、テーブルの上にあったこころの手を両手でぎゅっと握った。そして、聞いた。

「——学校、かわりたい？」

カワリタイ、という言葉の意味が、最初、すぐには入ってこなかった。握られたお母さんの少しひんやりした手の感触とともに、少しして、転校したいかどうかという意味なのだと理解する。

こころは目を見開いた。

これまで、自分でも考えたことがあった。とても魅力的な考えに思えることもあれば、それは逃げることと一緒なんじゃないかと後ろ向きに思えたこともあった。小学校からの仲良しの子たちもいる、あの雪科第五中。真田美織なんかのために自分が出ていくことが癪《しゃく》だった。あの子たちがそうなっても反省なんかせず、むしろどこか誇らしげに、「うちらのせいで出ていったね」と笑い合うところが見て来たように思い浮かんで、怒りと恥ずかしさで吐きそうになったこともあった。

けれどそれは、これまでは、現実味がまったくない選択肢だと思っていた。希望しても、お母さんが許してくれない、とそう思っていた。

しかし今、そのお母さんが続ける。

「もしこころが転校したいなら、お母さん、調べてみるよ。少し遠くなるけど、隣の学区の中学や、私立の中学校に通えるところがあるかどうか、一緒に探そう」

新しい場所に行っても自分はダメなんじゃないか、という不安は、まだ強い。またこんなことが起こるとは思わないけれど、転入生はどうしたって目立つし、こころが前の中学から逃げてきたことだって、新しいクラスメートたちにはすぐにわかってしまうかもしれない。

だけど、新しい学校で、普通の子みたいに溶け込める可能性だってある。何もなかったように通うことが、本当にできるかもしれない。

それはとても甘美な可能性だった。何より、お母さんに認められたような気がして、心の内側が柔らかく、あたたかくなる。この子はどこにも通えない子じゃないと、わかってもらえた気がした。

カレオの頭上で、ジングルベルの曲が鳴り響いている。クリスマスセールのお知らせを明るい声が放送している。

「……ちょっと考えてもいい？」

こころは聞いた。胸によぎるのは、城の、みんなのことだった。

転校はとても魅力的な考えだけど、それは同時に『雪科第五中の生徒』であることを失うことでもある。――城に行ける資格を、失ってしまうかもしれない。みんなにもう会えなくなるかもしれない。それだけは絶対に嫌だと思った。

「いいよ」とお母さんが答える。

「一緒に考えよう」

お母さんと一緒に、食料品を買って帰る。

いろんなチョコレートが詰まったバラエティーパックというのが売っていて、ところが「買ってほしい」と頼む。クリスマスパーティーに持っていきたかった。

一人で食べきれる量ではないから、お母さんには不審《ふしん》に思われるかもしれないと思ったけれど、お母さんが「いいよ」と答えて、カゴに加えてくれた。

買い物を終え、駐車場に戻る前に、立ち止まって、たくさんのお店が並んだカレオの中を見回す。

「どうしたの？」

「――外に出たの、ひさしぶりだなって、思って」

たくさんの照明が眩くて、相変わらず頭がくらくらする。けれど、前よりは短い時間で慣れてきた。

「お母さん、つれてきてくれてありがとう」

言うと、お母さんが一瞬、完全な無表情を浮かべた。見えない衝撃に打たれたように黙った後で、こころの右手を引き寄せ、「お母さんも」と言った。

「お母さんも、こころと来られてよかった」

こんなふうに手をつなぐのは、小学校の低学年以来かもしれない。手をつないだまま、一緒に車まで戻る。

⚜

城のクリスマスパーティーに、リオンはケーキを持って現れた。それを見て、メンバーのほぼ全員から、「すごい！」と称賛の声が上がる。

「おいしそう！」とこころも言った。

ホールのケーキは、真ん中に穴が空いたシフォンケーキで、クリームの塗り方が少し不均等だ。お店で売っているものと雰囲気が違う。果物の配置もバラバラで、でもだからこそ特別感がある。

「手作り？」

マサムネが聞く。それを横からアキが「女子？」と聞いて、瞬間、こころの胸がどきんと跳ね上がった。全員の目がリオンを見る。

日本の学校でも、サッカーが上手な男子はモテる。リオンだって、そういう子の一人だったからこそ、外国に留学しているのかもしれない。これまでそういう話をしたことはないけど、彼女がいてもおかしくない。

思っていると、リオンが首を振った。

「違う。母親」

リオンがつまらなそうに口を尖らす。

「毎年、焼いてて。クリスマスに合わせて、オレの寮に泊まって、今年も焼くって言うから持ってきた」

「寮に泊まれるんだ」

「うん。親が来ても数日滞在できる、台所つきの部屋がある」

「お母さん――、じゃあまだハワイにいるんじゃないの？　ここに来てていいの？」

こころは壁時計を見る。ハワイとの時差がどれくらいなのか、リオンの話を聞いてから、漠然とこころも意識するようになっていた。

日本のお昼の時間。

ハワイでは確か、前日の日付の夕方。日本では今日はクリスマスだけど、リオンの感覚ではまだイブの夜のはずだ。

海外のクリスマスは日本以上に家族で過ごすというイメージが強い。こころの家だって、昨日は一緒に食事に行ったたし、今日だって、両親がたまたまそろって出かけてくれたからここに来られた。

学校もお休みになるはずだ――、とそこまで思ってはっとする。

「リオン、ひょっとして冬休み、日本に帰ってくるの？」

だからと言って城の外で会いたい、とかそういうことではないけれど、遠くハワイにいて会うのが絶対に無理だったリオンが近くに帰ってくるというのは、会わないとしても、少し嬉しかった。けれどリオンがあっさり首を振る。「オレは帰らないよ」と。

「母さんも、二日だけ泊まってケーキ作って、それで帰ってった。忙しいんだって」

「そうなんだ……」

「うん。食べよう」

リオンが言う。わざわざ切り分けるナイフまで持参してきたようで、それを取り出すリオンを見ながら、こころはふと、気がついた。

作ったばかりのケーキを、リオンのお母さんは子どもと食べないで帰ってしまったんだな、と。

あるいは、リオンが友達と一緒に食べることを期待して作ったのかもしれない。けれど、クリスマスは、他の子たちは寮からみんな自分の家に帰るのだろう。「オレは帰らないよ」、とリオンが言ったのはおそらくそういう意味だ。

城でクリスマスパーティーをしよう、と言いだしたのがリオンだったことを、ころは思い出していた。ケーキはオレが用意する、と。

あの日、リオンはどういう気持ちでその提案をしていたのだろうか。

思い出す声があった。リオンに向け、〝オオカミさま〟が言っていたことだ。外国とはいえ、学校に行っている自分がどうしてここに呼ばれたのか。それに対し、〝オオカミさま〟が言っていた。

――だってお前、行きたがっていただろう。日本の、自分の住む学区にある公立中学に。

あれは、一体どういう意味だったのだろう。ハワイに留学しているリオンを、ただその響きだけで「エリート」とみんなで呼んだ時も、リオンは複雑そうにしていた。そんないいもんじゃない、と。

「あ、〝オオカミさま〟も呼ぼうぜ」

ケーキを切り分ける前にリオンが言う。ナイフを下ろし、「あと、オレ、均等に切るの無理。誰かやってよ」と言う。ウレシノが嬉しそうに「こころがいいよ」と言った。

「前に林檎むいてくれたし、きっと上手だよ」

「ええっ！　できるかわからないけど」

林檎をむいたくらいのことでウレシノに気に入られてひどい目にあったことを思い出しながら苦笑する。けれど、頼ってもらえると素直に嬉しかった。

「呼んだか？」

軽い声とともに、〝オオカミさま〟が現れる。「ケーキ」とリオンが言った。

「そのお面つけたままだけど、食える？　そもそも〝オオカミさま〟ってもの食べるの？」

リオンの声に、〝オオカミさま〟が顔をゆっくり、横に動かす。狼面ごしにケーキを眺める。

手作りの生クリームがスポンジの上で波打つケーキを、〝オオカミさま〟はしばらく黙って見つめていた。シュールな光景に見えたけれど、この子のドレスやお面の現実感のなさと、かわいいケーキは小物としては雰囲気がとても似合っている。

やがて、彼女が言った。

「――ここでは、食べない」

ゆっくりとリオンを見上げる。

「分けてもらえるなら、持ち帰らせてもらおう」

その声に全員が目を見開いた。どこまでも非現実的な存在に思えていた〝オオカミさま〟が、まさかそんな、普通の小さな女の子みたいなことを言うとは思わなかった。

けれど、リオンは、そんな彼女に対して、何も言わなかった。ただ、「わかった」と言う。「それからこれ」と、後ろを振り向き、自分の鞄を手に取る。中から、小さな包みを取り出す。〝オオカミさま〟に手渡した。

「――家にあったから、よかったらもらって」

プレゼント交換はしない、という話だったけれど、何かを持ってきたらしい。〝オオカミさま〟はしばらく黙って、手にした包みを眺めていた。そして、今度も断らなかった。

「わかった」とだけ言い、包みを後ろ手にしまう。

もらったその場で開けるのかな、と思ったけれど、〝オオカミさま〟は開封しない。リオンも何も言わなかった。

「ケーキ食べようぜ」と彼が言った。


プレゼント交換はなし、と話していたクリスマスパーティーだったけれど、リオン以外にアキもまた、みんなにきれいな模様の入ったペーパーナプキンを持ってきて、一枚ずつ配ってくれた。前にフウカのお誕生日にあげていたのと同じシリーズの、別の柄だった。

「わー、僕も何か持ってくればよかった！」

ウレシノが声を上げた。アキはこういうところの気遣いができて本当に偉いな、と感心する。

驚いたのは、マサムネが、プレゼントだと言って少年漫画のグッズを山ほど持ってきたことだった。「どれでも好きなの取っていい」と言われて、度胆を抜かれる。多くが雑誌の付録のようだったけど、図書カードみたいなものまであってびっくりする。

「すごい、『ワンピース』のカードある……」

こころも好きな少年漫画。裏返すと、五百円、そのまま丸々残っている。たくさんのゲームを持っているマサムネは、もともと物に恵まれているから、物やお金にあまり頓着しないのかもしれない。

「男子が読むような漫画ばっかじゃん。知らないし、どれもいらない」

アキが顔をしかめる横で、スバルが「え！　これ未使用ってこと？　じゃあもらう」とカードに手を伸ばす。アキがそれに「え、どれ？」と顔を向けると、マサムネが露骨に嫌そうな顔をした。

「ちゃんとグッズに敬意払えないならもらうなよ」

「でも、意外」

アキが遠慮のない声を上げる。

「嬉しいかどうかはともかくとして、マサムネがプレゼントとかって発想があること自体が驚き」

「うるせえな。だから、文句言うなら返せって。家にあるの、かき集めて来たんだぞ」

「いや、もらうけど、驚いたから」

そう言って笑い合う。

こころは素直に「ありがとう」と礼を言う。「別に」と言うマサムネはそっぽを向いて、頬を少し膨らませていた。

リオンのお母さんのケーキは、スポンジが柔らかくて、卵の味がして、とてもおいしかった。

こころが持っていったチョコレートのバラエティーパックは、そのリオンが逆に喜んでくれた。「日本にいた時よく食べた。懐かしい」と言ってくれる。

喜多嶋先生にもらったティーバッグで作った水筒の紅茶を、みんなに分ける。食器は城にあったものを借りた。イチゴの味と匂いがするストロベリーティーに、アキとフウカが感動していた。

「おいしい」と言われて、嬉しくなる。

「また飲みたいな」

フウカに言われて、喜多嶋先生にもらったことを話すと、フウカが「私も行ってみようかな」と言った。

「こころの行ってる、そのフリースクール。喜多嶋先生、会ってみたい」

「うん」

フウカがこころを呼ぶ時の、「ちゃん」がいつの間にか取れている。学年を超えて、互いを親しく呼び合うことに、この城の中でなら抵抗がなかった。

「実は――、相談があるんだけど」

マサムネがそう切り出したのは、もう城が閉まる直前――四時を過ぎた頃だった。

ケーキとお菓子を食べ、各自寝転んだり、ソファで話し込んだりしていたところたち全員に、その声は向けられていた。

〝オオカミさま〟の姿はいつの間にかなかった。彼女用に取り分けたケーキの皿と、リオンからもらったプレゼントとともに、すでにどこかに消えていた。

改まった調子の声が、いつもと明らかに違った。ふざけ調子で、嫌みっぽいことも多く口にするマサムネが、声の出し方に迷っているような、そんな感じがあった。

「何？」

アキが言う。

マサムネは、全員の真ん中で立っていた。みんな座ったり寝転んだりしている中で、一人だけ、立っていた。

右手の肘《ひじ》を、左手でぎゅっと摑んでいる。その手に入った力の強さを見て、――緊張しているのかもしれない、と気づいた。

マサムネが緊張なんて似合わない。

「相談?」

怪訝に思うこころたちの前で、マサムネが言った。

「あの、――お前たち、一日だけでいいから、三学期に」

学校、とマサムネが続ける。

その声が苦しそうに掠れる。目線が逸れる。下を向く。ガッコウに、と続ける声がまた途切れる。マサムネが、顔を上げた。

「学校に、来てくれない? 一日。本当に、一日、だけでいいから」

全員が息を吞んだ。

その気配がはっきり、互いに感じられた。マサムネの、自分の腕を摑む力が強くなる。ぽつりぽつりと、声を続ける。

「三学期から、オレ、親に、違う学校に行くこと考えろって、言われてて――」

そう言われた瞬間、こころの胸の奥がずくりと疼《うず》いた。カレオのフードコートで、こころもお母さんに聞かれた。学校、かわりたい？　と。

二学期が終わるからだ――と思った。

こころの場合は、少し事情が違う。けれど、マサムネの家では、前から話題になっていたのかもしれない。「公立の先生じゃダメだ」と、マサムネの両親はだいぶ前から言っていたようだった。

「これまではのらくら、かわしてたんだけど、ここに来て、それがちょっと具体的になってきて。――三学期から、別の、親父の知り合いの子が行ってる私立中学に通う手続きを、この冬休み中にするって、親父が――」

「三学期から、別の学校に通うってこと？」

フウカが尋ねる。マサムネが無言で頷いた。

「でも、それはそれで――いいことなんじゃない？」

控えめな言い方で言ったのは、ウレシノだった。

「僕も、考えたことあるよ。ここのクラスの人間関係リセットして、別のとこ行けたら楽なのになって。多分、うちの親も来年からどうするかとか、考えてると思うけど……」

「オレも思ってた。でも、それ、だったら来年の、年度がかわる時でよくねえ？

三学期からなんて、そんな早い時期では考えたことなかった」

普段上から目線のマサムネが、いつになく弱々しい声なのがなんだか信じられない。まぎれもない本音を語っているのだと――語らざるを得ないところまで追い込まれたのだと、それでわかった。

こころにも気持ちがよくわかる。

お母さんから学校をかわってみないかと言われて、魅力的に思えたのはそれがすぐじゃないからだ。まだ先のことで、具体的じゃないからこそ、考えられた。

新しい学校に行って、年度途中の転入生になることは、確かにそれとは全然、わけが違う。

「それに――、嫌じゃん」

マサムネが戸惑うような声で言う。全員を見るその目が困惑を浮かべていた。

「他の学校に移ったら、ここに来られなくなるかも、しれないだろ」

マサムネの呟くような声に、こころたちがみんな、唇を噛む。

言いたいことが、わかったからだ。

城に来られるのは、どうせ三月の終わりまで。けれど、その大事な三月までの期間もなくなってしまうのだとしたら。

「だから、親父に話したんだ。まだ学校、かわりたくない。――三学期、ちゃんと今の、雪科第五中学に、通ってみるからって……」

こころはまた目を見開いた。マサムネが言い訳するように早口になる。

「最初の一日だけ。一日だけでいいんだ。その一日だけ行ったら、また理由つけて休む。一日だけでも行けるなら、その間、親父たちは、ひとまず冬休みの間に転入の手続きをするの、やめるだろ？　一日だけ行ったけどダメだった、ってことになって、次の四月までタイミングを延ばせる」

「私たちに、学校に来てほしいっていうのは――」

アキが言う。マサムネの頬が引き締まった。瞳の表面が揺れる。

「――オレが学校に行くその日に合わせて、中学、一日だけでいいから、来てもらえないかって……こと」

そこまで言って、マサムネが俯いた。普段の彼らしくなかった。

「……別に、それぞれの教室に行かなくてもいい。保健室とか、図書室とかにだけ行くとかってことでも。無理に教室に行かせるようなことは、誰の担任も、さすがにしないだろうし。図書室や保健室に来るだけでも進歩だって、思ってくれるんじゃないかな」

「――保健室登校って言葉があるくらいだもんね」

スバルが言う。マサムネが顔を上げた。

「ちょっと前から思ってたんだよ。なんで、オレたちがみんな、雪科第五中学から呼ばれてるのか。それには、何か意味があるんじゃないかって。〝オオカミさま〟が意図してるかどうかはわかんないけど、少なくとも、オレたち、助け合えるんじゃないかって」

――助け合えるんじゃないかって。

その言葉に、胸を撃ちぬかれた。

それを口にしたマサムネは、泣きそうな、切実な目をしていた。

その顔を見たら、「助け合える」という言葉の重みが増した。そして、思い出した。

お母さんと行ったカレオのフードコートで、通路を眺めながら、そこにみんなの姿を探したことを。今にも、角を曲がって誰か、この中のメンバーと城の外で会えるんじゃないか――、そうなったらいい、と夢想したことを。

こころも、助けてほしかった。

「じゃあ、相談っていうか、頼みじゃないか」

スバルが言う。その声に、こころははっとして彼を見る。スバルが大袈裟な仕草で肩をすくめ、マサムネからもらったカードをひらひら振る。

「じゃあ、このクリスマスプレゼントも賄賂《わいろ》？　僕たちみんなを説得するための」

マサムネが強張った表情でスバルを見た。ぶっきらぼうな口調で言う。

「――図々しい頼みだってことはわかってるよ。でも……」

「いいよ。行く。その日、じゃあ、教室で待ってるよ」

マサムネの目が、大きく、とても大きく見開かれた。

スバルが続ける。

「僕のクラス、三年三組。マサムネが教室まで行って、どうしても無理だって思ったら逃げてくれれば。ずっと学校来てなかったのに、いきなり後輩に慕われてるなんて、ちょっと僕、かっこいいかもね」

「――私は、教室、無理かな」

アキが言った。いつもの尖った口調にも聞こえたけれど、怒っているようには聞こえなかった。「保健室なら」とアキが言う。

「いても、いいよ。先生たちも、それくらいは認めてくれるでしょ」

「私も――っ」

こころも言った。思わず、声が出ていた。

学校に行く、と言えば、お母さんもお父さんも喜ぶだろう。無理することない、と言いながら、それでもおそらくほっとする。真田さんのこともあるから、教室ではなく保健室にだけ行くのは、かえってお母さんたちも安心してくれそうな気がした。

何より、みんなと外で会えると考えたら、心が浮き立つような感じがあった。

マサムネの気持ちがわかる。

友達がいない――「ぼっちの人ってかっわいそー」と真田美織に言われた記憶は、まだ胸の奥の方で燻《くすぶ》り続けていた。〝ぼっち〟じゃないことを、あの人たちに、思い知らせたかった。他学年にだって、私は友達がいる。この子たちみんなと仲がいいんだって、見せてやりたい。

マサムネもそう思ったのだ。

友達のいない教室の外で、私たちがいるなら学校に行けると、そう思った。

「じゃあ、私も保健室、行くよ」

こころの言葉の先をもらうようにして、フウカが言う。「何日だっけ、始業式」

と、尋ねる。

「何日に行けばいいの？」

「一月――、十日」

その日付を、恐れながらずっと待っていたのかもしれない。マサムネが即座に答えた。その目がさっきよりもっと泣きそうだった。

「わかった」

フウカが答える。

「私、これから冬休み、またおばあちゃんの家から塾に通うから、城にはしばらく来られなくなるけど、ひとまず了解。十日、約束する」

「僕は……、ちょっと考えても、いい？」

ウレシノがつぶらな目をきょときょとさせる。それからあわてたように言葉を重ねる。

「あ、違う。別に、みんなと、その、助け合うのが嫌とか、そういうんじゃなくて。――僕、二学期の最初の日――それこそ始業式に、学校行って、一度、嫌な目に遭ってるから」

二学期の初め、包帯姿でウレシノが現れた日のことを思い出す。

「だから、ひょっとすると、ママが反対するかも。ごめん」

呟くように言ってから、マサムネを見た。

「でも、行けたら行く。それでもいい？」

「――ああ」

マサムネが頷いた。どこを見ていいかわからないように、視線を下に向ける。そして、言った。

「みんな、サンキュ」

短く軽い声の最後が途切れた。それからもう一度、今度は微かに、頭を下げる。

「――本当に、ありがと」

「オレは行けないけど、羨ましいな」

リオンが静かにため息を漏らすのが聞こえた。言葉の通り、少し寂しそうな目をしている。

「城の外で会えるなんて。羨ましい」

その声に、こころの心が、羽でも生えたようにふわっと軽くなる。学校に行く、ということに対する恐怖は、相変わらずこころの胸をがんじがらめにするけれど、保健室と、そこで待つ制服姿のみんなを想像すると胸が高鳴った。

大丈夫だ――と思う。

私たちは、助け合える。
一緒に、闘える。

（下巻へつづく）

この作品は二〇一七年五月にポプラ社より刊行されたものです。

かがみの孤城　上

辻村深月

2021年 3 月 5 日　第1刷発行
2022年11月10日　第6刷

発行者　千葉 均
発行所　株式会社ポプラ社
〒102-8519　東京都千代田区麹町4-2-6
ホームページ　www.poplar.co.jp
フォーマットデザイン　bookwall
組版・校閲　株式会社鷗来堂
印刷・製本　中央精版印刷株式会社

N.D.C.913/415p/15cm　ISBN978-4-591-16971-1

(株)ヤマハミュージックエンタテインメントホールディングス
出版許諾番号　20222753　P

P8101421